AUDE HAGE

META CITES

DU MÊME AUTEUR :

Le printemps de Gyô. Éditions Akinomé. 2021.

AUDE HAGE

META CITES

IGB EDITION

Avec la collaboration de Marc Gervais

Photographie de l'auteur : Studio Christine.
Illustration de la couverture : Aude Hage
Illustrations des pages intérieures : Aude Hage
Conception de la couverture : Marc Gervais pour IGB Édition.

ISBN : 978-2-491770-12-9

À mon époux, un homme « for me, formidable »,
à nos enfants, sources de joie et d'amour au quotidien.

Les espèces qui survivent ne sont pas les espèces les plus fortes, ni les plus intelligentes, mais celles qui s'adaptent le mieux aux changements.

Charles DARWIN

Première partie

Quelque part sur Terre, dans un futur pas si lointain...

Ayez des enfants, devenez nombreux.
Remplissez la terre et dominez-la.

La Bible. Genèse, verset 28.

1

Deux heures moins le quart avant la mode !

Tic… Tac… Tic… Tac… Nichée dans le pavillon de Nour, l'oreillette rythme sa foulée. Grâce à cet objet de la taille d'un ongle, la Cité ne connaît plus d'embouteillage : régulées par l'**I**ntelligence **A**rtificielle urbaine, toute circulation est fluide. Marchant au pas comme des milliers de Métacitiens qui se dirigent vers l'entrée du **T**ransport **I**nter **U**rbain, ses pieds battent le sol avec la rigueur d'un métronome et font trembler le bitume. D'ordinaire respectueuse des lois, cette ingénieure agronome brûle d'envie de contrevenir aux consignes afin de rattraper son retard. En effet, attendue par ses amis pour une séance exceptionnelle d'holociné, elle a été retenue par un évènement gravissime survenu à la techno -serre dont elle assume la direction.

Vêtue avec élégance, elle porte la dernière paire de baskets connectés : les *+Rapide*. Leur couleur bordeaux s'accorde à merveille avec son pantajupe vert kaki. Dans un mouvement fluide, il flotte autour de ses mollets. Sa taille fine est marquée par une ceinture en fibres toniques de *Toujours+mod.* Quelle que soit l'étoffe, la tension exercée par ce tissu intelligent offre un pli parfait. Son buste est dissimulé dans un haut jaune canari formant un drapé délicat, tout en dénudant ses épaules. Les couleurs vives de sa tenue contrastent avec sa peau sombre. *Élégance et distinction* sont ses maîtres-mots. Brodé aux armoiries de Métacité, un masque lie de vin couvre une partie de son visage. Inspirés du style antique, ses cheveux crépus sont regroupés dans une coiffure dite à l'athénienne. Un jeu de fils de cuivre soutient sa chevelure dans une coupe qui fera fureur demain. Nour ne suit pas la tendance, elle est LA tendance ! Par ailleurs, elle aime dire qu'elle est toujours *deux heures moins le quart avant la mode*.

– 2 –

Arrivée au portique d'identification du TIU, Nour puce pour pénétrer dans la gare et s'empresse de descendre les escaliers roulants : le train est en approche. Totalement translucides, ses parois diffusent des publicités en continu. Dans un silence total, le train freine. Une rumeur d'excitation parcourt la foule. Avec envie, Nour regarde passer les wagons *Premium* réservés aux abonnés. Le TIU s'immobilise. L'ingénieure se précipite dans une rame *Limited.* Profitant de sa haute stature, elle bouscule un quadra aux épaules larges pour se saisir d'un casque d'immersion dont l'IA restreint le nombre afin de susciter l'envie, la convoitise et la frustration. Affichant un sourire carnassier, elle s'approprie la sphère et y enfouit sa tête. Avec plaisir, elle inspire l'odeur singulière du désinfectant à l'eucalyptus appliqué automatiquement entre chaque utilisation. Aveugle, sourde et muette, la Métacitienne s'agrippe à une poignée. Le train s'ébranle. La machinerie publicitaire est en marche.

En effet, prétextant offrir un moment agréable aux Métacitiens, les IA ont inventé de puissants outils marketing et de collectes de données.

Garnie de plusieurs accessoires, la sphère est pensée pour susciter presque tous les sens. Un mini écran coulisse devant les yeux. Un embout créateur d'odeurs se fixe sur le nez. Une paire d'écouteurs isolants s'appliquent sur les oreilles et un microphone est positionné à proximité de la bouche. Les nano caméras fixées sur le casque d'immersion scrutent les expressions des usagers et mesurent leurs réactions face aux publicités. Grâce à ces données, l'IA locale adapte et individualise les programmes offerts par la Cité.

La tête bringuebalante, serrés les uns contre les autres, ils se laissent porter par le mouvement de la rame et par le flux d'informations qui inonde leurs cerveaux. Disproportionnée par rapport à leur corps, la large sphère donne aux Métacitiens une silhouette de fœtus dont le crâne est suspendu et relié au train par trois épais cordons ombilicaux. Le TIU ressemble à un placenta longiligne hébergeant des humains en gestation. Alimentant les wagons, un réseau de veines synthétiques parcourt ses parois diaphanes.

Nour puce pour activer son casque. *C'est parti pour six cents secondes de détente,* pense-t-elle en regrettant que l'IA ait limité son utilisation quotidienne à deux connexions gratuites d'une durée de dix minutes. *Si au moins, j'étais mieux payée ! Je pourrais monter dans les wagons Premium où les casques sont en usage illimité ! Quand je ferai partie de l'élite de la Cité, je m'offrirai un forfait, même s'il coûte les yeux de la tête !* soliloque-t-elle en commandant à voix basse son programme. Elle délaisse les offres permettant de faire ses courses, de se relaxer ou d'obtenir un corps de rêve pour se jeter avec enthousiasme sur « Être à la pointe » dont le programme est truffé de publicités et parsemé des dernières nouvelles du monde.

Alors que ses yeux brillent de contentement, les Métacitiens, qui n'ont pas trouvé de casque d'immersion, ont le regard éteint. Le visage tendu dans l'attente d'une place libre, ils consultent d'un geste mécanique le plan en ligne de la rame, vérifient si une sphère s'est libérée depuis leur smartphone *+Présent* ou parcourent les nouvelles sur leurs *+Loin,* les lunettes connectées.

– 3 –

Alors qu'elle visionne un programme sur l'histoire de leur Cité, un message suspend son reportage.

— *Tu fais quoi ? On t'attend. T'es où ?* interroge Guang, son époux.

— *Dans le TIU.*

— *Où ?*

— *Je sais pas. J'ai réussi à avoir un casque. Regarde ton appli urbaine ! Liaque*[1] *te le dira !*

Excédée, Nour soupire et relance la vidéo : *Naissance et puissance de Métacité*. Cette trentenaire aime le nom de Métacité : la Cité qui se place au-delà de l'existant ! Dépassant l'état de simple noyau urbain, la ville est déjà dans l'avenir ! À cet instant, les souvenirs de Nour lui reviennent en mémoire. Elle se souvient de son enthousiasme, quand, enfant, la municipalité a pris son autonomie et s'est rebaptisée. C'était à l'époque où les Hommes ont confié la gestion de leur Cité à l'IA Centrale.

Depuis, ils en ont franchi des caps !

Il y eut tout d'abord la mise au pouvoir de la rationalité pure avec l'IA. Puis, les premiers humains Augmentés par la

1. Surnom donnée à l'Intelligence Artificielle par les Métacitiens.

technologie sont apparus. Enfin, les premiers humains Améliorés dès leur conception sont nés. Avec les années, Métacité s'est imposée sur son continent. Aujourd'hui, elle domine le monde : elle est LE modèle à suivre.

Le *+Présent* de Nour vibre à nouveau : la vidéo s'interrompt une nouvelle fois pour afficher une notification provenant de son mari :

— À 19 h 30, la séance sera annulée. Tu penses être là ? Ou on n'y go sans toi ?

— Tu as juré de gâcher mon temps de connexion ! REGARDE le programme de localisation de Liaque !

Nour hésite à mettre son *+Présent* en mode *ne pas déranger*, puis choisit d'ignorer son époux alors que le reportage est interrompu par une publicité pour les dernières lunettes connectées *+Loin. Il me les faut ! Les miennes sont juste bonnes à être données aux Homo sapiens nécessiteux qui se sont volontairement mis en marge du Progrès,* raille-t-elle à voix haute, sans ressentir la moindre empathie.

La vidéo reprend sur les projets d'avenir pour leur Cité. Mais brutalement, un écran noir voile sa vision : les dix minutes sont écoulées. L'intérieur de la sphère devient sombre. Une main agrippe son bras. Lui brandissant l'application *TIU évasion* sous le nez, un Métacitien lui signifie que son tour est terminé.

Les yeux dans le vague pour avoir fixé un écran situé à quelques centimètres, l'épouse de Guang titube jusqu'au coin des *sans casques*. Bercée par le léger ronronnement du train, elle laisse les panneaux promotionnels de la rame accaparer son attention. Ils enrobent les voyageurs dans un univers de rêves à consommer. Omniprésents, ils meublent leurs quotidiens et orientent leurs désirs.

– 4 –

Ding, ding, ding ! Levant les yeux de son *+Présent,* Nour voit le contrôleur se frayer un chemin parmi les Métacitiens. Vêtu de gris et rouge, l'employé ferroviaire a une petite cloche nouée à sa jambe pour annoncer sa venue. Vestige d'une époque révolue, cette pratique folklorique a persisté, même si aujourd'hui, un mode de communication plus moderne est utilisé : un flux d'information universel avertit les usagers via leurs *+Présent*, leurs *+Loin* et tous leurs objets connectés. Le wifi urbain et les casques d'immersion sont interrompus pendant le pointage : chacun doit être disponible ! Dès la suspension du débit numérique, des grognements de mécontentement emplissent la rame.

À tour de rôle, les voyageurs exposent leur main droite en position horizontale. Le contrôleur passe son boîtier connecté au-dessus de la zone entre le pouce et l'index. Les doigts fermes, la peau parfaitement tendue, une excroissance de la taille d'un grain de riz placée sous l'épiderme émerge : il s'agit d'une puce d'identification qui a révolutionné le quotidien des Métacitiens. Financièrement majeurs dès six ans, les enfants sont des consommateurs indépendants grâce à leur puce et désormais de nombreux produits sont spécifiquement destinés à leur tranche d'âge.

Lorsque Nour présente sa main, une courte mélodie lui signale que son titre de transport est en cours d'examen. Son portrait biométrique pluridimensionnel et holographique se matérialise au-dessus de l'écran du boîtier. Il est suivi de son identité, de son groupe sanguin et de ses dernières maladies. Le trajet qu'elle vient d'effectuer depuis la technoserre s'affiche, accompagné d'autres informations dont elle ne se souvient plus. Puis, l'appareil scanne sa cage thoracique. Une lumière rouge balaye son top jaune canari. Chaque cœur ayant un rythme unique impossible à falsifier, l'identification cardiaque a détrôné l'empreinte digitale. Le boîtier compare l'enregistrement à la base de données de l'IA Centrale : un nouveau bip retentit. L'homme valide son profil.

Tout est correct. Il passe au citoyen suivant.

Nour sourit : grâce à la puce d'identification, elle n'a jamais eu à se soucier de ses clés, de ses cartes de paiement ou de codes secrets. Il suffit de présenter sa main et tout est simple ! Devant la porte de son immeuble, elle puce sans avoir besoin de fouiller son sac à main ! Depuis leur appartement, Guang a programmé la venue d'invités qui, à l'heure dite, n'ont qu'à pucer pour entrer ! *Métacité est magique*, se dit-elle en pensant que sa puce l'a débarrassée d'informations inutiles qui naguère encombraient le cerveau des humains de base.

Fière de bénéficier d'une autonomie totale pour être en mesure de penser à l'essentiel, elle se souvient des campagnes publicitaires officielles clamant : *La puce, c'est la liberté et la sécurité !* En effet, seuls les vrais Métacitiens possèdent une puce. Terminé les indésirables qui s'invitent dans les Transports Inter Urbains ! Fini les réfugiés climatiques s'abritant dans les portiques d'immeubles qui leur sont interdits ! Grâce au port de la puce, la société métacitienne est contrôlée et plus saine. Grâce à elle, les Métacitiens sont des humains Augmentés !

Humains Augmentés ! murmure Nour. *Heureusement que tout le monde n'a pas accès à la puce ! Sinon, n'importe qui deviendrait Métacitien ! Surtout pas !* s'écrie-t-elle intérieurement, bouffie d'orgueil. *Je suis une humaine supérieure. Ma puce augmente mes facultés intellectuelles, mes performances physiques et soigne même mes bobos ! J'ai dépassé depuis longtemps le stade primitif de l'Homo sapiens.*

Les yeux dans le vague, Nour joue avec sa puce sans y prêter attention. Avec ses doigts, elle la fait rouler entre ses chairs et sa peau. Elle aime ressentir sa forme étirée qui lui donne la sensation d'être au-dessus du lot ! Mais prenant conscience de son geste, elle s'interrompt :

— *Stop ! Arrête ! Ne fragilise pas ta puce sinon tu vas avoir une nouvelle inflammation ! Tu ne te souviens pas que la dernière fois, tu as dû filer aux urgences tellement tu souffrais ! Imagine si les médecins la retiraient !*

Un frisson lui parcourt le dos. Pour éviter un autre séjour à l'hôpital, elle enfouit ses mains dans ses poches, se préservant ainsi de toute tentation. Sous ses doigts, elle sent son *+Présent* qui n'a pas vibré depuis quelques minutes, Nour conclut que Guang a enfin consulté l'IA urbaine.

2

En attendant Nour

Voilà des mois qu'ils attendaient que ce jour arrive ! Des mois qu'ils avaient réservé l'holociné. Aujourd'hui… Nour est en retard ! Peu à peu, l'excitation avait laissé place à l'agacement. Debout devant la tour en forme de bobine de cinématographe, Guang, Heiani, Esther et Félicien ont déjà revêtu leur combinaison d'immersion. Cette tenue peu seyante sera connectée à l'IA locale pour leur permettre d'interagir avec le film :

— On n'a qu'à y aller sans elle ! Tant pis, elle n'a qu'à s'organiser ! s'agace Félicien.

— Elle arrive ! Regarde ! s'exclame Guang en lui tendant son *+Présent* sur lequel la puce de Nour est géolocalisée. Elle n'a plus que deux stations ! Tonertruant[1]… tu ne peux pas être un peu patient ?

— Facile à dire ! Ça fait plus d'une heure qu'on l'attend ! Nous sommes plantés comme des robots en panne alors que l'on pourrait être en pleine séance !

— On a eu un impératif à la techno-serre, avance timidement Esther la seconde de Nour. C'était un nuisible sur les laitues. Elle a dû clore l'état d'urgence.

— Bof… Je pense que votre IA locale est capable de régler seule un problème de limace sur une salade, ironise Félicien.

---

1. En signe d'humour, les Métacitiens mélangent les interjections anciennes avec des expression issue de jeux vidéo. Contraction de tonnerre et de tonitruant.

— Oui ! Mais la présence humaine est préférable, précise humblement Esther.

— Et puis, nous avons tous fait le nécessaire pour arriver à l'heure ! Pour ma part, je me suis libéré pour être ici et à 17 h 55 ! J'ai dû décaler une de mes vidéos cours pour cette séance… poursuit Félicien toujours excédé.

— Pépère... arrête de jouer au martyr s'il te plaît, l'interrompt Heiani. Moi aussi, j'ai pris une demi-journée de repos pour être là et j'en fais pas tout un poème !

— Comme si *+Rapide* avait besoin de toi pour faire des baskets ! Moi, mes élèves ont besoin de moi ! ajoute-t-il en bombant son torse boudiné par la combinaison d'immersion.

— Tonnertruant ! Vous êtes lourds ! Vous vous comportez comme des « noobs »[1] tous les deux ! La voilà ! s'écrie Guang en désignant Nour qui sort en courant du TIU.

Tous s'arrêtent de discuter. Enfin arrivée, elle embrasse son époux, puis salue tout le monde. Pour couper court à leurs reproches, elle lance à la cantonade :

— On se le fait cet holociné ou on reprend rendez-vous ? Je vous rappelle qu'il est 19 h 25 !

– 2 –

Bien décidés à jouir du privilège d'assister à un spectacle de hautes technologies, les cinq compagnons se dirigent vers l'intérieur du bâtiment où ils sont accueillis par un *+Serviable*. Juché sur deux rangs de trois roues latérales lui permettant de gravir tout type d'obstacle, ce robot blanc à la silhouette de coton-tige dispose de deux bras pinces multifonctions. Marchant en file indienne, les Métacitiens le suivent en silence. Alors qu'elle pas encore enfilé le costume adéquat, Nour a insisté pour régler la première. Elle valide

1. Dans les jeux vidéo en ligne, insulte désignant des joueurs qui jouent mal même après des heures de pratiques.

le paiement de la séance grâce à son compte FirmCité directement relié à sa puce. Une fois les formalités administratives achevées, le *+Serviable* lui tend la tenue qu'elle avait commandée. Produit par *Toujours+Mod,* la combinaison à usage unique est taillée selon les mensurations de la Métacitienne. Nour s'empresse d'aller l'endosser.

Truffée de capteurs, la combinaison d'immersion est inévitable pour participer à un holociné : elle permet aux holospectacteurs[1] d'interagir avec le film ! Les « spectacteurs » ne sont plus passifs. Désormais, ils sont des protagonistes à part entière. Grâce à cette tenue, ils pourront saisir les objets, se déplacer dans l'holofilm et échanger avec les holoacteurs. Voilà pourquoi, les holoséances sont rares ! Voilà pourquoi, il faut les réserver des mois à l'avance ! Voilà pourquoi, c'est une expérience unique.

Sortant du vestiaire, Nour observe ses amis.

Cette combinaison est une vraie plaie esthétique ! marmonne-t-elle intérieurement, quand son regard se pose sur Félicien qu'elle a rencontré avant d'obtenir son diplôme d'ingénieur agronome. À cette époque, elle faisait un petit boulot pour payer ses études : elle était professeure. Félicien aussi !

De grande taille, cet enseignant incroyablement cultivé est l'illustration du mot contraste : son corps immense et maladroit recèle d'un esprit pertinent et acéré. À l'inverse, de faible stature, Heiani semble perdue dans cet amas de tissus noirs. Noyé dans une imposante chevelure rousse, son visage est gracile. Pourtant on la remarque, car ses yeux gris révèle sa finesse d'esprit. Nour contemple son époux : *Mais*

1. Terme désignant un spectateur devenu acteur dans le cadre d'un holociné.

qu'il est beau mon mari ! D'allure sportive, ses cheveux mi-longs blonds sont retenus dans sa nuque. Sa figure assez quelconque est marquée par un regard bleu délavé toujours empreint d'une tristesse immense qui le rend si singulier. Enfin, ingénieure agronome, Esther est l'assistante de Nour à la techno-serre. L'épouse de Guang la considère comme sa pâle imitation : *une femme qui rêverait d'être elle, mais qui ne le sera jamais !*

– 3 –

Le +*Serviable* les précède dans le dédale des couloirs sombres de l'holociné. Seul le gyrophare rouge juché en haut de son crâne les guide. Impatients de découvrir l'holofilm, les holospectacteurs pénètrent dans une immense salle aux murs blancs éclairée de veilleuses :

— C'est à ça que ressemble une holosalle ? chuchote Guang, amateur de nouvelles technologies.

Rassemblés au centre de la pièce, ils doivent tour à tour synchroniser leur combinaison d'immersion avec l'Intelligence Artificielle locale. Le processus se passe en plusieurs étapes auxquelles chacun se soumet. Comme à son habitude, Nour exige d'être la première.

Dans un premier temps, ils testent leur costume. Pour cela, les holospectacteurs font trois pas entre deux points au sol. Puis, le +*Serviable* leur lance une holobouteille qu'ils doivent attraper. Ces mouvements *a priori* très simples permettent d'ajuster la résistance des combinaisons à leur puissance musculaire tout en établissant un schéma rapide de leur silhouette. Une fois l'holobouteille empoignée, l'holospectacteur l'envoie dans une holopoubelle. *Facile !* pense

Nour. Mais, lorsqu'elle veut saisir l'holobouteille, celle-ci passe au travers de sa main gauche.

— Ton retard te rend fébrile ? raille Heiani.

Devançant la susceptibilité de Nour, Guang intervient :

— Arrête ! Je crois que sa combi ne fonctionne pas !

Le *+Serviable* s'empresse de remplacer son gant, malheureusement dépareillé de sa tenue. Bien que contrariée, Nour recommence son lancer et réussit. De bonne grâce, chacun se prête au jeu. Les discussions sont de plus en plus vives, les blagues fusent, l'excitation est de retour.

Pour patienter, Félicien sort un *Pourmoi* :

– *Huuum !* pense-t-il en retirant l'opercule de protection.

Il salive déjà ! Un emballage comparable à une fleur apparaît. Les pétales renferment des parfums sous forme de poudre dans lesquels peuvent être trempées les billes entreposées dans le cœur de la fleur. Les sphères ont une enveloppe croustillante contenant un centre léger en barbe à papa. Sans hésiter, Félicien saisit un batônnet dissimulé dans la tige du faux végétal et transperce une boule. Il la trempe dans l'une des poussières aromatisées. Son goût favori est plurplouze : pétillant, sucré et délicatement amer.

Enfin, tout est prêt ! Félicien range l'étui vide dans sa poche poubelle. Le *+Serviable* quitte la salle. Ils sont plongés dans la pénombre totale.

Le destin d'Élon commence.

La voix du narrateur plante le décor. Impressionnée, Nour saisit la main de Guang et la serre.

3

L'holobébé

La salle d'holociné s'illumine. Les cinq amis se trouvent au cœur d'une haute et vaste pièce aux parois parées de lambris. Par la coupole composée de verres multicolores, le soleil envahit ce lieu somptueux. Construits sur plusieurs niveaux, les espaces sont desservis par un imposant escalier en double hélices. Ajouré, chaque étage est accessible par des coursives garnies de garde-corps en laiton. Ils permettent d'accéder aux livres rangés dans de longs rayons. Rapidement, les holospectacteurs comprennent qu'ils sont dans la bibliothèque universitaire de leur Cité. Des souvenirs leur reviennent en mémoire. Au cœur de la salle d'étude, les holoétudiants s'activent autour de tables de travail.

Soudain, devant eux, apparaît un holoacteur nommé Élon Skum. Métacitien de petite taille aux cheveux rares et aux yeux vairons[1], il est peu charpenté. Les épaules voûtées, il ressemble plus à un vieillard qu'à un jeune homme de vingt-trois ans.

Pourtant, son destin s'apprête à basculer. Alors qu'il effectue des recherches sur sa *+Lisible*, la bibliotablette, il reçoit une IAlerte mystérieuse. Liaque l'informe qu'un gourou menace Métacité ! Échappé d'une ville douteuse nommée

1. Expression décrivant un être ayant les yeux d'une couleur différente, un œil marron et un œil bleu par exemple.

Phusis, cet olibrius commence à regrouper des adeptes autour d'une philosophie vénéneuse qui remet en cause la devise de la Cité : *Prospérité, Réussite, Sécurité.* Au contraire, le gourou développe une approche dangereuse pour Métacité qui revient à respecter la relation entre les êtres vivants et la planète. Par cette idéologie perverse, il transforme de bons Métacitiens en rêveurs ! Alors, ceux-ci se perdent à la recherche de chimères au lieu de participer à la consolidation de la puissance de leur mégapole. Sans douter une seconde, Élon conclut qu'il n'a pas le choix : il doit intervenir ! Pourtant une interrogation l'assaille *pourquoi moi ?*

La scène d'introduction passée, les holospectacteurs peuvent circuler dans la bibliothèque. Impressionnés par le réalisme de la pièce, ils s'avancent vers l'holoacteur qui les reconnaît et leur fait signe de venir s'installer avec lui. Assis sur une chaise en plastique transparent, les coudes sur une antique table en bois recouverte de graffitis, Élon entame un monologue préenregistré :

— C'est fou... Là, juste sous notre nez... ce gourou cosmique... Heureusement les amis, nous allons former une équipe de choc et vaincre Gautama !

Adoptant une attitude théâtrale, il se lance dans un discours captivant sur la dangerosité des adeptes de Gautama, surnommés les Contemplatifs. L'holoacteur défend avec ardeur les bienfaits du modèle métacitien. Grâce aux IA qui veillent au bonheur de chacun, ils ont accès à une nourriture saine, à un emploi garanti et à un logement haut de gamme ! Les innovations simplifient leur quotidien. La qualité de vie offerte par la Cité est inégalée :

— *Seuls des fous voudraient détruire un tel paradis !* s'exclame Élon.

Malgré le piètre jeu de l'holoacteur, les holospectacteurs boivent ses paroles, sauf Guang qui, distrait par la présence d'un holobébé, chuchote :

— Nour… Nouuuur ! reprend-il plus fort.

— Quoi ? Laisse-moi écouter Élon.

— Regarde ! Regarde cette fillette ! Comme elle est mignonne, murmure-t-il en couvant l'enfant des yeux. Regarde son petit nœud vert dans les cheveux ! Ses mains potelées sont adorables. Nour… Et si on avait un bébé ? On formerait une famille ! ajoute-t-il, enthousiaste.

— Par toutes les IA ! Guang ! On est en plein holociné ! Et tu me parles de mioche ! Dis-moi que c'est une blague ?

— Mais non ! Et ses petits pieds… Nouuur… En plus, elle est si sage.

Il tend la main pour chatouiller le menton de l'enfant qui gazouille, s'attirant alors les foudres de sa femme :

— Guang. C'est un holobébé ! C'est normal qu'il soit mignon et sage : il n'existe pas ! C'est un *holobébé* ! Pour appuyer ses dires, Nour étire le bras et traverse le thorax de l'hologramme qui n'a pas été programmé pour interagir avec les combinaisons d'immersion. Là ! Tu vois !

— Tonnertruant ! Ce que tu peux être méchante parfois !

Ignorant les remontrances de son époux, Nour se tourne vers Élon qui poursuit son monologue partisan :

— Je ne peux pas demeurer sans rien faire, alors que notre belle Cité est en danger ! Mes amis, je vais avoir besoin de votre aide… Seul, je ne pourrais pas mener à bien cette mission. Je peux compter sur vous ?

Tous hochent la tête avec détermination. Élon répartit les tâches entre les holospectacteurs :

— Nour, Guang et Esther, restez ici et renseignez-vous sur Gautama ! Nous devons mieux le connaître pour l'empêcher de nuire ! Je vous laisse ma +Lisible. *Cet extraordinaire produit sorti des laboratoires de* Toujours + *vous permettra d'avoir accès à tous les savoirs du Monde !*

Nour s'empresse de saisir l'objet qui devrait être disponible en magasin dans quelques jours. Élon poursuit :

— Vous n'avez pas besoin de consulter les livres, ils sont purement décoratifs et téléchargeables depuis les bornes de connaissance sur la +Lisible. *N'oubliez pas, elle a une mémoire incroyable de plusieurs milliers de téraoctets ! Heiani et Félicien, venez avec moi ! Vous m'accompagnez pour élaborer le plan d'attaque ! Nous allons essayer le processeur CWX-15 fabriqué par* Colosseum. *C'est la pierre angulaire de leur prochain jeu sensoriel,* conclut-il en se levant.

Guang soupire de dépit. En tant que gros joueur, il aurait préféré tester le produit *Colosseum*, plutôt que la *+Lisible*. Mais à travers Élon, l'IA locale en a décidé autrement.

Les groupes sont à peine formés qu'un holomur se matérialisant entre eux, il sont virtuellement séparés. Désormais, les holospectacteurs sont chargés de résoudre l'intrigue : ils doivent triompher de Gautama et sauver Métacité !

– 2 –

Une dizaine de minutes plus tard, la cloison disparaît, les décors deviennent flous, puis changent subitement. Surprise et sans repère visuel, Esther a la tête qui tourne, puis la nausée la prend. Elle ferme les yeux et s'agrippe au bras de Félicien qui se trouve là par un heureux hasard. En quelques secondes, les cinq se retrouvent dans une holochambre d'étudiant avec Élon. Bien que minuscule, ce logement est propre, décoré avec élégance et doté de tout le confort méta-citien. Le long du mur droit, le lit escamotable a fusionné dans la cloison. L'IA locale a installé six holotabourets destinés à accueillir les holospectacteurs et l'holoacteur qui les interroge immédiatement :

— *Qu'ont donné vos recherches ?*

— Pendant que tu faisais des expériences, Heiani et moi avons imaginé un moyen de pirater l'IA locale de la villa des Contemplatifs, intervient Félicien. Ainsi, nous avons trouvé comment y pénétrer.

— Pépère, t'oublies quelque chose d'important ! ajoute Heiani.

— Oui, toutes ces découvertes ont été possibles grâce au processeur *Colosseum* qui est très puissant. Je suis impressionné. On a aussi eu des IAlertes pour nous guider.

— Féli ! C'est pas ça ! Les Contemplatifs… et bien… ils prévoient une attaque de masse contre la Cité ! … Une offensive de grande envergure ! Malheureusement, nous n'en savons pas plus.

Guang et Nour échangent un regard empreint de déception. N'ayant quasiment rien découvert à la bibliothèque, ils n'ont ramené que quelques documents poussiéreux téléchargés sur la *+Lisible*. Nour avait surtout parcouru l'appareil et ignoré les IAlertes qui auraient pu les aider. N'aimant pas être mise en défaut, la directrice de la techno-serre se tortille sur son siège, puis se ronge les ongles. L'observant avec intérêt, Esther prend la parole d'une voix posée que sa supérieure ne lui connaissait pas :

— Nous n'avons rien trouvé de probant. Les livres sur les sectes sont vraiment datés. Néanmoins si Nour avait suivi les IAlertes, nous aurions peut-être découvert des informations…

À cet instant, Nour tique : *Nom des IA ! Cette garce cache bien son jeu ! J'ai bien fait de l'inviter… Elle vient de se dévoiler. Je vais devoir m'en méfier,* pense-t-elle, le regard mauvais.

— *Alors, nous n'avons pas le choix. Nous devons pirater leur IA !* conclut Élon.

Allumant le mur interactif, l'holoacteur fait apparaître un immense écran. Après quelques manipulations menées sous les directives de Félicien, Élon s'apprête à lancer son attaque, quand Nour s'écrie :

— Par toutes les IA ! STOP !

— *Pourquoi m'interromps-tu ?* interroge Élon.

— Il est écrit que Gautama a un superpouvoir ! clame-t-elle fièrement en agitant sa +*Lisible* sous leur nez.

— Un superpouvoir… Ce n'est pas possible, murmure Guang, alors qu'il essuie le regard assassin de son épouse.

— Écoute… C'est très clair… je cite : *Suite à une expédition vers Vénus, son vaisseau a été victime d'une explosion solaire.* Tous sont morts, sauf lui ! Il est revenu changé, puis a commencé à développer une étrange faculté. Il contrôle les émotions des personnes, ajoute-t-elle sur un ton dramatique en toisant Esther afin de lui signifier son erreur.

Alors que ses amis poussent des exclamations de surprise, Élon renchérit :

— *Maintenant, nous savons comment il a pu réunir autant de Contemplatifs. C'est lui que nous devons arrêter ! Il n'est plus nécessaire de pirater leur villa. De toute manière, il me semblait tout à fait impensable qu'une IA ait pu con-*

courir à mettre ainsi notre modèle en danger. Un obscur Homo sapiens, *oui ! Mais une Intelligence Artificielle, non ! Mettons fin aux agissements de Gautama... lui seul est réellement nocif !* clame-t-il avec fierté.

Semblant désormais moins chétif et plus charismatique, il conclut en sortant une clef de sa poche :

— *Pour cela, il nous faut du matériel de pointe ! Je sais où en trouver... Suivez-moi !*

4

Le courage de Félicien

Sans un bruit, les décors changent. Maintenant les cinq se tiennent dans une immense pièce sombre dont l'odeur de moisi est insupportable. Au sol, des traits blancs marquent l'emplacement d'autonomobiles. Apercevant, quelques véhicules épars stationnés près d'un amas de tôles et de barre de fer, Heiani s'interroge :

— C'est quoi ce lieu pourri ? On ne va pas à l'holociné pour fréquenter les bas-fonds de Métacité ! On les connaît déjà !

— Arrête de râler, il va se passer quelque chose, lui rétorque Guang.

L'air est humide. Esther frissonne. Profitant de l'occasion pour se rapprocher, Félicien s'apprête à l'enlacer pour la réchauffer quand Élon se dirige vers l'angle le plus sombre du parking. Tous lui emboîtent le pas, sauf Félicien qui reste en retrait, dépité.

Soudain, sortie de nulle part, une horde d'*Homo sapiens* les attaque ! Vêtus de *jeans* et d'horribles chemises à carreaux datant d'avant Métacité, ils sont armés de haches ou de piques ! L'écume aux lèvres, le regard féroce, ils se jettent sur le groupe d'Élon. Rapidement, Nour est ceinturée par un assaillant particulièrement teigneux. Alerté par les cris d'effroi de son épouse, Guang la délivre avec vigueur, puis féru de jeux de rôle, il prend la situation en main :

— Tout le monde se regroupe, dos à dos ! hurle-t-il en embrassant la zone d'affrontement du regard. Heiani ! Tu maîtrises les arts martiaux ! Libère le ninja qui est en toi ! Féli ! Tu es grand ! Tu es puissant et convaincu d'œuvrer pour le bien… Tu seras un paladin ! Le mal est face à toi ! N'économise pas tes coups ! Nour… tu as une formation de secouriste… tu vois la boîte avec une croix rouge, là-bas ? C'est pour toi ! Féli, tu l'accompagnes ! Esther ! Tu es rusée ! Faufile-toi ! Tape dans les genoux ! Tapis-toi dans l'ombre ! ordonne-t-il alors qu'Esther dézingue un adversaire d'un coup de pied circulaire dont la précision lui fait lâcher sa hache que Guang ramasse immédiatement :

— Tonnertruaaaaaaaaant ! À l'attaaaaaaaaque !

Un effroyable combat de rue s'engage. Arcbouté sur ses jambes, une tôle ondulée en guise de bouclier dans une main, une barre en fer dans l'autre, Félicien fait des arcs de cercle devant lui pour protéger Nour. Dos à dos, Heiani et Guang repoussent leurs adversaires. Combattant à main nue, Heiani est redoutable. Ses gyaku zuki[1] sont précis. Ses yoko geri[2] sont dévastateurs. De son côté, Guang assène de violents coups de hache sans se préoccuper de savoir s'ils assomment ou tranchent, alors qu'étrangement l'hémoglobine ne gicle pas. Mais soudain, un cri retentit ! Élon vient de s'effondrer. Instinctivement, Guang hurle ses instructions :

— Nour ! Féli ! Dépêchez-vous ! Esther ! Protège-le ! S'il ne se relève pas, l'aventure est finie !

Le paladin se retourne et aperçoit un assaillant saisir Nour par le bras. Sans hésiter, il lui administre un violent

1. Coup de poing .
2. Coup de pied de côté.

coup de tête qui le fait vaciller. Arrivée au chevet d'Élon, Nour lui prodigue des soins. Vigilant, Félicien les protège. En quelques secondes, l'holoacteur est à nouveau sur pieds.

Pendant ce temps, ses amis ont fait le ménage. Les *Homo sapiens* commencent à se replier ; puis s'enfuient, les exclamations de joie fusent :

— Par les IA ! On a été bons ! s'enthousiasme Nour. Féli a assuré ! Regardez, je n'ai aucune égratignure !

— Je n'ai fait que mon devoir ! précise-t-il avec humilité.

— Merci Féli ! C'est agréable d'aider les autres, constate Nour, étonnée.

— Tonnertruant, Heiani ! Quelle puissance ! On était un super duo ! Nour… Si tu n'as pas combattu, tu as été décisive… Sans ton intervention, la séance était terminée. Quant à toi Esther, tu as été magistrale ! On forme une sacrée équipe !

Pendant qu'ils se congratulent et s'enlacent, Élon questionne un agresseur qui, étourdi par Félicien, ne parvient pas à se relever :

— *Qui es-tu, espèce de crapule ? Pourquoi nous as-tu attaqués ?*

Trahissant l'influence maléfique de Gautama, le Contemplatif a le regard vitreux et ressemble plus à un zombie qu'à un adversaire aguerri. Les Métacitiens le toisent avec mépris, sauf Heiani qui est prise de pitié. Le misérable ne parvenant pas à articuler un mot, la sentence d'Élon tombe :

— *On en tirera rien ! Son cerveau a été lavé par Gautama. Laissons-le ! Nous avons mieux à faire ! Regardez bien, car Gautama n'est pas le seul à avoir ses petits secrets !* déclare-t-il pompeusement.

— Au prix de la séance d'holociné, ils auraient pu embaucher un bon acteur et travailler leurs répliques, murmure Heiani à l'oreille de Guang. On se croirait dans une série produite par une IA mal codée.
— Fais pas ta rabat-joie ! Moi, je trouve ça super ! réplique-t-il au moment où Élon ouvre un boîtier de fer rouillé et révèle un identificateur cardiaque qu'il actionne.

– 2 –

Dans un grincement aigu, un mur pivote et dévoile une pièce blanche du sol au plafond. Elle est si lumineuse que les holospectacteurs plissent les yeux, puis poussent un cri de surprise.

Au centre du local trône une superbe autonomobile. Ses lignes sont pures. Sa couleur est stupéfiante. Elle semble tout droit sortie du rêve d'un savant génial !

Grand amateur de technologie, Guang en fait plusieurs fois le tour. Il se penche pour découvrir l'intérieur et n'a pas assez de « tonnertruant » pour décrire ses émotions.

Élon déverrouille le véhicule.

Tous se précipitent pour monter à bord. D'autorité, Nour et Esther se placent au premier rang à côté d'Élon alors que Guang, Félicien et Heiani s'entassent à l'arrière. Pour offrir un confort maximal, l'habitacle de l'autonomobile s'adapte immédiatement aux six passagers. Ingénieur chez *Toujours+*, l'époux de Nour découvre le tableau de bord avec ravissement :
— C'est incroyable ! murmure-t-il, estomaqué.

Ignorant l'émerveillement de Guang, Élon poursuit son show :

— *Alimenté par des nucléobilles, ce véhicule est propre ! Prêt à tester la dernière autonomobile, la* +Puissante, *qui sortira bientôt de chez* Toujours+ ? *Attachez vos ceintures ! Attention au départ !* prévient-il en activant un système de visseries qui permet au sol de la pièce secrète de s'élever.

À cet instant, le véhicule émerge au cœur de la Cité. Élon accélère brusquement. Les holospectacteurs sont collés aux sièges. Esther se sent à nouveau mal. Ils filent à une vitesse folle à travers Métacité. Les rares holovéhicules s'écartent devant l'autonomobile. Les feux virent au vert dès qu'elle s'en approche. Bluffé, Guang s'exclame :

— J'aimerais que ce soit aussi fluide quand je vais chez *Toujours*+ !

— Pépère, c'est la magie de l'holociné ! ironise Heiani.

— Pourquoi te plains-tu ? Tu n'as même pas d'autonomobile ! ajoute Félicien en riant.

Nour réprime un mouvement. *Oui, on n'a pas d'autonomobile,* pense-t-elle. *Il nous en faut une. Après mes* +Loin, *on l'achète. Ce sera bien, comme ça.*

Tous les autres rient de la boutade de Félicien, excepté Élon dont le visage reste impassible, car aucune réplique n'a été préenregistrée pour répondre à un trait d'humour des holospectacteurs.

Maintenant, les cinq compagnons regardent le paysage qui défile et commencent à s'ennuyer. L'IA locale déclenche le couplage avec leurs puces de santé greffées sur la cinquième vertèbre cervicale.

Dans la seconde, l'autonomobile propose à chaque passager une gélule personnalisée. Ainsi, un anti-nauséeux est offert à Esther. Souffrant d'une ampoule au pied après sa course dans le TIU, un cicatrisant express est présenté à Nour. Enfin, jugée trop critique par Liaque, un euphorisant est imposé à Heiani, au moment où Elon stoppe devant un vieux manoir inquiétant.

5

L'étoffe d'un héros

Arrivés à destination, les holospectacteurs descendent du véhicule et écoutent religieusement Élon :

— *Les amis, je vous invite à visiter le lieu le plus secret de notre belle Cité... Il s'agit de la demeure de ma famille... Surtout ne vous fiez pas aux apparences... la richesse est à l'intérieur.*

Leur curiosité piquée au vif, les cinq s'avancent vers un manoir dont à contrejour la silhouette imposante se détache sur fond de ciel menaçant dans lequel croassent des corbeaux d'une manière particulièrement sinistre. Construite en briques rouges noircies par le temps, sa façade est agrémentée de fenêtres à croisée dont la saleté des vitres interdit d'apercevoir l'intérieur. Le vent chargé de pluie soufflant en bourrasque, des volets en bois à la peinture écaillée battent contre la façade dans des claquements inquiétants. Des amas de mousses vertes mangent un toit couvert d'ardoises grises. Ceinte d'un lierre au tronc noueux, la résidence semble être habitée par un esprit maléfique. Néanmoins, Félicien la contemple bouche bée, puis chuchote à l'oreille de Nour :

— Ça, c'est de la baraque comme on les faisait avant !

— Je ne te le fais pas dire ! approuve-t-elle d'un mouvement de tête.

D'un pas décidé, Élon avance vers l'entrée barrée par une imposante holoporte en chêne. D'une hauteur de plusieurs mètres, celle-ci est recouverte de sculptures représentant des angelots dodus qui luttent contre des diablotins malingres aux regards fourbes. En son centre, un heurtoir en cuivre représente un homme aux yeux révulsés qui hurle une douleur indicible. Shootée par l'euphorisant avalé dans l'automobile, Heiani s'exclame :

— Oh, que c'est intéressant ! C'est la plus merveilleuse porte que je n'ai jamais vue !

Étonné par sa réaction, Guang jette un coup d'œil à son amie en fronçant les sourcils, au moment où Élon pousse le battant dont les gonds grincent.

Un couloir étroit les accueille.

Élimé au point de laisser transparaître le sol de tomettes, un tapis trahit la vétusté des lieux. Formant des rinceaux sur fond rouge et marron, les fils d'or témoignent de la grandeur passée de la famille Skum. Orné d'appliques en cuivre jaune dont une bonne partie des ampoules est grillée, le corridor est sombre et interminable. Sans prendre la peine de faire visiter le manoir aux holospectacteurs, Élon se dirige vers une porte vermoulue qui s'ouvre sur une salle gigantesque dont la modernité tranche avec la décrépitude des lieux. Ses murs sont tellement blancs qu'ils paraissent rayonner d'un bleu glacial. Une myriade d'objets inouïs jonche le sol impeccable. Instinctivement, Nour s'inquiète :

— Où sommes-nous ?

— Bienvenue dans la cave Skum ! Ici, les meilleurs savants se réunissent pour imaginer le monde de demain et consolider Métacité ! s'exclame l'holoacteur.

— Incroyable ! crie Heiani. Toutes ces innovations en un seul lieu ! Ils ont pensé à tout ! Même à l'odeur !

— Ça sent le désinfectant, rétorque Félicien.

— *Nous sommes dans le laboratoire de mon père. Pendant des décennies, il a bâti l'image d'une famille Skum désargentée, mais c'est impossible puisque les IA veillent sur nous tous !* indique Élon en riant. *Sous couvert de pauvreté et de marginalité, avec d'autres génies et guidés par Liaque, ils ont mené des recherches secrètes... malheureusement, il nous a quittés il y a peu... Mais je suis convaincu que nous trouverons ici la solution au problème Gautama ! Grâce aux nouvelles* +Loin *de chez* Toujours+, *nous pourrons découvrir son passé funeste !*

Immédiatement, Nour se précipite pour s'emparer du *nec plus ultra* des lunettes connectées, mais Élon les tend à Félicien qui les chausse dans un sourire béat.

– 2 –

Déçus de ne pas avoir été choisis, ses amis se pressent autour de lui. De l'index de sa main droite, il actionne la molette et fait défiler le texte projeté sur ses verres :

— C'est stupéfiant ! Écoutez cet extrait de journal, annonce Félicien avec enthousiasme. Je vous le lis : *L'infâme Gautama a participé à une mission habitée sur Vénus, mais les explorateurs ont été victimes d'une explosion solaire... Lui seul est revenu ! Son étrange pouvoir serait apparu après cet accident...*

— Arrête de jouer au prof ! On le sait déjà, le coupe Nour avec agressivité.

— Ce n'est pas tout, poursuit-il sans se préoccuper du mouvement d'humeur de son amie. Son caractère aurait changé lui aussi ! Voici le témoignage de sa mère recueilli par le journaliste : *Mon fils n'était plus le même, il était devenu délirant. Il ne recherchait ni prospérité, ni croissance, ni sécurité, il était obsédé par des chimères. Il est parti pour un autre voyage, vers cette Cité. Phusis. Il en est revenu encore plus fou, violent et alcoolique !*

— Ce mec est un danger ! s'indigne Nour en oubliant sa rancœur.

— Il faut le défoncer vite fait ! s'écrie Guang en tapant dans sa main avec une conviction qui le caractérise peu.

— Humm, les gars… Vous ne trouvez pas que c'est un peu simpliste ? intervient Heiani en faisant virevolter ses boucles rousses. Peut-être devrions-nous aller parler à Gautama et connaître sa version des faits plutôt que de foncer dessus pour l'éliminer ? Pépère, passe-moi les *+Loin* ! ordonne-t-elle en tendant la main d'un geste autoritaire.

À regret, Félicien s'exécute.

Sans prononcer un mot, Heiani s'équipe, puis après quelques secondes interminables, elle exulte :

— Là ! Écoutez ! Il a subi un traitement à base d'héroïne pour calmer ses angoisses. Vous voyez… Il a sans doute souffert. Le *défoncer* ne serait-il pas disproportionné ? S'il prend un traitement à base d'héroïne, c'est bien qu'il y a un gros souci !

Alors que ses amis la toisent avec ironie, Heiani continue sans se soucier de leur attitude condescendante :

— Vous savez que ce genre d'injection se fait uniquement à la demande du patient ! Bon… vous voyez où je veux en venir… Gautama n'est pas un fou furieux… mais juste un homme qui souffre et qui se soigne… Ne serait-ce pas injuste de décider de sa mort en quelques secondes sans lui laisser une chance de se justifier… Que je sache, il n'a blessé ni assassiné personne ! Qu'en dis-tu Élon ?

Insensible aux interactions provoquées par les holospectateurs, l'holoacteur poursuit un monologue intangible :

— *Et comment le tue-t-on ? Oh, regardez ! Le* +Serviable *nous apporte une* +Lisible *! Quel incroyable robot de chez* Toujours+ : *il anticipe nos besoins !*

Immédiatement, Heiani soupire :

— C'est incroyable comme ces IA peuvent être stupides ! Sortons de cette cave pour aller parler à Gautama ! Ensuite, on votera pour savoir si on l'élimine ou pas ! On ne peut quand même pas se fonder sur si peu d'éléments pour se prononcer sur la vie de quelqu'un !

– 3 –

Heiani grimpe les escaliers glissants, se dirige vers le couloir, puis appuie sur l'holopoignée. Mais, la porte étant verrouillée, elle force, tire et râle. En vain ! Le battant reste clos. En effet, le script n'a pas prévu que les holospectateurs puissent interagir avec Gautama et encore moins qu'ils puissent remettre en question le synopsis bien huilé de l'holofilm. Alors folle de rage, Heiani donne un coup de pied dans la porte au moment où Élon répète inlassablement son monologue sur un ton suraigu :

— *Oh, regardez ! Le* +Serviable *nous apporte une* +Lisible *! Quel incroyable robot de chez* Toujours+ : *il anticipe nos besoins !*

— Hahaha… J'ai compris ! s'exclame Heiani en éclatant de rire. Liaque a décidé que Gautama devait mourir. Point final ! Ce n'est pas encore aujourd'hui que l'on pourra choisir notre destin.

Surpris, ses amis la regardent avec incrédulité tant ils ne saisissent pas son acharnement à aller à l'encontre du bon sens. En effet, n'est-il pas évident que Gautama est coupable, puisqu'il a envoyé des Contemplatifs les attaquer ? Cependant, leur amie n'étant pas calmée, elle s'apprête à jeter les lunettes connectées, quand Guang a le réflexe de les lui arracher, de les chausser et parcourt les articles qui s'affichent sur les verres.

Ne trouvant plus rien d'intéressant, il s'emporte :

— Heiani ! Tu es immature ! Accepte de te laisser guider par l'IA ! On est là pour sauver Métacité et non pour philosopher sur le droit d'un homme ou faire joujou ! Voilà ce qui est écrit : *seule une bombe électromagnétique peut détruire l'infâme Gautama et sa puce cérébrale qui amplifie son pouvoir.* Tu vois, c'était simple ! conclut-il alors que Élon s'inquiète :

— *Mais... si je m'approche de lui, il maîtrisera mes émotions... et je ne pourrai pas mettre fin à ses méfaits !*

À cet instant, les cinq se taisent et réfléchissent. Assise sur une holotable, Esther joue avec ses longs cheveux bruns. Parsemés de mèches violettes, celles-ci changent de couleurs selon l'humidité de l'air. Depuis le début de l'holofilm, Félicien l'observe. Plus il la regarde, plus il la trouve jolie. Tout à l'heure ne lui a-t-elle pas pris le bras ? Ne lui a-t-elle pas envoyé un signal fort en disant qu'elle avait froid dans le parking ? *Je dois tenter ma chance, c'est une sacrée Métacitienne.* Alors, il s'approche s'appuie sur la table et lui murmure à l'oreille :

— Tous les vendredis, je réserve au *Cœur de corail*… Tu ne voudrais pas te joindre à moi ? Je… je… te trouve très… sensuelle.

Surprise, Esther sursaute, puis réagit vivement :
— Hein ? Quoi ? On essaie d'aider Élon là ! C'est NON !

Les autres pouffent de rire, car fidèle à sa réputation, Félicien est un dragueur catastrophique.

Vexé et mal à l'aise, il s'éloigne vers un distributeur de sucreries qui est présent dans toutes scènes au cas où les holospectacteurs auraient un petit creux ou envie d'acheter un produit placé dans l'holofilm. Après qu'il ait pucé, un paquet de *Pourmoi* tombe dans le panier de service. L'enseignant s'en saisit en marmonnant, puis retourne s'appuyer sur la table désertée par Esther qui a trouvé refuge auprès d'Élon. Boudeur, il mâche la coque croustillante de la friandise afin de libérer la barbe à papa encapsulée à l'intérieur, quand son attention est attirée par un vieux magazine datant du XXème siècle. Pour donner le change, il le feuillette, puis soudain, il s'exclame :
— J'ai trouvé ! s'écrie-t-il en brandissant l'holoalbum de ses doigts pleins de poudre violette. Pour vaincre Gautama, Élon doit porter un casque de protection comme Magneto[1] !
— *Bravo ! Au travail maintenant !* réplique Élon.

Immédiatement, les cinq amis s'empressent de fouiller dans le capharnaüm de la cave Skum et finissent après quelques minutes de frénésie par dénicher un casque et un engin explosif dans un placard. Mais au moment où ils les remettent à Élon, le décor changeant à nouveau, les holospectacteurs pressentent que le dénouement est proche.

---

1. Personnage de *Marvel Comics*, créé en 1963 par Stan Lee et Jack Kirby.

– 4 –

Placés devant un immense bunker gris, les cinq regardent Élon se préparer à sauver la Cité. Il enfile une tenue antiradiation destinée à le protéger et le fameux casque anti-onde. Instantanément, l'holoétudiant n'est plus l'homme timide du début de l'holofilm. Les épreuves qu'il a traversées l'ayant métamorphosé, il n'a plus les épaules voûtées et fait preuve de caractère : il a l'étoffe d'un héros !

C'est la raison pour laquelle Liaque l'a choisi. Elle a vu en lui le courage, la force et l'abnégation nécessaires pour un tel sacrifice ! En effet, les cinq n'ignorent pas que la bombe le tuera aussi. Alors, le cœur serré, ils l'entourent. La gorge nouée, Guang l'étreint avec virilité. Félicien lui tape sur l'épaule avec un sourire plein de compassion. Les autres lui serrent la main. Après un moment d'hésitation, Heiani se joint aux embrassades et lui souhaite bonne chance.

Maintenant, depuis l'abri anti-onde magnétique où sont réfugiés tous les holohabitants de la Cité, les cinq holospectacteurs regardent Élon se diriger vers son destin. Avec un calme étonnant, il marche dans la ville déserte. Il n'est ébranlé ni par le vent qui balaye l'avenue ni par les poignées de poussières tourbillonnantes. Un sac en plastique vole dans les airs et valse. Les portes claquent. Les volets grincent. Les feux de l'algorithme urbain se sont arrêtés. Métacité semble morte. Les holospectateurs frissonnent d'angoisse. Peu à peu, Élon est une petite silhouette qui rétrécit à l'horizon. La musique d'ambiance devient plus forte, plus lancinante et plus anxiogène.

Soudain, une explosion assourdissante retentit !

Tout en se gardant d'approcher Félicien, Esther pousse un cri d'effroi. Dans la seconde, le souffle les jette tous à terre. Malgré la puissance de la déflagration, la vitre blindée n'a pas volé en éclat. Le calme qui suit est étouffant. Les holospectateurs ont l'intime conviction que Gautama n'est plus, tout comme Élon : le danger est écarté.

Hébétés, ils sortent lentement de l'abri. Ils contemplent les rues vides. Ils écoutent le silence imposé par la mort. Mais brusquement, quelques holofigurants poussent des cris de soulagement, puis des vivats de joie. Ne comprenant pas la raison d'un tel épanchement, Nour s'apprête à les apostropher, lorsqu'elle voit émerger de l'une des avenues une femme portant des vêtements en lambeaux. Sa démarche est incertaine. Pourtant quand elle s'approche d'eux, les holospectacteurs remarquent ses yeux vairons.

Étonnés, les cinq se regardent et s'interrogent :
— C'est lui ? chuchote Esther.
— Il a ressuscité ? suggère Guang.
— C'est bien lui ! clame Nour d'une voix tremblante.
— Non, pas lui… ELLE ! s'exclame Heiani.

Tous poussent des cris d'allégresse et courent vers elle. Ils l'entourent, l'acclament pour son courage. Dès lors, ce ne sont plus qu'embrassades, accolades et larmes de joie.

Élon raconte comment il a vu Gautama se désintégrer devant lui :

— *Ma combinaison de chez* Toujours+mod *m'a sauvée. La déflagration a été telle que mon être a été modifié en profondeur. Je me sens si différente et je n'ai plus de puce,* précise-t-elle en montrant sa main où la puce d'identification a disparu. *Mon esprit est si clair. Je crois que mes puces d'intellect ont fusionné avec mon corps. J'ai l'impression de ne faire plus qu'un avec la technologie et la Cité. Regardez !*

Joignant le geste à la parole, elle tend le bras et les feux routiers reprennent leur fonctionnement au moment où un holoacteur intervient :

— *Tu étais déjà un H2A car Amélioré et Augmenté. Maintenant, tu communiques directement avec Liaque : tu es devenue une H2A suprême !*

Élon acquiesce d'un mouvement de tête. Nour la regarde les yeux brillants. *Élon a évolué en un être parfait grâce à la conjugaison de l'Homme et de la technologie,* conclut-elle intérieurement avant de l'interroger :

— Alors tu n'es plus un simple H2A comme nous ?

— *Non... en effet... Je dois changer de nom... Appelez-moi : Motoko... Motoko Kusanagi*[1]...

Dans un tourbillon, les images deviennent floues. Le sol s'éloigne des pieds des holospectacteurs. Ils ont le sentiment de s'élever dans les airs. Motoko est désormais toute petite. Entourée d'holofigurants, elle lève les yeux et les salue de la main. Le thème musical est plus dense. Alors que les cinq atteignent les nuages, la lumière diminue et laisse place à la pénombre. Les spots se rallument pendant que le générique du film défile. Transportés par cette incroyable aventure, les amis se sourient, commentent les effets et louent la bravoure d'Élon-Motoko. Tout en devisant gentiment, ils quittent l'holociné habités par un fort sentiment de fierté. Ils ont aidé à sauver Métacité. Et pas n'importe quelle Cité ! La meilleure de toutes !

---

1. Personnage du manga *Ghost in the Shell*. Cyborg, être humain ayant reçu des greffes de parties mécaniques, elle apparait en 1995.

6

Les larmes de l'empereur

Il est 6 h 45. Debout dans le TIU, les yeux dans le vague, un léger rictus aux lèvres, Félicien rêve de tendresse et adorerait être consumé par la passion. Faute d'un cœur à choyer rencontré grâce à un concours de circonstances, il se résout à parcourir son *+Présent* pour consulter les profils de femmes sur l'application *Cœurpatible gratuite,* même s'il préfèrerait chérir plutôt que de conquérir. Alors appuyé contre un écran courbe, il se laisse bercer par le roulis du train et par l'illusion du bonheur à portée de main. Perdu au milieu des Métacitiens habillés à la pointe de la mode par *Toujours+mod,* il tranche avec son uniforme de professeur dont le port obligatoire est destiné à gommer tout rang social. Sa stature imposante dépassant les standards décrétés par le Ministère, il est engoncé dans son costume bleu nuit. Sa chemise bleu ciel cachant difficilement son embonpoint laisse apparaître son nombril et lui donne l'air d'être un nuage comprimé. De plus, souhaitant un personnel enseignant chic, le Ministère a imposé le port du nœud papillon gris à pois bleus. Le Métacitien a le sentiment de ressembler à un clown. *Il ne me manque que des chaussures disproportionnées,* ironise-t-il intérieurement. Bref, Félicien déteste cet accoutrement et se déteste. Mal à l'aise dans ses vêtements, parfois soumis aux regards méprisants des Métacitiens en raison de sa fonction, Félicien ne sait pas comment occuper l'espace. Encombré par un corps qu'il juge trop massif, il se sent maladroit. Alors pour se donner une contenance, il scrute les passagers et son regard est attiré par une femme dont le coin des lèvres est souligné par un ravissant grain de beauté. Dès lors, Félicien entame un débat :

— *Jolie ? Peut-être. Mais, sommes-nous cœurpatible ? Je devrais l'accoster... Avec ce costume ridicule. Jamais ! Elle a un regard doux... Je pourrais l'inviter au* Cœur de corail *? Si elle me rejette, j'aurai tellement honte. Ce sera pire qu'à l'holociné avec Esther. Alors à la maison ? Non. J'aurais l'air d'un pervers. Puis, si nous sommes faits l'un pour l'autre,* Cœurpatible *me le dira. Pas de risque inutile Féli ! Sois raisonnable... Chut. Oh... elle me regarde !*

Mais à cet instant, une IAlerte de *Cœurpatible* fait vibrer son +*Présent*. Oubliant dans la seconde l'inconnue au grain de beauté, il se jette sur son écran et constate que l'une de ses invitations a été acceptée :

— *Quel pourcentage ?* se demande-t-il intérieurement. *Humm... 68 % de cœurpatibilité... C'est pas terrible... J'aime bien sa silhouette... Cependant, c'est une gameuse... Je ne me sens jamais à l'aise quand il faut parler de jeux vidéo... Mais, Guang saura peut-être me conseiller.*

Une nouvelle IAlerte l'interrompt dans sa réflexion :

— *Ah ! 75 %, c'est mieux ! Certes, son allure est moins attrayante, mais... elle a l'air sympathique ! Peut-être serait -ce la Bonne ?* se prend-il à rêver au moment où la mélodie de son oreillette l'informe qu'il est arrivé à destination.

Sortant à regret du TIU après avoir jeté un dernier regard à sa voisine, Félicien se dirige vers son lycée. Il est 7 h 40.

– 2 –

L'établissement est vétuste. Ses murs sales, jadis couverts de peinture beige révèlent son ancienneté. Alors qu'auparavant de larges ouvertures laissaient entrer la lumière, les fenêtres ont été bouchées avec des parpaings afin de créer une multitude de vidéosalles minuscules. Désormais, cet établissement scolaire ressemble davantage à un mausolée qu'à un lieu de vie. Des touffes d'herbes poussent entre les dalles polies par le passage de milliards de chaussures. Dans les couloirs flotte une odeur de décomposition. Ce lieu où le savoir était transmis est devenu le tombeau de la connaissance.

Un calme sépulcral y règne !

En effet, depuis des décennies aucun lycéen ne parcourt les corridors. Il n'y a plus de baisers échangés derrière un poteau, plus de sandwiches mangés à la va-vite en révisant ses cours avant une interro ou de courses effrénées dans les galeries pour arriver à l'heure. Les relations entre les élèves n'existent plus. Elles se tissent ailleurs. Entre enfants dont les parents fréquentent le même travail, les mêmes loisirs ou la même salle de sport, « les amis de lycée » ont disparu.

Le bâtiment ressemble à un animal endormi, quasiment mort où quelques rares âmes y apportent des soubresauts de vie. Félicien croise des enseignants qu'il salue d'un mouvement de tête par pure politesse. Ne se parlant jamais, ils ne se répondent jamais, car ils ne sont plus collègues, mais concurrents. Il aurait aimé connaître le coin de la machine à café où les amitiés se forgent avec le temps, les enfants des autres que l'on voit grandir et les crises de rires provoquées par des réflexions d'élèves. Il aurait aimé vivre la vie, tout simplement.

Mais ici aussi, la solitude règne !

Après avoir gravi trois volées d'escaliers et arpenté deux coursives, Félicien pénètre dans la vidéosalle qui lui a été attribuée à l'année. À l'aide d'un code secret et de sa signature cardiaque, il ouvre la porte qui dévoile son patrimoine : le matériel de vidéos éducatives acheté sur ses propres deniers. La pièce aussi grande qu'une studette ne dispose d'aucune fenêtre. Aussi pour chasser l'obscurité oppressante, le Métacitien se dépêche de préchauffer ses spots et ses webcams.

Éclairée, la salle est moins sinistre. Face à l'entrée, un fond vert est cerné d'une dizaine de caméras holographiques et de micros disposés en arc de cercle. Des projecteurs, dont la puissance est régulée par des parapluies blancs, sont placés de manière à offrir la meilleure lumière possible. « Un bon enseignant est avant tout un bon technicien ! » lui avait-on martelé lors d'une formation éclair.

– 3 –

Désormais, les moniteurs auxiliaires lui signalent que l'installation est prête. Comme tous les jours, Félicien pianote sur son *+Présent* pour synchroniser la connexion entre son implantation et le réseau intra-urbain.

Après avoir enfilé ses capteurs, le Métacitien les dissimule au mieux sous son costume. Dans sa manche droite, il glisse sa manette éducative puis se place au centre du fond vert. Son vidéo cours démarrant dans cinq minutes, il en profite pour se remémorer la leçon du jour : *La Révolution française et ses suites de 1789 à 1815*. En deux heures, il doit aborder les aspects de politiques intérieures, les conquêtes de l'Europe par Napoléon et les progrès de cette période dans un direct qui doit être absolument prenant, patriotique et instructif !

Diffusée en direct sur la plateforme de l'Éducation métacitienne, sa performance formatrice est toujours mise en concurrence avec celle proposée par d'autres d'enseignants. En effet, les visionneurs-apprenants peuvent choisir entre les différentes représentations proposées sur le même thème et zapper au gré de l'intérêt que le discours de l'enseignant suscite ou de la qualité des réponses qu'il fournit aux élèves.

Alors que dans l'univers métacitien, l'enseignement est réservé aux rares utopistes rêvant de transmettre, Félicien commence à ressentir la pression. En toute hâte, il ingurgite une large gorgée de boisson énergétique, puis il pose la bouteille hors du champ des caméras. Le voyant orange s'allume, clignote et vire au vert. Sa performance débute. Incrusté dans la prise de la Bastille, il feint d'éviter un boulet de canon et commence son récit.

– 4 –

Le peuple français avait faim. *Il était opprimé par le pouvoir royal. Dans un moment de révolte primitive, sans réellement comprendre pourquoi elle le faisait, la populace s'est emparée de la prison. C'était le 14 juillet 1789. Ce fut une bataille sanglante avec des millions de morts ! Les corps jonchaient le sol.*

Alors que dans son dos, des belligérants étrangement habillés en uniforme kaki du XXème siècle s'affrontent à coups de baïonnettes, Félicien peste intérieurement : *les directives du Ministère travestissent de plus en plus la vérité. Bientôt, les Homo sapiens se résumeront à des peintures rupestres et l'on m'imposera de les traiter de minables.*

Puis, sans rétablir la vérité historique, il poursuit :
— C'est ainsi que débuta la Révolution française, où les individus se sont battus pour leur Sécurité, leur Réussite et la Prospérité. Pendant ce temps, l'Assemblée constituante avait décidé de libérer le royaume du joug royal. Mais le roi était un être fourbe... un mauvais dirigeant qui n'était pas aiguillé par les conseils avisés de l'IA... Pour cette raison, il a trahi son pays : le royaume de France ! Louis XVI partit pour Varennes à bord d'un carrosse... s'il avait une automobile de chez Toujours+, *il serait arrivé en quelques heures chez son beau-frère l'empereur Léopold II. Sa vie aurait été sauve,* précise-t-il se félicitant d'avoir intelligemment cité l'un des sponsors de son émission. *Mais sur le chemin de l'exil, le roi est reconnu dans une miteuse auberge Homo sapienne.*

Pendant qu'il fait son show, Félicien surveille d'un œil les écrans de conversation avec ses visionneurs-apprenants et de l'autre guette le nombre de connectés qui augmente de manière progressive et par-delà lucrative. Félicien est soulagé, car il s'est fortement endetté pour acheter du matériel holographique. Cependant au moment d'évoquer la décapitation de Louis XVI, il bafouille. Déconcentré, son rythme diminue. La qualité de sa diction aussi ! La quantité de visionneurs-apprenants chute en flèche. C'est la catastrophe ! Une lumière rouge clignote en signe d'alerte.

Félicien commence à paniquer. Ses paumes deviennent moites. Il transpire abondamment. Bientôt, le seuil critique de non-rentabilité sera franchi. Alors pour faire remonter l'audience, il décide de jouer son va-tout en utilisant des effets spéciaux très onéreux produits par l'IA. Immédiatement son nombre de connectés remonte en flèche. Soulagé, Félicien donne alors la pleine mesure de son talent d'enseignant. Sur l'île de Sainte-Hélène, il pleure à chaudes larmes sur l'épaule de Napoléon, un paquet de mouchoirs +*Joyeux* à la main. La musique d'ambiance s'amplifie, les images se troublent, il lance le générique du Ministère. Le voyant vert passe à l'orange, puis s'éteint.

Le cours est terminé !

– 5 –

Immédiatement, il reçoit sur son smartphone une première IAlerte l'informant que son salaire du jour sera calculé par rapport à la fréquentation de sa prestation, aux revenus publicitaires générés et aux résultats de ses visionneurs-apprenants. Exténué par deux heures de show, il reprend son souffle et attend que les élèves aient répondu à un QCM dont seule l'IA connaît le contenu pour éviter toute fraude organisée par des enseignants en quête de rémunération.

Espérant qu'ils dépasseront le seuil de 96 % de réussite fixé par le Ministère afin qu'il puisse être payé, Félicien déplore secrètement que l'apprentissage de la réflexion ait été banni par l'IA Centrale au profit du contrôle des esprits. Cependant, en attendant le résultat, l'enseignant préfère consulter sur son +*Présent* les recettes de sa prestation de la veille sur les techniques de culture en techno-serre.

Levant les yeux au ciel, il réprime une moue : ses élèves n'ayant obtenu que 94 % de réussite, il ne sera pas payé. Malgré sa déception, le professeur se redresse. Le moral en berne, il retire ses capteurs de mouvements, éteint les caméras, puis balaye le sol de la pièce afin de ne pas être obligé de louer les services d'un robot *+Propre* à l'instar de certains collègues.

Au même moment, Liaque l'informe qu'aujourd'hui les visionneurs-apprenants ont atteint le seuil de 96 %. Le sourire quelque peu retrouvé, il fouille son sac à la recherche d'un paquet de friandises *Pourmoi* dont il arrache l'opercule avec empressement. Immédiatement, le crépitement de la poudre parfumée, le croustillant de l'enrobage et la légèreté de la barbe à papa lui apportent du réconfort. Le dernier bonbon avalé avec gloutonnerie, Félicien quitte le lycée et se hâte de rejoindre le siège de l'Éducation métacitienne pour prendre son second emploi. En effet, il a décroché un job à la maintenance des flux numériques et à l'entretien des bases de données sans lesquelles l'Éducation métacitienne ne serait pas la meilleure au monde ! Ensuite s'il en a le temps, il préparera le cours de marketing du lendemain ou il l'achètera afin de le modifier à sa guise.

Alors que la rame arrive, Félicien sourit néanmoins : le court trajet vers l'hypercentre de la Cité sera l'occasion de consulter les réponses à ses demandes de rendez-vous et peut-être de rencontrer l'amour.

7

Exigeante et raffinée

C'est l'aube. Le ciel de Métacité est bas. Il engloutit les toits des immeubles dans un millefeuille de coton sombre. Les couches de pollution se superposent en une épaisseur ouatée qui isole la Cité du cosmos au point qu'aucun Métacitien ne peut se vanter d'avoir vu une étoile ! La pleine lune ne se résume plus qu'à un pâle disque lacté. Quant à la seconde lune créée artificiellement pour remplacer l'éclairage public, elle est davantage visible, mais ne reflète pas assez le soleil. Les lumières de la ville sont si puissantes qu'elles ont transformé l'opacité nocturne en un gigantesque édredon lie de vin. Mais un étrange phénomène se produit toutes les nuits dans ce décor peu réjouissant : les cieux sont lacérés par des striures vertes. Serait-ce des traces de griffes appartenant à une bête féroce qui s'acharne à réduire la Terre en esclavage ?

Habitués à un tel phénomène, les Métacitiens ne s'en inquiètent plus. Sous l'effet de la pression atmosphérique, les microparticules rejetées par les hautes cheminées de la ceinture industrielle provoquent une combustion spontanée qui se répand en une multitude de nuages colorés. Parfois, la pollution ressemble une aurore boréale. Malgré l'absence de corps céleste visible, malgré la sensation d'étouffement permanent, malgré son étrange couleur, le ciel de Métacité est beau.

Il est cinq heures, Guang s'éveille. Extirpé de son sommeil par la lumière produite par trois baguettes souples dont la forme rappelle des tentacules tournoyant au dessus de son visage, le mari de Nour maudit le programme de réveil de l'IA locale. Nullement gênée par l'éclairage cru dont elle est préservée par une cloison holographique opaque, son épouse dort profondément.

L'ingénieur s'étire, saisit son *+Présent* sur la table de chevet, puis désactive les spots afin de plonger la pièce dans l'obscurité. Effaçant la séparation, il se lève et se dirige vers la salle de bains. Sous ses pieds, le béton intelligent a adopté la température idéale de 19 °C. Dans une pénombre quasi totale, il chemine sans encombre jusqu'à la salle de douche, grâce à un filet de lumière bleue incrusté dans le sol. Silencieusement, Guang fait coulisser la porte de la pièce d'eau qui s'est configurée instantanément en disposition douche dès qu'il a éteint les spots. Les parois de la salle de bains sont couvertes de plaques blanches irisées d'ocre, car l'omniprésence du jaune pâle favorise un réveil en douceur. Après avoir ôté son pyjama brûleur de graisse, il entre dans la cabine de douche sèche dont il verrouille la porte. Surnommée « douche sans eau », cette colonne de douche aédrique ressemble une ogive hermétique que l'IA Centrale a imposé aux Métacitiens pour économiser une eau devenue si rare qu'elle est principalement réservée aux techno-serres afin de garantir l'indépendance alimentaire de la Cité.

Positionné au centre, Guang actionne le programme « douche vivifiante » et ferme les yeux. Immédiatement, son corps est couvert de fines poudres aux effets variées dont l'assortiment est déterminé par sa puce de santé. Trois sonneries retentissent. Les projections cessent lentement. L'air est à nouveau transparent. Les résidus de poudres sont chassés par des souffles antiseptiques, parfumés et tourbillonnants. Propre, détendu et sec, Guang quitte la pièce et ferme la porte, déclenchant alors le cycle de nettoyage par aspiration programmée par l'IA.

Dans la chambre, le plafonnier est allumé. Sur le lit, il trouve les habits que Nour a déposé à son intention. Il s'habille, puis la rejoint dans la cuisine.

– 2 –

Vêtue d'un kimono en satin noir, Nour l'accueille tout sourire. Exceptionnellement ce matin, elle a programmé le *+Goûteux.* Fine fleur des robots chefs, stylisé en forme de L, il occupe une grande partie de la cuisine. Installé à même le sol, il concentre toutes les fonctions : réception, découpe, puis cuisson des denrées, il dresse la table et fait également office de lave-vaisselle.

Toujours exigeante et raffinée, Nour a sélectionné un petit déjeuner haut de gamme. Lorsqu'il la voit animée par le désir de faire plaisir, Guang est heureux de retrouver celle qui l'avait séduit quelques années auparavant. Malheureusement, l'insatisfaction de ne pouvoir être la Métacitienne qu'elle ambitionne de devenir, la mine. Née dans une famille influente de la Cité, elle n'a pas eu une enfance facile. Ayant perdu très tôt ses parents, emportés par une infection incurable des voies respiratoires, elle a dû se battre pour gagner une place de choix dans Métacité.

C'est pourquoi rien n'arrête sa quête de perfection ! Nour est en passe de devenir une incarnation du modèle métacitien : réussite et prospérité sont ses maîtres-mots. En contrepartie, elle ne tolère aucune forme de médiocrité ou d'écart de la voie métacitienne ! C'est pour cette exigence au quotidien qu'il l'aime profondément. Nour est son double complémentaire. *Quand on aura un enfant, il sera exceptionnel*, songe Guang.

Les coudes sur la table prolongeant le *+Goûteux,* il s'installe pour manger. Précédée d'une tasse de café brûlant, une première assiette garnie de tartines enduites de confiture de poivron vert et d'un œuf au plat sort de la trappe de service. Se sentant fort ce matin, Guang entre dans le vif du sujet :

— Nour... je me suis renseigné sur les robots nurses... C'est le compagnon de jeu idéal pour notre enfant… Il est équipé du kit premier secours en cas de chute. Sans oublier qu'il dispose de plusieurs caméras intégrées afin que nous puissions voir le petit à tout moment depuis notre *+Présent.*

— Notre enfant ? Depuis l'holociné, tu me harcèles avec ça. Tu sais que je ne veux pas de gosse ! Je l'avais mis sur *Cœurpatible !* Et ça n'a pas changé !

— Je ne m'en souviens plus... c'était il y a cinq ans.

— Je peux te le garantir ! Étant donné que je suis *certaine* d'avoir précisé que je ne voulais pas de mioche et que notre cœurpatibilité est de 83 %…

— 89 ! La coupe Guang, spontanément.

— OK ! 89 ! Si tu veux… Cela étant... Explique-moi comment un sujet de cette importance ait été oublié ?

— …

— Tu sais pourquoi tu ne réponds pas ? Je ne vois qu'une seule solution... Tu as menti sur *Cœurpatible*, car l'appli ne se trompe jamais !

— Comment peux-tu dire ça ! Je n'ai pas le droit de changer d'avis ? Et si l'amour que je te porte me donnait envie d'avoir un enfant de toi ?

— Pourquoi cette envie irrépressible ?

— Nour… On a plus de trente ans… c'est maintenant ou jamais.

— Guang, tu es lourd ! Je ne veux pas d'enfant parce que… c'est trop cher. Est-ce clair ?

À cet instant, Guang sourit et décide d'acculer Nour dans ses contradictions :

— Outre l'aspect financier, tu admets donc que ça ne te déplairait pas !

— …

— Réponds ! On en a les moyens, précise-t-il d'un ton doux.

— Ce n'est pas dans mes priorités, tranche Nour, soudainement paniquée.

— Quelles sont tes priorités ? Ose les énoncer !

— … Pfff… tu es agaçant… Tu le sais bien…

— Je veux te l'entendre dire !

— … Je veux les dernières *+Loin*. Et on ne peut pas tout avoir ! tranche-t-elle.

— Tu échangerais un enfant contre des lunettes ?

— Mais non… c'est pas ça… Tu sais comment on nous juge… En qualité de directrice de la techno-serre, je dois tout avoir !

— Alors, il te faut un enfant… sinon il te manquera toujours quelque chose ! réplique Guang, au moment où son *+Présent* l'informe qu'une mise à jour du programme central étant défectueuse, il est convoqué par l'IA Centrale.

— *Toujours+* me réclame ! Je dois y aller ! On reprendra cette conversation plus tard.

— Pourquoi toi ?
— La Machine a dû estimer que je suis indispensable...

Immédiatement, un sourire éclatant illumine le visage de Nour. Pensant intérieurement à l'avantage qu'elle pourrait tirer de la situation professionnel du père de son enfant, elle se radoucit :
— Allez…ne fais pas attendre l'IA Centrale… Vas-y et ne t'inquiète pas... après les nouvelles + *Loin...* on verra pour le gamin. N'oublie pas de prendre ton sac à dos. Je te l'ai préparé… il est posé sur la console de l'entrée.

– 3 –

Grisé par la promesse de Nour, Guang quitte l'appartement le cœur en joie, s'engouffre dans l'ascenseur qui le conduit du 227e étage au rez-de-chaussée en quelques secondes, puis s'insère dans le flux piétonnier des Métacitiens. Mais à peine a-t-il parcouru vingt mètres que cet introverti maladif retombe dans ses travers. Un poids semble l'ancrer au sol. Il a l'assurance d'un mulot. Son regard affolé est celui d'une souris et sa course celle d'un campagnol ! Par peur d'être jugé par les autres et surtout par l'IA, il n'a de cesse de regarder au-dessus de son épaule. Mais, contrairement à Nour qui utilise la pression comme une arme lui permettant d'avancer, Guang ressemble à un rongeur prisonnier des griffes d'un félin. Pourtant pour vaincre sa timidité et la peur de mal faire, il a même suivi des cours de maintien corporel quand il était en école d'ingénieur. *Le corps reflète l'esprit, alors dissimulez ce qui doit l'être !* lui avait-on enseigné. *Montrez votre ambition ! Redressez-vous et calquez vos pas sur ceux qui vous précèdent si vous voulez les doubler !*

Pur produit de l'excellence métacitienne, cet humain Augmenté s'est astreint à cette discipline, même si certains jours sont plus compliqués que d'autres.

Néanmoins, parvenu à la hauteur du parc Gate, il s'engage dans une allée afin de gagner de précieuses minutes et tente de suivre le rythme ordonné par son oreillette, quand au détour d'un bosquet, son regard croise celui du marginal le plus célèbre de Métacité. Nul ne sait depuis quand Dio, un H2A déchu, a élu domicile dans un énorme tuyau de canalisation désaffecté, à peine dissimulé par des arbustes chétifs. Passant ses journées à se moquer des « marchants », il apostrophe Guang :

— Encore toi ! Tu ne feras *tort à personne en suivant les chemins qui ne mènent pas à Rome*[1] ! Réfléchis, mon ami !

Habitué à ses quolibets, Guang répond par un sourire et s'abstenant de lui souligner la chance qu'il a d'être né sous la protection de Liaque, il rejoint une avenue en pensant à l'accord passé avec son épouse. *L'enfant après les lunettes ! C'est hallucinant, mais au fond pourquoi pas si ça peut lui faire plaisir ! Mais ensuite, elle n'aura aucune excuse... Oh que j'ai hâte que ce petit nous ressemble... Il aura l'amour de la perfection de sa mère et mon esprit cartésien !* se précise-t-il en consultant sur son *+Présent* les sites de vente de *Rany* sans arrêter de marcher.

Attendri, il admire les photos de ravissants robots nurses tenant des bébés grassouillets dans leurs bras mécaniques. Il résiste à l'envie d'adresser le lien à Nour pour ne pas la braquer. Puis, il s'écarte du flot des piétons pour sortir de son sac à dos un kit de jeu supra sensoriel qu'il revêt promptement sous le regard envieux de nombreux passants.

---

1. Georges Brassens, *La mauvaise réputation*, 1952.

– 4 –

En effet, spécialisée dans le divertissement interactif depuis deux décennies, la société *Colosseum* vient de mettre sur le marché les nouvelles versions de leur interface révolutionnaire offrant une immersion dans un monde différent lors de déplacements ! Plongés dans la réalité virtuelle, les gamers peuvent néanmoins suivre les indications de mobilités de l'IA urbaine. En fait, leurs corps obéissent aux règles du monde réel quand leurs esprits dirigent leurs corps fictifs. Afin de jouer sans nuire aux autres usagers, Guang ajuste des lunettes sensorielles connectées à son *+Présent.* Contrairement aux casques d'immersion, elles n'isolent pas entièrement de l'extérieur ! Au niveau des pommettes, l'IA de la firme a veillé à conserver un interstice qui permet au joueur de voir ses pieds et ainsi d'éviter les obstacles. À l'extrémité des branches sont fixés des écouteurs qui retranscrivent le *tic-tac* de l'IA urbaine ainsi que les sons du jeu. Enfin, à hauteur des narines prennent place deux générateurs olfactifs où des microcontenants alimentent le créateur d'odeurs.

Mais, ce n'est pas tout : l'inventivité de *Colosseum* ne s'arrête pas là ! Pour offrir une expérience semblable à celle des combinaisons d'immersion de l'holociné, la firme a développé d'autres accessoires. Ainsi, Guang portent des gants dont le bout des doigts contient un capteur. Dans sa paume se trouve un tapis hypersensible : le *pad.* Grâce à ces objets connectés, le joueur régit déplacements et actions de son avatar. Par une pression très légère des doigts de la main droite, il peut courir avec son index, esquiver avec son majeur, sauter, parer et faire une botte. De la main gauche, il gère les mouvements de son personnage. Enfin, une zone permet de pucer sans problème.

Même s'il lui manque les nouveaux *pads* de luxe qui, placés sur les côtés extérieurs des cuisses, permettent de gérer son avatar avec une plus grande précision, est-il besoin de préciser que Guang s'accorde chaque jour un moment d'évasion et mobilise ses cinq sens ? Ainsi, le regard absorbé par l'écran, l'ouïe anesthésiée par des écouteurs, le nez sollicité par les odeurs synthétiques, et les doigts pétris de crampes, il joue à *Terres de foudre*.

Harnaché tel un droïde mal huilé dont les articulations seraient encrassées par le sable de Tatooine[1], il massacre un maximum d'adversaires sur le chemin du bureau et de la maison. Joueur acharné, Guang est d'ores et déjà l'un des leaders de ce jeu interactif et en tire une immense fierté. Son avatar et ses capacités de stratège l'ayant transformé en combattant redouté, d'autres joueurs s'écartent sur son passage.

Mighty Guang est respecté. Ses conseils avisés sont écoutés avec dévotion. Son personnage suscite l'envie. Ses talents de tacticien sont admirés. Avec *Terres de foudre*, Guang est l'homme qu'il aimerait être, au prix cependant de quelques sacrifices. En effet, il doit acheter quelques items précieux, des costumes irréalistes ou des armes dévastatrices. Pour être l'un des premiers à avoir accès à une nouvelle zone, il est tenu de se coucher tard et de se lever aux aurores.

Souvent, Guang rêve de vivre en des temps plus anciens. Il imagine commander une armée redoutable au service d'un empereur conquérant ! Chevauchant côte à côte, ils parcourraient le monde jusqu'aux contrées les plus reculées et enseigneraient aux autochtones de nobles valeurs universelles !

1. Planète-désert de l'univers de fiction *Star Wars*.

Arrivé au sommet de sa gloire grâce à ses plans militaires infaillibles, ses ultimes ambitions auraient été de servir son empereur, de libérer les peuples et d'initier son fils au maniement des armes.

Père et fils galoperaient ensemble !

Hurlant des ordres sur nos chevaux cabrés, nos bras dressés prolongés par une épée effilée, notre duo illuminerait le monde, pense-t-il au moment où le vent chaud de Métacité le ramène à la raison.

À cet instant, il réalise qu'il est seulement Guang. Un être perdu dans les méandres d'une cité tentaculaire. Une simple cellule parmi tant d'autres. Un numéro de puce électronique sous-cutanée, régentée par une Intelligence Artificielle puissante, dirigiste et mielleuse, programmée par des hommes accaparés par des désirs fugaces, broyés par l'hyper rationalité et essorés de rêves.

Alors avec la rigueur d'un golem[1], Liaque remplit sa mission en garantissant à chacun *Prospérité, Réussite et Sécurité.* Ainsi comme des centaines de millions d'autres cœurs qui battent à l'unisson de Métacité, Guang pose chaque jour un pied devant l'autre sans se poser de questions.

1. Personnage biblique sans libre arbitre qui applique les directives de son créateur.

8

Un grain de sable dans les rouages

Au cœur du parc Gate se trouve un étrange tonneau. Il s'agit d'une sorte de barrique en béton habitée par Dio. Cette buse est un tube de deux mètres de long sur un mètre de large dont une issue est obstruée par un mur de fortune et l'entrée protégée par une toile cirée. Le tissu frémit. Une main l'écarte. Un homme apparaît. Il s'agit du seul marginal autoproclamé du quartier Arcadia et sans doute de Métacité. Autour de son repère survivent des plantes faméliques qu'il a mises en terre. Même s'il a détourné l'eau d'une fontaine proche pour faire sa toilette et arroser ses végétaux, leur aspect est misérable malgré l'attention qu'il leur prodigue. *Après tout, je suis peut-être un piètre jardinier. À moins que la Cité ne soit pas faite pour la culture en pleine terre,* pense-t-il avant d'apostropher un Métacitien qui passe en courant devant lui :

— Vole vers ton maître ! L'IA t'en gratifiera !

Alors que le H2A l'ignore, Dio se prépare à avaler un bol de riz qui a été déposé sur une pierre jouxtant son abri. Le marginal sourit : chaque matin, un inconnu lui offre un repas. *Hier des tartines, ce matin du riz, et demain ? J'accepte cette aumône donnée par un être humain. Si elle venait de l'IA, je préférerais crever de faim !* peste-t-il intérieurement.

En fait, Dio est un H2A ! Comme tout Métacitien, il a droit à un emploi, un logement et une puce. Il a même été l'un des pionniers de l'ouverture de la Cité au progrès. Mais quand le compte FirmCité a été mis en place, il a compris qu'une dictature numérique était instaurée. Néanmoins, il était trop tard pour inverser le mouvement. Les puces d'identifications avaient été greffées en masse. Les données personnelles avaient été récoltées. L'éducation avait été formatée pour fabriquer des idiots. Le progrès avait laissé place à l'innovation. Inventer. Produire. Consommer. Jeter. Inventer. Produire et ainsi de suite jusqu'à la fin du Monde.

Très ébranlé, Dio avait beaucoup réfléchi, perdu le sommeil et failli tomber malade. Mais surtout il avait passé des semaines à s'insurger à haute voix :

— Adieu les humains ! Bienvenue les H2A, les hommes nouveaux… Êtres de chair et de puces. Consommateurs abêtis. Ignares imbus d'eux-mêmes noyés dans l'illusion de leur supériorité. Accepter ? Non ! Fuir ? Mais où ? Dynamiter les IA ? D'autres seront mises en place !

Un matin, tout lui devint évident. Il devait rester, lutter contre le monstre qu'il avait contribué à créer et opter pour une pauvreté libératrice ! Adoptant la devise anarchiste du *Ni Dieu ni maître,* il harangue depuis les Métacitiens pour leur ouvrir les yeux. Cependant, le modèle est puissant : il clôt les regards avec des *+Loin,* obstrue les oreilles avec des *tic-tac*, coud les bouches avec des désirs insatiables, entrave les esprits par la facilité et noue les mains avec des puces.

Les H2A ne savent plus rien faire et croient être sur le toit du monde ! pense-t-il en s'asseyant en tailleur pour manger. Tendant la main vers son potager, il sectionne délicatement une tige de ciboulette qu'il taille en fins morceaux sur une pierre à l'aide d'un couteau suisse datant de l'époque où il était un brillant cadre métacitien, puis il les dispose avec soin sur le riz tiède. Après avoir sorti une cuillère en bois de la poche de sa vareuse élimée, il se délecte en philosophant :

— Humm… du riz… J'aime ce grain croquant à la senteur d'ananas… Dans un monde où tout s'achète, le don est un acte de résistance muet… L'espoir est toujours a porté de main pour qui veut le saisir… Gloire à mon bienfaiteur inconnu ! *Mort aux vaches ! Mort aux lois ! Vive l'anarchie !*[1] clame-t-il, les yeux brillants de contentement en pensant au projet qu'il mûrissait.

– 2 –

En effet la veille, alors qu'il contemplait les traînées lumineuses produites par la pollution, il avait eu l'idée d'installer la lumière pour pouvoir lire. Refusant d'utiliser l'électricité générée à partir de nucléobilles, il avait décidé de se rendre dans la ceinture industrielle afin de trouver du matériel dans les décharges de Métacité.

La dernière cuillère de riz avalée, Dio se redresse, passe rapidement son bol sous l'eau de la fontaine et entre dans son abri dont il ressort muni d'un masque antiparticule autorégénéré, tombé un jour du sac d'une H2A. Ensuite, après l'avoir fixé solidement sur son visage, il empoigne un caddie, vestige du temps où les supermarchés existaient, puis il se dirige vers le TIU et s'insère dans la masse des Métacitiens aux pas minutés. *Ils ressemblent à un troupeau de gallinacés. La tête dodelinant, l'œil rond et vitreux, ils pourraient presque caqueter*, ironise-t-il intérieurement.

1. Georges Brassens, *Hécatombe*, 1952.

Avançant à sa guise, le marginal creuse un sillon dans le flux ordonné des piétons. Tel un supertanker voguant sur un canal, des remous d'H2A se forment de chaque côté de son chariot. Ensuite, Dio s'amuse des regards horrifiés de Métacitiens quand il s'identifie au portique du TIU. Immédiatement, des murmures bruissent : *il est pucé, c'est un H2A ! Tu crois qu'il vole ? J'ai lu un Hu-Mess à son propos, il aurait assassiné une femme et ses deux petites filles ! Mais quelle horreur ! Pourquoi Liaque ne l'arrête-t-elle pas ?* Invariablement, ce libertaire affiche sa mine la plus folle et fonce vers les chuchoteurs pour qu'ils caquettent de terreur.

Désormais, bousculant les passagers engourdis sous leurs casques d'immersions, il se réfugie au fond de la rame avec son caddie. Bien que le vide se fasse autour de lui, Dio entame un show :

— Une sphère est vacante ! Allez-y, portez-la ! lance-t-il à la cantonade. Faites-vous lobotomiser le cerveau ! Je vous laisse ma place. Voyons, c'est cadeau ! Offert par les IA ! Quand c'est gratuit, c'est vous le produit !

En guise de réponse, les Métacitiens s'entassent dans un coin. Gloussant de peur, ils ressemblent à des dindons acculés par un renard. Les regardant avec mépris, Dio s'interroge intérieurement :

— *Pourquoi Liaque tolère-t-elle un type comme moi ? Elle doit savoir que je la refuse. Elle doit identifier une puce qui ne suit pas le flux. Pourtant, rien n'est fait... Jamais ! Peut-être le programme de l'IA me considère-t-il comme une anomalie négligeable ? Statistiquement, je n'empêche pas le bon fonctionnement du monstre. En fait, je suis un grain de sable dans les rouages,* conclut-il visiblement ravi du rôle qu'il croit tenir, sans savoir qu'il se trompe.

En effet, Dio ignore qu'il doit sa présence à Liaque. Quoi de mieux qu'un marginal assumé, vivant sous les yeux de tous, pour donner l'illusion du libre arbitre ? Quoi de mieux qu'un énergumène qui se donne en spectacle pour renforcer l'adhésion des Métacitiens à leur Cité ? En fait, Dio rend service à un système qu'il combat.

– 3 –

Maintenant, à l'approche de la ceinture industrielle, le TIU est vide. Comme dans les temps anciens où l'on cachait la poussière sous d'élégants tapis persans, la banlieue sert à camoufler les déchets issus des activités domestiques et industrielles de la Cité. Difficilement définissable, cette zone se situe entre entrepôts à ciel ouvert, chaînes de production entièrement automatisées et prison, puisque les H2A rétrogradés y sont parqués.

Être muté dans la ceinture industrielle étant le comble de l'avanie, Dio s'insurge à voix basse alors que la rame arrive à son terminus :

— Voici venu l'aire de la déchéance ultime ! Le Métacitien blessé dans son égo est relégué au niveau de l'homme primitif ! Plus d'accès à la technologie bienfaitrice… un emploi méprisé… le tout dans un cadre de vie misérable ! Les H2A vivent avec la peur au ventre et ont préféré échanger leur indépendance d'esprit contre le paresseux confort offert par le progrès ! Ils ont choisi de se bercer de l'illusoire sécurité vantant l'accroissement infini de la puissance tout en vivant dans l'effroi de la plus impitoyable des sanctions : la rétrogradation, conclut-il. Ensuite, contrôlant l'étanchéité de son masque, il pousse son chariot sur le quai dès que les portes de TIU s'ouvrent sur la zone de stockage des déchets.

– 4 –

Immédiatement, Dio aperçoit la décharge. Elle dépasse ! Elle s'étale ! Elle déborde !

— Toujours aussi pittoresque ! Décidément, je ne m'y ferai jamais ! s'exclame-t-il, les mains sur les hanches, en contemplant un océan de débris.

En effet, sous les yeux du marginal s'étend une plaine de composants électroniques, ceinturée par des collines de ferrailles tordues. Plus loin, prennent place des montagnes de cartons. Entre elles serpentent les vallées érodées par le passage de véhicules poubelles. Au centre, coule une rivière d'immondices jaillissant du sol comme une source souterraine. En arrière-plan, dans l'attente d'une solution de recyclage s'élève le massif des nucléobilles qui, distillant leurs radiations mortelles dans la terre, fait réagir Dio :

— Voilà le vrai visage de Métacité ! Et dire que j'ai contribué à créer cette folie. Il n'y a qu'une chose à faire… brûler cette Cité mégalomaniaque ! Et dire que ses habitants sont maintenus dans l'ignorance, alors qu'ils sont assis sur la branche qu'ils scient… Mais que se passerait-il s'ils découvraient la monstruosité de leur chère Cité ? Voudraient-ils mettre fin à Métacité ? Une fois renversée, ne seraient-ils pas pris de vertige devant l'immensité de la liberté qui s'offre à eux ? Se révolteraient-ils pour revenir à leurs confortables chaînes ? s'interroge-t-il une dernière fois avant d'avancer vers le portique d'identification en poussant son caddie d'un pas lourd, le regard humide et la gorge serrée de savoir à quel point ses concitoyens sont aliénés par les IA.

Ayant été autorisé à pénétrer dans la décharge, Dio se dirige vers les tôles ondulées. Les chemins et les raccourcis de cette mer d'ordures n'ont aucun secret pour lui. Arrivé à destination, il fouille la ferraille jusqu'à ce qu'il déniche un tuyau égaré :

— Que fais-tu là, toi ? Ce n'est pas ta place !

Il teste la résistance de l'objet en essayant de le tordre, s'amuse à l'utiliser comme une longue-vue, puis le dépose dans son chariot. Ensuite, pataugeant dans la boue huileuse, il prend la direction du fablab. Il se souvient de l'ouverture du *fabrication laboratory*. Il en avait été l'instigateur. Le ministre de la Créativité productive l'avait même inauguré en grande pompe ! Il faut dire que l'idée était superbe et consistait à permettre à tout habitant de la Cité de concrétiser ses désirs fantaisistes comme construire ses propres meubles, assembler le robot de ses rêves, voire mettre au point des inventions loufoques, mais utiles ! À cette époque, Dio était déjà animé par l'envie d'aider ses concitoyens à fonder un univers plus humain afin de répondre aux enjeux du siècle. Songeant au temps où les Métacitiens étaient vraiment libres, Dio se demande si ses concitoyens rêvent encore aujourd'hui alors qu'il se présente à la porte du laboratoire. Anticipant le message de bienvenue du robot-gardien, l'homme lance avec ironie :

— Salut tas de ferraille solitaire !

— *Bonjour honorable citoyen. Bienvenue dans le plus grand fablab de notre glorieuse Métacité !* récite la voix synthétique.

— Va te faire foutre ! réplique Dio.

— *Les IA espèrent que vous laisserez exprimer ce qu'il y a de meilleur en vous.*

— Je les méprise et je les déboulonne !

— *Sur votre droite, vous trouverez les établis avec un outillage de pointe*, poursuit le robot-gardien.

— Sur votre gauche, vous trouverez des ordinateurs vieux comme Hérode, avec lesquels vous pourrez toujours essayer de pirater les IA, rétorque Dio.

— Et, sur votre gauche, vous trouverez des ordinateurs de pointe pour imaginer les logiciels de demain.

— Les IA vous emmerdent, car elles maîtrisent tout. Misérables humains !

— Métacité est heureuse de vous offrir un accès libre et permanent à ce lieu de création productive, conclut la voix au moment où la barrière d'entrée se lève.

Une immense pièce parsemée d'établis s'ouvre alors devant lui. Elle est divisée en différents espaces spécialisés pour souder, pour programmer ou pour assembler. Un vieux +*Serviable* sillonne le fablab. Son rôle est de ramasser les outils qui auraient été oubliés. Voilà bien longtemps que le robot n'a plus rien à ranger, car plus personne ne vient ici !

Ancien ingénieur chez *Toujours+*, Dio est comme chez lui dans ce fablab. Il coupe, scie, ponce, visse et teste. Comme un papillon de nuit, il volette d'un lieu à l'autre. En dépit de ses doigts endurcis par la vie extérieure, il est agile de ses mains. Malheureusement il ne peut pas demeurer trop longtemps dans la ceinture industrielle, car malgré son masque, la pollution devient vite insupportable. Alors à toute vitesse, il inspecte le tuyau et le découpe pour obtenir quatre pales dont il polit les arêtes et les angles. Ensuite, il sort de sa poche intérieure une dynamo miniaturisée, récupérée je-ne-sais-où il y a plusieurs mois. Du bout du doigt, il fait pivoter la roue crantée. L'aimant se met en rotation. Il devrait produire de l'électricité. L'homme branche la dynamo sur une ampoule. Il tourne la molette à vive allure. Une faible lueur illumine ses mains. Satisfait, il s'attelle à la finition de son éolienne. Il commence par visser les pales sur un cercle en métal : leur rotation entraînera celle de la dynamo afin d'alimenter l'ampoule. Le tout est solidement arrimé à une tige rigide. Ensuite, après avoir insulté la voix d'accueil, il sort tester son invention. Les bras tendus vers le ciel, il l'expose au vent venu du Sud. L'éolienne peinant à démarrer, il l'aide à se mettre en mouvement d'une chiquenaude. La rotation s'accélère. Entraînées par le vent, les pales tournent de plus en plus vite. Faible au départ, l'intensité de la lumière devient durable et relativement stable ! Heureux comme un roi, Dio retourne dans le fablab, range les outils, puis salue une dernière fois le robot-gardien en lui lançant des quolibets. Ensuite, poussant son caddie, il fait le tour de quelques zones de stockage où il ramasse des trésors et prend des notes sur un morceau de papier avant de repartir vers le TIU. Dans la rame, les voyageurs s'écartent, le toisent, se bouchent le nez. Dio en rit. Néanmoins, réagissant aux regards surpris qui se posent sur son hélice, il joue de sa folie et la flatte d'une voix enjouée :

— Ne t'inquiète pas ma belle. Ils ne te comprennent pas et ne voient pas ton charme. Moi, je sais ce que tu es capable de produire… et je suis fier de toi !

9

Les +*Loin* ou l'enfant !

Lorsque Guang rentre chez lui, il est tard. Le H2A est excédé : suite à une panne technique, la mise à jour de *Terres de foudre* n'est toujours pas terminée, Nour n'est pas encore arrivée et il ne pourra pas jouer en l'attendant ! *Dire qu'on nous a expliqué que Liaque est capable de résoudre ses bugs toute seule ! Que font les Superviseurs de l'Intelligence Artificielle Centrale ? Foudrurlant !* râle-t-il intérieurement. Dans un mouvement d'humeur peu commun, il retire son kit supra sensoriel. Il jette les gants au fond du sac à dos, place les lunettes à charger alors qu'elles se connectent difficilement au serveur et s'énerve :

— Que ça lague ! Ce n'est plus tonnerre tonitruant, mais *tonnerre raplapla* !

Debout, immobile et désœuvré, Guang contemple leur logement. L'accès à leur chambre et la salle d'eau modulable se trouve sur sa gauche. Face à lui, séparant l'espace d'accueil du salon, un mobilier en forme de L renferme l'IA locale de leur appartement. Stade ultime de la domotique, celle-ci gère la chaleur, la luminosité et le droit d'entrer en fonction des puces portées par les invités. Elle assure également la connexion avec l'extérieur comme le raccordement avec l'IA Centrale de la Cité et les robots.

Sur le meuble trône un portrait holographique où Guang tient Nour par l'épaule, alors qu'elle l'embrasse sur la joue ! Issue de la technologie avancée *Troisième profil*, l'image est insérée dans un cadre dont les baguettes intégrant des spots holographiques génèrent des images en 3D. Connecté à la base de données FirmCité, ce générateur de transformation de photographies en hologrammes mémorise tout morphotype, incruste tout détail contenu dans les prises de vues et ainsi propose une reproduction parfaite de la réalité.

Alors que Guang contemple d'un regard attendri le défilé des hologrammes programmé par l'IA locale, une sonnerie, suivie d'un bruit de vérin le fait sursauter.

– 2 –

Instinctivement, il se tourne vers une trappe jouxtant la porte d'entrée et court se saisir d'une enveloppe renforcée ultra fine, logotée *Toujours+* et sous laquelle est imprimée une bande chromatique permettant de choisir la couleur de l'objet envoyé. Devinant qu'il s'agit des +*Loin* de Nour, Guang pousse un cri de joie et ne résiste pas à l'envie de lui envoyer un Hu-Mess :
— *Tes* +Loin *sont arrivées ! Je checke les* Rany *!*

Quelques secondes plus tard, la réponse de Nour est plus que cinglante :
— *Tu crois qu'en gâchant mon plaisir avec tes lubies, je vais accepter ?*

Guang devient blême, jette son +*Présent* sur le canapé et s'avance vers la baie vitrée pour se calmer. La grisaille permanente dans laquelle baigne la Cité a toujours apaisé

Guang. Étrangement, il se repaît du costume verdâtre agrémenté d'un camaïeu marron et gris qui enveloppe la Cité. Mais son besoin de paternité le taraudant, il file mesurer une alcôve qui fait office de bureau :

— Cette pièce pourrait faire une superbe chambre d'enfant, marmonne-t-il à voix basse. Trois mètres sur trois… neuf mètres carrés ! C'est suffisant ! Il y a même une prise au sol pour le robot nurse… Parfait ! Quant aux livres de la bibliothèque, ce sont des objets décoratifs… On les donnera aux *Homo sapiens* nécessiteux… Il faut que je fasse une simulation d'emménagement avec l'IA locale, conclut-il en se dirigeant vers le canapé pour récupérer son +*Présent* afin de le connecter à la tablette de gestion de l'appartement.

Immédiatement, la musique classique le calme, même si elle est constamment interrompue par la publicité et par les bulletins d'information où en cette période de campagne électorale, il est question du coût de l'énergie, des réfugiés climatiques et de la pénurie d'eau.

Désormais allongé sur le sofa, l'ingénieur se sent coupable d'avoir contrarié son épouse :

— Mais qu'est-ce qui ne tourne pas rond chez toi ? Tu ne pouvais pas attendre qu'elle découvre ses lunettes ? Elle aurait été contente et tu aurais obtenu ce que tu veux ! Crée une ambiance apte à lui rendre le sourire quand elle rentrera… Pourquoi ne pas afficher un feu de cheminée ? Elle aime entendre le bois crépiter et sentir la fragrance qui s'échappe des aiguilles de pin grâce au diffuseur sensoriel imbriqué dans la paroi, précise-t-il en activant d'un clic le mur connecté. À mi-chemin entre la peau de caméléon et le chargeur de +*Présent* sans fil, celui-ci peut changer de couleur, afficher une décoration déterminée ou diffuser un film.

Puis, sans se préoccuper de l'heure ni se soucier de préparer le dîner, Guang lance l'application de conception modulaire des appartements proposée par l'IA. Dans tous les faux plafonds, circule un robot maçon connecté à l'IA locale. Son rôle est de créer ou détruire une cloison en quelques secondes. Depuis les microsillons séparant les caissons suspendus, la machine déroule un lourd pan de tissu parfaitement ajusté. Une fois le sol atteint, la toile est solidifiée. Pour cela, le robot maçon utilise la gravité. Il fait couler jusqu'au béton brossé un mélange coloré transformant une simple étoffe en cloison fine, ultrasolide et antibruit. Changer l'agencement de son logement est à la portée de tous. Ainsi en fonction d'un schéma architectural général, les séparations peuvent disparaître ou apparaître en appuyant simplement sur l'icône dédiée de son +*Présent*. Respectant les emplacements intangibles de la plomberie, Guang prend un plaisir immense à concevoir le lieu de vie de son futur enfant, quand soudain il entend la porte d'entrée claquer.

– 3 –

Se redressant instinctivement, il éteint la radio, mais n'a pas le temps de penser qu'il a omis de cuisiner, tant son épouse l'interpelle sans même le saluer :

— Elles sont où ?

— Euh… dans l'entrée… sur l'espace de réception, tente -t-il de préciser alors que Nour a déjà tourné les talons.

De retour quelques secondes plus tard, elle pose religieusement son paquet sur la table du salon.

Un silence quasi monacal enveloppe l'appartement.

Après un instant d'hésitation, elle effleure la bande chromatique, puis les yeux brillants et le souffle court, elle décachette l'enveloppe avec des gestes d'une précaution infinie. Dans une ambiance recueillie, elle en sort un coffret orné comme une châsse[1] précieuse. Avec une fièvre pieuse, elle ouvre la boîte. Les +*Loin* apparaissent et semblent flotter dans des lumières célestes grâce aux diodes lumineuses se reflétant sur un socle en plastique transparent.

Nour s'empare de la paire de lunettes. Les LED de mise en scène s'éteignent. Ignorant la notice, elle s'empresse de les inspecter sous toutes les coutures afin de repérer des imperfections. Dans son dos, Guang retient son souffle, prie et soupire de soulagement lorsqu'elle les chausse en affichant un sourire béat.

Néanmoins, Nour laisse éclater sa contrariété quand elle se rend compte qu'elle doit les charger. Frustrée, elle jette les emballages dans la poubelle, puis froisse la notice de dépit avant de s'asseoir dans le canapé. Sous le regard impassible de son mari, elle croise et décroise les jambes en soufflant ostensiblement. Puis n'y tenant plus, elle file dans la cuisine, tripote son +*Présent* quelques instants, puis finit par parcourir le manuel numérique des +*Loin,* ignorant son mari venu la rejoindre.

Pourtant soucieux d'instaurer un climat plus agréable, Guang s'efforce de dépasser l'attitude antipathique de son épouse :

— Nour chérie… Qu'est-ce qu'il te ferait plaisir de manger ce soir ?

— Ce que tu veux !

— Je te laisse choisir, ajoute-t-il d'un ton doucereux.

---

1. Boîte contenant généralement une partie du corps d'un saint, comme un os.

— Laisse tomber. J'ai pas faim ! maugrée-t-elle sans lâcher des yeux la jauge de chargement.

— Okay ! Bon… ben… alors je vais… commence-t-il au moment où un Hu-Mess provenant de sa mère l'interrompt.

– 4 –

Sans se soucier de sa femme pour lequel il est transparent, il répond au message de sa maman qui lui demande de ses nouvelles :

— *Je vais très bien. Et toi ?*

— *Tu as vu la dernière IAlerte de mon Carnet Numérique de Santé ?* lui répond-elle instantanément.

— *Non ! Mille excuses, mais j'ai beaucoup de boulot en ce moment. Qu'est-ce qui se passe ?*

— *Ce n'est pas la grande forme,* confesse-t-elle d'une manière surprenante.

Préoccupé par ses propres désirs, Guang décide de mettre fin à la conversation :

— *J'ai pas le temps de discuter.*

— *Tu n'as jamais le temps !* renchérit-elle sur le champ.

— *Maman, je suis occupé ! Ce n'est pas le moment. Je suis en train de discuter avec Nour. Elle s'impatiente. Il est tard. Promis, je t'appelle demain. Repose-toi !* conclut-il en raccrochant.

– 5 –

Les +*Loin* sont toujours en charge. Il est 23 h 38. Il est trop tard pour dîner. Le silence règne. Les minutes défilent. Assis dans le canapé, Guang boude. *Il pense encore au gamin, j'en suis sûre,* songe Nour. Alors pour désamorcer la tension, elle le rejoint dans le sofa, pose une main sur sa cuisse et débute la conversation sur un ton badin :

— Qu'est-ce que l'on fait à manger jeudi ?

— Jeudi ?

— Ben, pour les invités ?

— Ah oui… J'avais oublié… C'est vrai qu'on ne les a pas vus depuis la séance d'holociné. Attends, je consulte +*Convivial* ! précise-t-il en pianotant sur son smartphone. Voilà… je suis sur le profil de nos amis… Elle est formidable cette application… on a tout… Goûts… allergies alimentaires et préférences… On sait même ce qu'ils ont acheté récemment… J'appuie sur la touche « Chef » ou on choisit le menu ?

— Faisons confiance à l'IA !

— Okay… Alors voilà ce qu'elle propose… En entrée… une salade composée des quatre-saisons faite de chou-fleur, courge, tomates et asperges… suivie de lasagnes surgelées, et pour terminer des fraises…

— Seulement des fraises ? Ça fait un peu chiche ! Je commanderai un deuxième dessert chez *Gourmets connect,* ajoute Nour.

— Okay ! Pour l'apéro, on fait dans le classique, conclut Guang au moment où venu de la cuisine un bip retentit.

Comprenant que ses +*Loin* sont rechargées, Nour se précipite, mais Guang la devance, s'en saisit et galamment il les lui place sur le visage dans le but de souligner leur accord. Dans un état de béatitude extatique, son épouse ignore ses regards lourds de sens et procède aux premiers réglages.

Ainsi, elle commence par présenter sa puce au détecteur installé sur la branche droite des lunettes. Un bip résonne : les +*Loin* sont déverrouillées. Ensuite, la seconde étape consiste à mettre en place l'indispensable reconnaissance vocale. En quelques secondes, Nour passe à la dernière procédure qui réside dans la vérification des informations individuelles permettant aux lunettes d'être connectées au compte FirmCité.

Alors que stratégiquement, Guang configure l'appartement pour accueillir le nouvel équipement, Nour en profite pour explorer les possibilités de ses lunettes. Avec une joie non dissimulée, elle photographie Guang dont l'image ne tarde pas à apparaître dans *Troisième profil.* Après avoir lu ses messages, elle paramètre les capteurs de pollution situés au-dessus du nez. Ses lunettes sonnent ! Le purificateur d'atmosphère répand de l'air sain dans l'appartement.

Plus tard, assise dans le salon, Nour parle, ordonne et dirige ses +*Loin*. Elle gesticule comme un automate sans public. Une tranche de pain sans gluten tartinée au fromage sans protéine de lait à la main, Guang annonce qu'il va se coucher. Nour le suit. Enthousiaste à l'idée de lire ses courriels sur l'écran de ses nouvelles lunettes et absorbée par la réponse qu'elle dicte à l'application, elle ne voit pas le montant de la porte. Une bosse sur le front, l'estomac vide, elle s'allonge enfin heureuse !

10

Nourrir les hommes

Bip, Biip, Biiip. Affolées par le pic de pollution, les *+Loin* de Nour tintent sans discontinuer. La Métacitienne ajuste son masque, arrange le savant tressage de ses cheveux crépus et vérifie son allure dans le miroir de l'entrée. *Tu es parfaite ! T'inquiète, ça va le faire !* s'encourage-t-elle intérieurement pour chasser le stress qui l'étreint à une demi-heure de recevoir à la techno-serre une délégation de diplomates représentant différentes Cités. Chargée de leur présenter les principes révolutionnaires de l'agrorobotique, cette ingénieure agronome est particulièrement tendue, car de son exposé dépend l'aura de Métacité.

Au pied de son immeuble, l'H2A surveille le rythme imposé par son oreillette. Tic…Tac… Tic… Tac… Le rythme de l'algorithme urbain étant lent, Nour commence à paniquer. *Par toutes les IA, c'est pas possible ! Non d'une IA mal codée... pas ce matin ! Non ! Je vais arriver en retard... et même très en retard !* s'affole-t-elle intérieurement après avoir consulté son temps de trajet.

À cet instant, Nour se trouve face à un dilemme : courir et ne pas suivre les consignes de Liaque ou faire accueillir les diplomates par Esther, son assistante.

Si je romps le flux des piétons, j'aurai une IAlerte négative. Si je fais appel à Esther, je me couvre de ridicule, mais la décision restant en message privé, il n'y aura pas de notification de sanction. En somme, je n'ai pas le choix, conclut -elle en dictant un Hu-Mess à ses +*Loin :*

— Esther, je suis à la bourre. Accueille la délégation dans le hall. Suis les instructions de l'IA locale à la lettre. À tout de suite.

Le regard mauvais, elle poursuit sa marche en maudissant les embouteillages piétonniers :

— Encore un H2A mal réveillé qui ralentit le flux ! C'est bien ma veine ! Et tout ça le jour où on m'attribue un rôle de représentation ! maugrée la directrice de la techno-serre qui depuis deux ans était cantonnée à faire appliquer les règles de gestion draconienne édictées par l'IA locale.

Arrivée au TIU, elle puce au portique, puis monte dans la rame. Ce matin, Nour ne se jette pas sur un casque d'immersion et préfère se placer au centre du wagon. Ses nouvelles +*Loin* en évidence, Nour cherche à être vu par tous. Gonflée de fierté, elle manipule avec brio ses lunettes. Orné de vernis thermocolore[1], son index fait rouler la molette. Ostensiblement, elle finalise son emploi du temps et mentionne d'une voix distincte la délégation intercitéenne. Pourtant sa mise en scène et ses gesticulations n'impressionnent personne, car la plupart des Métacitiens ne l'entendent pas tant son verbiage se perd dans le brouhaha des publicités diffusées par les écrans concaves.

Parvenue à la station de l'hypercentre, Nour descend, se retient de courir et se présente à 9 h 17 devant son lieu de travail avec plus de quinze minutes de retard !

1. Verni dont la couleur change en fonction de la température extérieure.

– 2 –

Rouge de confusion, elle accélère pour accéder à cette immense structure en verre dont la silhouette évoque un monstre à mi-chemin entre la murène et le dragon. Limites fines entre deux mondes, des vitres intelligentes forment des écailles translucides. Sous cette armure s'épanouit un foisonnement végétal digne d'une mythique forêt équatoriale dont la profusion des plantes est telle qu'il est impossible d'en mémoriser toutes les variétés.

État dans l'État, la techno-serre est le ventre affamé et nourricier de Métacité. Il engloutit l'eau et l'énergie de la Cité pour produire de quoi ravitailler cette mégapole tentaculaire. Érigé en pleine Cité, ce mastodonte végétal en est la principale source de vie. Ressemblant à une bête dressée sur ses pattes arrière, la structure halète bruyamment, car à quelques mètres du sol, de gigantesques bouches d'aération rejettent l'air dans un rugissement effrayant.

Entre les étages, sous le fin épiderme de silice serpentent les artères de la techno-serre. Ce sont les vaisseaux sanguins de ce Léviathan[1] urbain. Tantôt gonflés par l'adrénaline due aux besoins immédiats de plantes voraces, tantôt faussement paisibles telle un fleuve assoupi, ils palpitent et débordent de liquides nourriciers. La nuit, cette peau verte brille par vagues. Sur elle, la lumière frissonne à la manière de la robe d'un cheval qui s'ébroue en plein galop.

Désormais, Nour pénètre dans une zone totalement close. Un robot secrétaire l'accueille dans un hall qui ressemble à l'intérieur d'une coquille d'œuf, blanche immaculée, arrondie et sans jointure. Desservant les différentes sections de la

1. Monstre marin biblique.

bête, des rares employés, vêtus de combinaisons étanches, se hâtent d'un ascenseur à l'autre.

Pressant le pas, Nour rejoint la pièce de désinfection et enfile une combinaison antibactérienne au moment où son +*Serviable* lui transmet une IAlerte provenant d'Esther :

— *Nous sommes au 176ème étage, celui des poivrons.*

Immédiatement, la directrice de la techno-serre devient blême et murmure :

— La garce ! Alors que j'avais pris soin d'utiliser les HuMess, elle profite du système des IAlertes pour me signifier mon retard et en garder une trace.

Cependant, elle ne laisse rien paraître de sa rage :

— *Je suis prête, j'arrive. Tu as fini l'historique de la techno-serre ?*

— *Oui ! Je vous attends pour présenter les robots jardiniers.*

Depuis l'ascenseur aux parois transparentes, Nour aperçoit les entrailles du colosse végétal. Ouverts sur le vide, l'air et les robots y circulent librement. Sur trois cents niveaux, les plantes sont agencées par Liaque. Celles provenant des régions anciennement tropicales qui ont besoin de températures élevées et d'eau sont placées au sommet afin de bénéficier de l'évapotranspiration des autres pensionnaires. Réservés aux végétaux aimant la chaleur sèche, les étages 190 à 80 abritent les aubergines, les poivrons ou les piments. Enfin, sous le niveau 79 sont cultivés les choux et certains légumes racines qui, ne supportant pas les températures élevées, sont placés sous les brumisateurs pour maintenir une forte aquosité de l'atmosphère.

Les niveaux de la techno-serre sont censés être agencés de manière à tirer profit de la lumière naturelle. Après avoir réussi à perforer l'éternel nuage de pollution, quelques rayons de soleil obstinés tentent d'atteindre les végétaux. Mais pour ne pas corrompre le fonctionnement de cette immense carcasse verte, les faisceaux sont volontairement dilués dans l'air purifié, dissous dans la température régulée et brisés par l'humidité ajustée pour qu'ils perdent leurs vertus.

Entre les étages, sans se soucier de la gravité, les robots effectuent la majorité des travaux en un temps record. Programmés pour réagir aux situations inédites et capables de s'adapter aux besoins variés de la techno-serre, chacun excelle dans son domaine. Parfois, quelques humains les assistent. Se résumant à n'être que des points bleus dans leur combinaison étanche, les H2A errent d'un niveau à l'autre en obéissant à des directives qu'ils ne comprennent pas. Loin d'être indispensables, ils apportent une touche d'humanité dans un univers mécanisé. Cependant, habités par un fort sentiment d'inutilité, ils accompagnent souvent les robots d'un pas traînant.

– 3 –

Au 175ème étage, Nour est accueillie devant les portes de l'ascenseur par les dix ambassadeurs. Ignorant Esther reléguée au second plan, la directrice de la techno-serre les salue avec chaleur, échange quelques banalités d'usages, puis dès qu'elle entre dans le vif du sujet, ses appréhensions s'envolent instantanément :

— Vos Excellences, je vous prie de m'excuser de vous avoir fait attendre et vous présente sans tarder nos robots jardiniers, chargés d'entretenir les plantes. Comme vous le constatez, ils sont de couleur orange afin de dénoter dans l'immensité verte qui nous entoure. Montés sur trois roues, ils circulent ainsi aisément entre les rangées de végétaux. Capables de pivoter sur eux-mêmes, ils savent tailler afin d'optimiser la production. Mais ce n'est pas tout… ils vérifient la croissance des plants en mesurant le diamètre des branches et la hauteur générale. Enfin comme vous vous en doutez, ils veillent à la santé des racines. Avec la pince située au bout de leurs bras mécanisés, ils prélèvent une infime partie du feuillage pour détecter les éventuelles carences de la plante. Les informations récoltées sont transmises en temps réel à l'IA locale, puis immédiatement analysées, précise-t-elle en se rendant compte que ses visiteurs de marque dictent leurs notes à leurs *+Loin*.

Terriblement fière d'appartenir à cette élite, elle poursuit d'une voix suave :

— Les robots travaillent H24 par roulement… quand l'un œuvre, l'autre est en charge… Autrement dit, la techno-serre ne connaît pas le repos ! D'autre part, à chaque cycle de travail, les robots jardiniers reçoivent un territoire défini selon la logique : un étage, une espèce. Une plateforme de chargement leur est attribuée. Mais Liaque… euh… notre Intelligence Artificielle Centrale, n'a pas oublié la modularité. En cas d'urgence, ils changent de niveau en fonction d'un programme d'action instantané. Ainsi, nos robots travaillent avec une rigueur extrême. Autrement dit, il ne fallait pas avoir un pois chiche dans la tête pour inventer tout ça !

Alors que son public rit à son bon mot, Esther ajoute discrètement :

— Les robots jardiniers sont à la fois les infirmiers et les gardiens de notre techno-serre.

Instantanément, Nour l'incendie du regard, puis invite la délégation à se rendre à l'étage 210 où la récolte des fruits de la passion bat son plein. Cérémonieusement, Nour présente les robots cueilleurs bleu turquoise :

— Comme vous le constatez, les cueilleurs sont mus par des chenilles afin d'abaisser leur centre de gravité. Leur mécanique est organisée autour d'un corpanier central qui peut contenir jusqu'à dix kilos de récolte à la minute ! Oui, vous avez bien entendu, dix kilos ! Les cueilleurs disposent d'une motorisation plus puissante que celles des jardiniers, ce qui ne les empêche pas d'avoir des gestes d'une extrême délicatesse afin de ne pas abîmer les fruits… Au-dessus du corpanier, vous remarquerez une microtête munie de six caméras qui, grâce à un programme ultrasophistiqué de reconnaissance léguminales, permet aux cueilleurs de distinguer tous types de végétaux. Ils sont également équipés d'un dispositif de détection de mouvements leur permettant de repérer tout nuisible et ainsi donner instantanément l'alerte ! Je sais… c'est astucieux… Utiliser la détection de mouvement est bête comme chou, mais il fallait quand même y penser, ajoute-t-elle pour amuser son auditoire.

Après avoir attendu que les ambassadeurs aient fini de s'esclaffer, Nour poursuit son numéro de séduction :

— Entre la tête et le corpanier, vous apercevez six bras autonomes articulés reliés à un anneau horizontal. Chacun a une fonction… deux sont munis de tenailles pour saisir… deux autres sont équipés de sécateurs. Le cinquième possède une pince dotée d'un microaiguillon qui permet de mesurer le taux de sucre et la souplesse de la chair… et le dernier bras sert à déposer délicatement le fruit dans le corpanier. Nos robots cueilleurs choisissent les meilleurs produits avec un taux de réussite de 100 %, mentionne-t-elle avec fierté.

À cet instant, à la surprise générale, Nour claque deux fois dans ses mains. Un +*Serviable* s'avance et lui tend une tablette sur laquelle elle clique pour suspendre l'activité d'un cueilleur. Elle s'avance vers lui et retire cinq fruits de la passion pourpre du corpanier. Son assistant mécanique portant un plateau sur lequel sont disposés des couverts, Nour coupe en deux chaque grenadille, place une petite cuillère dans chaque demi-fruit, puis les offre à ses invités :

— Essayer, c'est adopter Métacité ! clame-t-elle avec une fierté non dissimulée. Régalez-vous vos Excellences ! Vous ne trouverez pas mieux ailleurs !

Les diplomates goûtent en silence et semblent apprécier, mais l'ambassadeur de la Cité tropicale de Tlapan objecte :

— Madame… je ne nie pas la qualité de ce *Passiflora eludis*, mais… cultivés sous d'autres conditions climatiques, certains ne seraient pas… disons… plus goûteux ?

Immédiatement, Nour répond d'un ton glacial :

— Peut-être… voire sans doute si l'on parle de la grenadille jaune autostérile par rapport à notre variété pourpre qui est autofertile. Chez nous, notre quête de perfection tient compte du rapport qualité… coût… et usage des ressources. En d'autres termes, nous économisons l'eau… Ai-je répondu à votre question, votre Excellence ?

Sans attendre que son visiteur réponde, elle réactive le robot cueilleur et poursuit son monologue :

— Quand leur corpanier est plein, le robot dépose sa récolte sur les tapis roulants que vous apercevez sur votre gauche. Si vous vous penchez, vous voyez les girotapis circuler entre les niveaux selon une pente de cinq degrés. La production est acheminée au sous-sol pour être transformée.

– 4 –

Ensuite, la délégation part découvrir à l'étage 62, abritant les choux de Bruxelles, comment la techno-serre gère les besoins des plantes. Il est déjà 10 h 20, Nour accélère :

— Pour obtenir les plus beaux fruits en un minimum de temps, le moindre signe de carence est épié… À cette fin, de multiples sondes sont plongées dans le substrat où baignent les racines et d'autres sont placées au niveau des feuillages. Les données récoltées sont analysées en temps réel et les consignes sont automatiquement renouvelées aux robots et à nos ingénieurs agronomes. Courant entre les niveaux, des veines synthétiques nourrissent chaque végétal en fonction des analyses. Tout est optimisé : nutriments, oligo-éléments, mais aussi l'intensité lumineuse des LED. Nos plantes ne ressentent jamais le stress hydrique ni le manque de nourriture. En échange, chaque plant doit arriver à maturité en trois semaines. Pour favoriser leur croissance, nous diffusons continuellement des balades de Chopin ainsi que vous pouvez l'entendre, précise-t-elle au moment où l'ambassadeur de Tlapan l'arrête :

— Pardonnez-moi de vous interrompre… mais quelle est cette bête violette qui vole au-dessus de ma tête ?

— Oh ça ? C'est une abeille !

— Vous vous moquez de moi ! Elles ont malheureusement disparu depuis des lustres !

— La technologie métacitienne les a remplacées… nous les appelons « robots pollinisateurs » … mais moi, je préfère abeille ! C'est plus joli, non ? Regardez comme elle est belle avec ses ailes translucides… on dirait une libellule… sauf qu'elle est indestructible !

— Est-ce à dire que vos robots sont-ils aussi… disons… efficaces ?

— Oh… votre Excellence… il ne s'agit que de technique et un peu d'informatique, mentionne-t-elle sur un ton faussement modeste. Les ailes sont enchâssées sur un rotor pivotant et tournent selon la direction souhaitée par l'automate.

— J'évoquais la capacité de votre robot à polliniser…

— J'allais y venir… De part et d'autre du moteur situé au bout de l'abdomen se trouve un réservoir. Quand il est vide, le robot aspire le pollen… et quand il est plein, le robot est programmé pour le déverser sur le pistil… c'est-à-dire l'organe reproducteur femelle de la fleur…

— C'est astucieux…

— Et terriblement efficace, votre Excellence ! Programmés pour voler de fleur en fleur selon un plan précisé au jour le jour par l'IA, les pollinisateurs identifient les végétaux, y déposent les semences et fécondent ainsi les plants.

— Et à quoi ça sert ? s'enquiert le diplomate en désignant un robot de couleur rouge.

— C'est… c'est un robot planteur ! s'écrie Esther, anticipant la réponse de sa supérieure hiérarchique. Vous voulez que je vous explique ses modalités de fonctionnement ?

— Très volontiers ! réplique l'ambassadeur, sans deviner que la directrice de la techno-serre est folle de rage, même si elle se contient.

— Comme leur appellation l'indique, leur fonction est de planter. Dans cette optique, ils se déplacent en meute dans une zone à aménager en fin de cycle pour peupler de plants l'espace le plus vaste possible en un minimum de temps. Leur ventre est entièrement évidé pour laisser place à des étagères sur lesquelles sont rangées les plantes à mettre en culture. Comme les robots cueilleurs, leurs bras mécaniques ont des embouts dépareillés. Chacun correspond à une étape de la plantation : une paire de pinces pour saisir la bouture, un plantoir pour déposer le végétal dans son emplacement de repiquage et une paire de ciseaux pour couper les éventuelles parties sèches. Ils sont présents dans toute la techno-serre, exceptée dans la division destinée aux arbres. Vous souhaitez la visiter ?

— C'était prévu ! intervient Nour. Suivez-moi vos Excellences. Nous allons rejoindre les étages inférieurs.

– 5 –

Silencieux et impressionnés, les diplomates mesurent leur chance de découvrir un territoire où la production d'un arbre nécessite seulement quelques mois. Même le représentant de Tlapan reste bouche bée dans cet espace totalement sombre, hermétiquement clos et technologiquement avancé. En effet pour pallier le manque de sol, Liaque a dû beaucoup innover. Installées sur des filets de croissance, les racines des arbres fruitiers plongent dans un substrat nourricier et optimisé. Entre les feuillages serpentent les rubans de béton sur lesquels circulent les robots jardiniers et cueilleurs. Par la création de saisons artificielles et échelonnées sur l'année, la techno-serre alimente ainsi la mégapole en fruits frais variés et illimités. Si les diplomates connaissaient les champs en pleine terre, ils ignoraient qu'il était possible de créer un véritable verger flottant. Aussi applaudissent-ils à tout rompre la fin de la visite. Mais alors que les joues de Nour rosissent de contentement, les questions fusent :

— Comment luttez-vous contre l'intrusion de nuisibles ?

— … Euh… ce problème est géré depuis le poste de commandement de la techno-serre qui est situé au cœur de la structure… Seul un ascenseur privé permet d'y accéder. Parfois, un insecte échappe à notre vigilance. Si malgré nos précautions et nos performances techniques, il se propage… je déclenche l'état infectieux…

— C'est-à-dire ?

— Les techno-serristes sont évacués. Les plants atteints sont brûlés. Tout est décontaminé par les robots nettoyeurs. Le processus d'assainissement est rapide. Lorsque l'état infectieux est clos, les H2A reçoivent une IAlerte. Ils doivent pucer et se remettre au travail.

— Quel est votre circuit de commercialisation ?

— … En réalité, ça dépend… Pour les plats cuisinés livrés à domicile, nos robots cuisiniers les élaborent dans les sous-sols de la techno-serre… La commande est adressée via nos tuyaux.

— Et pour la viande ?

— Comme pour le poisson, la production de viande suit un processus identique. Constituée dans les technoélevages, elle est fabriquée à partir de cellules souches qui produisent des protéines animales. Ainsi, Métacité embrasse le spectre alimentaire. L'ensemble est acheminé via notre réseau souterrain où des millions de tubes de transports ancrent notre Cité sur Terre !

— Qu'est-ce qui vous rend le plus fière ?

— … Être la directrice de ce corps de verre pensé dans ses moindres détails pour produire beaucoup dans des conditions écologiques idéales, avoue-t-elle en toisant Esther avec mépris. Oui… être la directrice d'un modèle en matière d'exploitation agricole durable. Ici, il n'y a aucune pollution des sols… Pas une goutte d'insecticide n'est utilisée… Nos engrais sont certifiés biologiques… notre gestion des plants est autosuffisante et nous couvrons nos besoins en électricité grâce à la géothermie… Je suis extrêmement fière… oui extrêmement fière de nourrir les hommes de la meilleure des manières… Vos Excellences... je vais vous confier un secret… Je me sens réellement être la digne héritière des paysans d'antan !

11

La poupée qui dit oui !

Jeudi en fin de journée. Guang s'affale sur le sofa. Les jambes étendues, les bras à l'horizontale posés sur le dossier et la tête lourde, il n'a pas pris la peine d'enlever son kit de jeu supra sensoriel, alors qu'il ne compte pas retourner sur *Terres de foudre.* Ce soir, il n'en a pas envie. Pour être honnête, il n'a goût à rien. *Peut-être suis-je fatigué ?* s'interroge -t-il. Pourtant, sa journée chez *Toujours+* a été loin d'être épuisante. Comme nombre de Métacitiens, il est la touche humaine d'un travail réalisé par les IA. Se sentant professionnellement inutile, il est souvent mélancolique. Mais depuis quelque temps, il ne comprend pas pourquoi sa tristesse quasi permanente modifie son comportement. En effet, à n'importe quelle heure du jour ou de la nuit, il est capable de passer de l'ennui profond à la colère ou d'une tristesse abyssale à un état de surexcitation incontrôlée. Songeant que Heiani et Félicien viennent dîner, il tente de surmonter sa morosité. *Bouge-toi ! Après avoir fait un tour en cuisine, tu iras consulter la sphère médicale dans la salle de bains !* s'ordonne-t-il intérieurement. Joignant le geste à la parole, il retire sa panoplie, la met à charger et range ses affaires de jeu. Puis en traînant les pieds, il se dirige vers la cuisine où règne le *+Goûteux.* En toute logique, la salade composée devrait être en cours de confection, puis dirigée vers l'espace fraîcheur. Quant aux lasagnes, elles devraient être en train de dorer et orientées ensuite vers la zone de découpe. Appuyant sur une icône représentant un minuteur, Guang interroge le robot Chef pour connaître la progression de la confection du dîner dont la commande a été confirmée par Nour à l'aide de ses *+Loin* :

— Salade ?

Après un court temps de latence, la voix métallique du robot s'élève dans la pièce :

— *Lé-gumes é-plu-chés... Lég-umes tran-chés... Légumes a-ssai-so-nés... As-si-ettes dres-sés... En-trée... espace... fraî-cheur...*

— Choucroute ! s'écrie Guang pour s'amuser.

— *Pas com-pris... Re-pé-tez ou co-mman-dez !*

— T'es pas drôle !

— *Pas com-pris... Re-pé-tez ou co-mman-dez !*

— Lasagnes !

— *Dé-con-gé-la-tion en cours !*

— Fraises !

— *Mara des bois... la-vées... Bran-che de men-the fraîche la-vée... Bran-che de ba-si-lic la-vée... Frai-ses coupées en deux... Frai-ses arro-sées de su-cre gla-ce... Orange pres-sée... Men-the et ba-si-lic ci-se-lés... Cou-pelles dres-sées... Esp-ace fraî-cheur...*

Renonçant à provoquer une dernière fois son assistant culinaire, Guang appuie sur l'icône silence, puis se dirige d'un pas lourd vers la salle de bains. Il y pénètre la peur au ventre, insère sa tête dans un globe en verre teinté pendu au plafond à la manière d'un abat-jour et ferme les yeux. Des lumières balaient son visage. Des ondes inoffensives traversent son cerveau. Divers capteurs mesurent ses tensions. La puce greffée sur sa cinquième vertèbre cervicale couple ses informations avec les observations de la sphère médicale. Bientôt, une voix de synthèse s'élève :

— *Vous souffrez d'un trouble mental courant dénommé « dépression » ... Cette maladie curable se caractérise par la tristesse, la perte d'intérêt ou de plaisir, un sentiment de culpabilité ou de faible estime de soi, par des troubles du sommeil et une sensation de fatigue constante... L'IA vous prescrit la prise quotidienne pendant soixante jours d'un inhibiteur de recapture de la sérotonine, appelé vulgairement antidépresseur... Vos plaquettes de sérotoninergique viennent d'être déposées dans votre espace de réception. Votre sphère vient d'afficher votre compte rendu psychologique. Retirez votre tête du globe pour en prendre connaissance.*

Guang s'exécute. Les termes du rapport psychologique affiché sur la face externe du globe se bousculent dans sa tête et le pousse à réagir à haute voix :

— C'est quoi ces conneries ? *Épisodes dépressifs passagers obsessionnels avec tendance à passage à l'acte...* Mais non... *Désir de mort...* n'importe quoi ! *Trouble affectif... Pulsion de vie...* Alors là, oui ! Mon désir inassouvi d'être père explique mon désœuvrement ! s'exclame-t-il au moment où le globe lui propose d'envoyer une IAlerte de santé à ses proches pour les informer de son état.

Après avoir appuyé sur la touche « Non », il file à l'espace de réception récupérer ses médicaments, avale un cachet en se disant que si l'IA lui a prescrit, ça ne peut pas lui faire du mal, puis fonce dans sa chambre cacher les plaquettes dans le tiroir de sa table de nuit. Ensuite, d'un pas plus léger, il se dirige vers le salon pour participer au scrutin des élections législatives, clos à 19 h 59. Il lui reste environ huit minutes.

– 2 –

En effet depuis 0 h 01, les Métacitiens âgés de seize ans révolus sont appelés aux urnes. Accordé dix ans après la majorité financière, ce droit demande une réflexion plus approfondie que la simple affirmation de son identité de consommateur.

Aujourd'hui, deux scrutins sont organisés.

Tout d'abord, les Humains Améliorés et Augmentés, surnommés les H2A, élisent l'Assemblée législative. Cette dernière est chargée de se prononcer sur les propositions de lois émanant de Liaque ou du Grand conseil de la Cité, lui-même placé sous l'autorité de l'IA Centrale. Par ailleurs, ses membres sont exclusivement issus du parti *Métacité d'abord* qui a programmé Liaque, il y a des décennies.

Parallèlement et afin d'entretenir un semblant de démocratie à laquelle les Métacitiens sont attachés, les habitants de la ceinture industrielle votent. H2A rétrogradés, *Homo sapiens* jugés trop primitifs pour avoir une existence politique et réfugiés climatiques parqués là en attendant la mort, élisent une assemblée au rôle purement consultatif.

Assis sur le canapé, Guang saisit son +*Présent* grâce auquel il se rend sur le site de l'Assemblée des H2A et s'identifie avec sa signature cardiaque pour accéder aux professions de foi des candidats. Néanmoins, il commence par lire l'analyse des programmes en lice réalisée par Liaque. En effet, soucieux de faire le bon choix et conscients de la complexité croissante du monde, les Métacitiens ont demandé à l'IA Centrale de déterminer le meilleur programme selon la devise de la Cité : *Prospérité, Réussite, Sécurité*.

S'appuyant sur la rigueur et l'objectivité de l'Intelligence Artificielle, Guang survole trente-sept pages d'analyse, puis il sélectionne la case *Laisser choisir l'IA* et vote :

— Voilà une bonne chose de faite ! s'exclame-t-il en pensant que l'intégration de Liaque à la vie de la Cité a simplifié son quotidien. Nos gouvernants aiguillés par l'expertise de l'Intelligence Artificielle ne s'abandonnent plus à des positions partisanes ni ne se livrent à des expériences hasardeuses. Métacité étant administrée par la logique, on ne s'en porte que mieux ! conclut-il en ricanant sous l'effet des molécules euphorisantes contenues dans son antidépresseur.

– 3 –

Satisfait d'avoir accompli son devoir de citoyen, il pose son *+Présent* à côté de lui, allume *Radio Métacité* à l'aide de la tablette de gestion locale et laisse son esprit divaguer :

— Désir de mort… Je t'en foutrais… Pulsion de vie… C'est évident… La vie, je veux la donner ! Et cet abruti de globe qui me recommande de mettre de l'ordre dans ma vie affective… Je fais comment ? J'attrape Nour et je la balance sur le lit en hurlant que je veux un gamin ? La sphère médicale est nulle… Elle prétend faire de la psychologie et elle ignore les notions de « faire des concessions » … « attendre le bon moment » … « être à l'écoute de l'autre » … Oui, Nour n'a pas encore totalement accepté l'idée de la maternité… Mais vu ses responsabilités, c'est légitime… Elle est stupide cette sphère… désordre affectif ! Hahaha… je me marre ! Certes, Nour n'a pas un caractère facile… mais elle est là pour moi ! Lorsque je dois partir en urgence chez *Toujours+*, elle me soutient. Ce globe ne comprend rien à la complexité de l'amour ! *Cœurpatible premium* nous a attribué un coefficient de compatibilité de 89 % ! Ce score n'est-il pas la preuve éclatante que nous sommes faits l'un pour l'autre ?

Sur cette ultime réflexion, il se tait et sourit tristement. Il est 20 h 12. Ses invités arrivent dans trois quarts d'heure. Nour ne va pas tarder à rentrer. Se roulant en boule sur le canapé, Guang soupire :

— Nour… tes bras me manquent…

Alors qu'il s'apprête à succomber à une crise de blues, ses larmes sont arrêtées par un spot publicitaire ciblé diffusé par *Radio Métacité* :

— Votre vie sexuelle est triste ? Votre femme se refuse ? Essayez *Coïta* ! *Coïta*, le robot sexuel qui ne dit jamais non ! *Coïta*, la partenaire qui fait oui, oui, oui toute la nuit !

12

Le champ des possibles

À 20 h 42, la porte d'entrée claque. Les cheveux ébouriffés, les yeux dans le vague, hagard, Guang sursaute. Nour déboule, dépose le gâteau empaqueté sur la table du salon, et observe son époux avec surprise :

— C'est l'IAlerte de ta mère qui te met dans cet état ? s'inquiète-t-elle.

— Hein ? Quelle IAlerte ?

Immédiatement, il saisit son *+Présent,* parcourt l'écran tactile et découvre une notification informant qu'en raison de bronches rongées par la pollution, le pronostic d'Angélique est engagé.

Apercevant le regard désespéré de son mari, Nour lui suggère d'appeler sa mère. Il compose son numéro, tombe sur le répondeur et raccroche sans laisser de message. Même si les H2A ne se laissent pas submerger par la sensiblerie, Nour rejoint son époux sur le sofa et replace ses cheveux dépeignés d'un geste doux :

— Quelle heure est-il ? s'enquiert-il en souriant.

— 20 h 47... Nos invités ne vont pas tarder à arriver. D'ailleurs d'après sa puce, Félicien est quasiment en bas de l'immeuble.

— Bon… ben… J'essaie de me connecter à son Carnet Numérique de Santé, puis au robot infirmier et j'envoie rapidement un Hu-Mess.

— Pendant ce temps, je range le gâteau, précise-t-elle en pensant à sa belle-mère. *Angélique n'est pas malheureuse dans son gérontocentre. Avant les aînés mourraient dans le dénuement le plus total ou devaient solliciter leurs enfants pour payer leur maison de retraite… Là, Métacité a encore une fois bien fait les choses… Les vieux sont chouchoutés par* les *Robin's, les robots infirmiers… En plus, ils n'ont pas le temps de s'ennuyer, puisqu'ils travaillent pour payer leur pension et les soins dont ils ont besoin. D'ailleurs, Angélique est ravie d'être affectée aux appels publicitaires ciblés… Elle est fière de ne pas être un poids pour la société… Et puis, ne dit-on pas que le travail, c'est la santé ? De toute manière, quand elle en aura marre, elle pourra demander le Grand départ*.

De retour dans le salon quelques minutes plus tard, elle s'enquiert :

— Alors ? Que dit son CNS ?

— Pas grand-chose… ça charge… Ah voilà ! D'après les rythmes cérébral et cardiaque, le robot infirmier conclut qu'elle somnole.

— Fais voir !

— Attends… je me connecte aux caméras de sa canne et celles du *Robin's*.

Penchée sur l'épaule de son mari, Nour aperçoit cette femme âgée d'une soixantaine d'années qui, un casque muni d'un micro sur les oreilles, est allongée en chien de fusil dans un lit médical dont le dessus-de-lit orné de glaïeuls en diffuse leurs senteurs.

— Tout va bien. Elle se repose, marmonne Guang. On se trouve un créneau pour l'appeler plus tard ?

— Okay, répond Nour en faisant afficher par l'IA locale l'image d'une forêt gelée sur le mur.

— S'il te plaît... change la déco, demande Guang d'une voix molle. Je n'aime pas ce mur connecté, c'est glacial.

— Tu préfères lequel ?

— La cheminée… c'est plus romantique, précise-t-il d'une voix remplie d'espoir au moment où Félicien entre dans le salon.

– 2 –

Immédiatement, Nour retient un haut-le-cœur en voyant son ami oser porter un pantalon vert amande datant de l'hiver dernier. De plus, il a enfilé un pull côtelé en fil d'araignée connecté dont le motif central change de couleur au gré de ses humeurs. Ainsi, le dessin est rouge quand il est contrarié, vert quand ça va bien et orange quand il a faim ! Or visiblement ce soir, Félicien frise la crise d'hypoglycémie ! Amusé, mais nullement étonné, Guang le salue :

— Bonjour Féli ! T'es seul ? Je croyais que tu nous présentais ton amoureuse !

— Et bien, vois-tu… je l'ai congédiée. Tu n'as pas lu mon Hu-Mess ?

— Non ! Sinon, je ne te poserais pas la question !

Alors que Félicien marque sa surprise, Guang parcourt son +*Présent. J'ai raté une notification. Je vais finir spectateur de ma propre vie !* enrage-t-il intérieurement. Alors, ne sachant pas comment réagir, il est pris d'un soudain intérêt pour la cuisson des lasagnes et s'échappe vers la cuisine. Profitant de l'absence de son époux, Nour ne résiste pas à l'envie de se vanter :

— Tu sais que j'ai reçu un aéropage d'ambassadeurs à la techno-serre ?

— Ah bon ? C'est génial ! Je suis content pour toi… Leur visite s'est bien déroulée ? Tu es contente ?

— Évidemment ! Entre gens du même monde qui possèdent les dernières *+Loin*, le courant ne pouvait que passer !

— Et avec les autres ?

— Tu veux dire avec ceux qui en sont dépourvus ? Oh… ils ont compris qu'ils n'étaient pas à la hauteur. Comme l'ambassadeur de Tlapan ou… Esther, ajoute-t-elle en affichant un mauvais rictus.

Se remémorant l'épisode de l'holociné, Félicien tente de philosopher afin de masquer son trouble :

— Posséder, c'est exister ! Montrer que l'on a, c'est montrer où l'on se situe dans la hiérarchie sociale. Or le fait que tu exhibes tes nouvelles *+Loin* n'est qu'une manière de montrer ton rang et d'afficher ta réussite. Mais ceci soulève une question, je dirais même deux questions…

— Arrête ! Tu m'assommes ! Je ne suis pas une visionneuse-apprenante !

— Oui… pardon… Mais tu sais Nour… tu devrais réfléchir à ta relation aux objets. Le fait que tu les accumules et que tu en sois aussi dépendante pour te définir, pose un sérieux problème !

— Tu dis ça parce que tu ne peux pas te les offrir ! Si tu avais choisi une autre voie, tu ne porterais pas un pantalon de l'hiver dernier ! Ne me fais pas la morale. Tu es envieux !

— Absolument pas ! Je veux t'amener à t'interroger, commence-t-il à argumenter quand l'irruption soudaine de Heiani dans la pièce le force à s'interrompre.

– 3 –

Pour avoir traversé le parc Gate au pas de charge, sa crinière rousse, encore plus ébouriffée que d'ordinaire, encadre ses yeux rieurs où pointe une anxiété permanente. Une fois de plus, elle est habillée de bric et de broc ! Elle porte un pantalon bleu foncé dont l'une des jambes est ornée d'un triangle marron gigantesque. Son buste frêle est perdu dans un tee-shirt au décolleté trop large et ses salières[1] n'en sont que plus visibles. Ses pommettes hautes accentuent l'aspect efflanqué d'une silhouette chétive. Comme d'habitude, sa décontraction contraste avec l'élégance de Nour.

Ayant entendu la porte d'entrée claquer, Guang quitte la cuisine pour venir embrasser cette amie rencontrée à l'âge de huit ans au club de robotique de leur quartier. Déjà timide à l'époque, le H2A avait été subjugué par l'anticonformisme de la fillette. En effet, alors que l'animateur avait demandé de construire un robot qui nettoie les assiettes, elle avait résolu définitivement le problème de la vaisselle en concevant un robot jongleur. Renvoyés ensemble de l'association, ils ne s'étaient plus quittés :

— On attendait plus que toi ! Installe-toi dans le canapé pendant que j'apporte l'apéritif !

Quelques secondes plus tard, il dépose sur la table basse chips sans sel, légumes pasteurisés, charcuterie à base de viande de culture, mini-fromages sans lait, boissons alcoolisées de synthèse et jus de fruits de la techno-serre. Dès lors, Guang engage la discussion sur les élections :

— J'espère que vous avez voté ! Vous avez vu que Liaque a augmenté le montant de l'amende ?

— *A voté* comme on disait dans l'ancien temps ! répond

1. Creux sus-claviculaire.

Félicien. J'ai lu avec attention le rapport de Liaque et j'ai choisi selon ses conseils. Et toi, Nour ?

— J'ai fait pareil. Ce matin, j'ai voté dans le TIU grâce à mes *+Loin*... J'ai suivi les recommandations de Liaque... J'avais pas le temps de lire !

— Nour, tu as cliqué sur un bouton sans savoir ni pour qui ni pourquoi tu votes ? s'étrangle Heiani. Vous me dites qu'aucun de vous n'a parcouru les projets des candidats qui pourtant tenaient sur une seule page !

— Je te rappelle que l'IA s'en charge à notre place ! Lire autre chose est contre-productif !

— Mais... choisir est fondamental ! Pourquoi ne pas consulter tous les programmes et décider en fonction de ce qui vous plaît ? Pourquoi laisser l'IA déterminer à votre place la société que vous souhaitez ?

— Heiani, tu es vraiment incroyable ! s'exclame Guang. J'ai le droit d'opter pour le choix de Liaque !

— Explique-moi l'intérêt de perdre ton temps à tout lire ? renchérit Félicien. Sans vouloir être méprisant, pourquoi essayer de comprendre avec un cerveau de simple humain ? Notre monde est d'une immense complexité dont nous appréhendons difficilement les rouages. Soyons réalistes... le premier pas vers la sagesse étant de reconnaître ses faiblesses... Qui pourrait rivaliser avec la puissance d'analyse de Liaque ?

— Professeur Félicien est de retour pour nous expliquer le monde ! Je ne te parle pas de rivaliser ! En revanche, je pense qu'il est sain de construire son avis sans être guidé par Liaque. N'est-ce pas le propre de l'Homme de réfléchir ?

— Tu as raison... la capacité d'analyse est bien la spécificité de l'humain... Mais tu oublies qu'ayant conçu Liaque, celle-ci applique nos volontés... Par conséquent, nous ne nous dépossédons pas de notre aptitude à penser. Allons-nous perdre notre soirée à débattre des choix conscients et des choix inconscients alors que nous sommes tous heureux de profiter du système ? C'est tellement Métacitien de ne jamais être content de son sort !

À cet instant, Heiani hausse les épaules, puis autant par provocation que pour déclencher l'hilarité générale, elle annonce qu'elle n'a pas voté pour *Métacité d'abord.* Immédiatement, la soirée change de tonalité. L'ambiance devient légère, car chacun y va de sa petite anecdote sur l'anticonformisme de leur amie. Guang rappelle l'invention du robot clown. Nour raconte comment Heiani a piégé Liaque en sortant du TIU sans pucer, car elle voulait savoir si la Machine s'inquièterait d'une H2A rentrée à deux reprises sans jamais sortir ! Dérivant sur les bévues des uns et des autres, Félicien rappelle que Guang n'a pas lu son Hu-Mess annonçant sa rupture, ce qui fait réagir Nour :

— Mon pauvre Féli… Que s'est-il passé… Inadéquation de caractères ? Divergence de passions ?

— Non… J'ai découvert une femme charmante, plutôt jolie et avec beaucoup d'humour. Mais malheureusement, nous n'étions pas cœurpatibles… Mais c'est ma faute… j'avais oublié de consulter notre cœurpatibilité. L'algorithme était formel… nous n'étions pas faits l'un pour l'autre. Lorsque j'ai découvert mon erreur, j'ai immédiatement mis fin à cette entreprise hasardeuse. Pourquoi s'entêter à aller à l'encontre de la logique ?

Ses amis acquiesçant, il engloutit une poignée de chips sans sel et poursuit :

— Néanmoins en venant ici, j'ai contacté trois autres profils intéressants…

— Cœurpatibles ? le coupe Guang.

— Évidemment ! Cette mésaventure m'a servi de leçon !

— Pourquoi ne prends-tu pas l'option *Cœurpatible Premium* ? Son efficacité est garantie ! Guang et moi, on s'est rencontré de cette manière. Et ça matche ! Le service est cher… mais le rapport qualité/prix est excellent.

— Peut-être, mais… la version premium est hors de mes moyens, murmure-t-il en baissant la tête… Sans doute devrais-je me résoudre à contracter un nouvel emprunt.

— Abonne-toi un mois ! ce sera suffisant. Allez à table, j'ai trop faim, conclut Nour en se levant afin d'inviter chacun à rejoindre l'espace dinatoire.

– 4 –

Le repas se déroule paisiblement. La salade est parfaite. Les lasagnes sont délicieuses. Mais la soirée bascule lorsque Guang propose à Heiani un verre de Chianti :

— Heiani… ton verre…

— Non ! Pas pour moi… merci !

— Tu n'aimes pas les vins toscans ? Tu veux que je commande autre chose ? On sera livré dans les trente secondes !

— Tu es adorable, mais je reste à l'eau… l'alcool ne m'est pas recommandé… je… je… enfin voilà… j'attends un enfant ! confesse-t-elle, tout en rayonnant d'un bonheur rare.

Alors que Guang manque de laisser échapper la bouteille, Félicien pousse un cri de surprise et Nour entame une conversation de filles :

— Génial ! Trop contente pour toi ! C'est pour quand ?

— … Euh… On est en février… Ce sera un bébé Lion… J'accouche dans la nuit du 4 août entre 02 h 22 et 03 h 37… l'horaire précis me sera donné dans quelques semaines…

— Quoi ? Tu es enceinte de douze semaines et tu ne nous as rien dit ?

— Quoi ? Tu t'es battue comme une lionne à l'holociné dans ton état, s'exclame Guang. Tu n'es pas un peu cinglée de prendre des risques pareils ?

— Quoi ? Tu as un amoureux depuis des lustres et tu nous l'as caché ? renchérit Félicien, visiblement outré.

Posant ses coudes sur la table, Heiani adresse à ses amis un sourire contrit et s'explique :

— Excusez-moi… Je… je n'ai rien dit, car je voulais être sûre que le processus était définitivement enclenché… J'avais décidé de vous l'annoncer dès que mes finances me permettaient de commander un robot nurse !

— Et ? insiste Félicien.

— Ben… je l'ai réservé ce matin !

— Ce n'était pas le sens de ma question ! Pourquoi es-tu venue dîner seule ce soir ?

— … Euh… Je suis seule… car je suis en couple avec moi-même… Pour ne rien te cacher mon cher Félicien… j'ai acheté un kit *+Bébé*… sur la plateforme *MonEnfant*…

— Sur… sur… sur la plateforme Mon… Mon… Enfant, bégaye-t-il en manquant de s'étouffer avec les lasagnes.

— Oui ! Pourquoi ? Tu connais ?

— … Euh… un peu… j'en ai juste entendu parler, prétend-il, alors que ses joues sont en feu. Il paraît que pour les hommes, c'est un moyen de gagner de l'argent et que pour les femmes, l'appli est hypercool.

— C'est vrai… J'ai consulté plein de profils de donneurs et choisi le géniteur en fonction de mes souhaits. J'ai privilégié les fortes aptitudes intellectuelles, précise-t-elle en plantant son regard dans celui de Félicien qui, à cet instant, manque de défaillir.

— Et ? Et c'est tout ?

— Comme je n'arrive pas à grossir, j'aimerais que le petit soit gourmand pour qu'il me force à manger… alors j'ai opté pour un donneur qui a un solide coup de fourchette…

— C'était tes deux seuls critères ? s'inquiète-t-il d'une voix blanche.

— Non ! Je me suis attachée au physique également… Vous allez vous moquer de moi, mais j'ai sélectionné les spermatozoïdes d'un homme élancé… sportif… musclé… le ventre plat… les cheveux et les yeux clairs… J'ai opté pour le type scandinave…

— Hahaha… et tu l'as rencontré ton viking ? plaisante Félicien, enfin décontracté.

— J'ai écouté l'enregistrement de sa voix… grave… suave… envoûtante… j'ai adoré… Et naturellement, *MonEnfant* m'a transmis des photos transformées dans un logiciel de vieillissement, afin que je puisse me rendre compte à quoi mon enfant pourrait ressembler à différents âges, s'il emprunte certains traits de son géniteur…

— Dis-moi Heiani… Pourquoi payer une insémination ? intervient Nour.

— Pour ne pas m'encombrer d'une « relation » … parce que, j'aime mon indépendance ! Surtout, j'ai envie d'être maman ! Alors, j'ai choisi la voie la plus efficace… affirme-t-elle sans embarras.

— Oui… mais… et la tendresse ? murmure Guang.

— La tendresse ? Parlons-en et soyons rationnels ! Que d'énergie déployée par Félicien pour arriver à la conclusion que l'amour s'achète sur *Cœurpatible* ! Alors voyez-vous… quitte à payer, je préfère consacrer cet argent à ce polichinelle squatteur de tiroir !

— C'est une approche qui mérite d'être considérée… réplique Nour alors qu'elle pose sa main sur celle de son mari.

Mais… tu ne nous as pas dit le principal… fille ou garçon ?

À cet instant, Heiani affiche une mine contrite :

— … Je… pfff… je n'en sais rien, murmure-t-elle, atrocement gênée.

— Quoi ? Ton enfant ne sera pas un humain Amélioré ! Comment… comment tu peux lui faire ça ? s'écrie Nour, des sanglots dans la voix.

— Je sais… J'aurais aimé choisir son sexe… ses facultés intellectuelles… et ses caractéristiques physiques… mais… je n'ai pas les moyens de pratiquer plusieurs fécondations *in vitro,* de choisir l'embryon et encore moins de louer un ventre…

— Notre société est impitoyable, murmure Guang, épris de compassion. Que c'est injuste de faire courir un tel risque à un gosse !

— Oh, tu sais… l'auto-insémination permet quand même de sélectionner une partie du génome paternel selon des critères établis… Ma situation financière n'est pas idéale, mais mon désir d'avoir un enfant a été plus fort… Et puis, nous n'allons pas nous mentir… qui dans cette pièce sait s'il est un Humain Augmenté ou un humain Augmenté ET Amélioré ? Qui a osé demander à ses parents s'ils avaient consenti des sacrifices pour vous ouvrir le champ des possibles ? Pour ma part, je compte profiter de la gestation pour nouer une relation forte avec mon bébé… Ensuite, ce sera la surprise !

Alors qu'un malaise s'installe, Nour s'abstient de lui rétorquer que seule la compatibilité prédéterminée par Liaque offre une garantie, mais insiste :

— Je sais que tout est un problème d'argent… et je ne voudrais pas t'inquiéter, mais est-ce que tu te rends compte des risques que tu prends en n'assumant pas le coût d'une transformation génomique destiné à pallier les maladies prédictibles comme la myopie, par exemple ? Au lieu de mettre au monde un gosse parfait, tu vas casquer toute ta vie… Je te souhaite vraiment que ton enfant ne porte pas de lunettes, car tu vas sentir passer ta prime d'assurance !

L'espace d'une seconde, Heiani manque de perdre ses nerfs. Agacée par la condescendance de son hôtesse, elle a envie de la remettre à sa place. Aussi s'exprime-t-elle d'une voix blanche :

— Nour… Rassure-toi ! J'ai pris mes précautions. La plateforme de vente s'est chargée de faire les analyses génétiques du donneur. Elle garantit la qualité supérieure du sperme. Quant à mes ovules, je les ai fait expertiser puis certifier par le Ministère de la Santé. Juridiquement, ils seront responsables de toutes les malformations prédictibles. En cas de problèmes, je pourrais me retourner contre eux. Je crois que tu me prends vraiment pour une idiote !

Alors qu'un silence gêné plombe l'ambiance, Guang, volant au secours de son amie d'enfance, en profite pour délivrer un message subliminal à son épouse :

— Peu importe les considérations matérielles… donner la vie est au-dessus de tout ça ! clame-t-il d'une voix joyeuse. Depuis le début de l'humanité, si les couples avaient compté leur épargne avant de faire l'amour, l'Homme ne se serait jamais reproduit ! Soyons vivants ! Ne devenons pas une espèce en voie de disparition ! Faisons des bébés ! Bravo Heiani pour ton courage ! Alors pour fêter l'arrivée prochaine de ton enfant, je propose de déguster un somptueux gâteau de baptême, propose-t-il en lançant un regard appuyé à Nour, avant de laisser ses invités pour filer en cuisine.

13

Coup de foudre sur *Cœurpatible*

Vendredi, 20 h 15. Attablé au *Cœur de corail*, Félicien attend son premier rendez-vous organisé par *Cœurpatible premium*. En effet, hier soir en sortant de chez ses amis, il n'avait pu résister à souscrire un abonnement d'une semaine. *Une semaine et pas un jour de plus !* s'était-il intimé. Quasi instantanément, l'algorithme l'avait rapproché de Célestine avec laquelle sa compatibilité s'élevait à 98 % ! Ne cherchant pas de meilleurs profils, il avait passé la journée à rêver à ce rendez-vous, téléphoné à Nour pour savoir comment s'habiller et acheté un parfum hors de prix au bois de santal d'Auroville et de vanille de Tahiti.

Terriblement séduisant dans un costume sombre parfaitement ajusté à sa corpulence et coiffé avec soin, il était entré à 20 h 05 dans ce bar lounge qu'il fréquente depuis une décennie, puis s'était installé près de l'aquarium dont les poissons exotiques aux écailles multicolores sont censés fasciner la gent féminine et apporter une touche de romantisme à une première rencontre. Les yeux dans le vague, Félicien observe un poisson-clown à trois bandes réfugié sur une anémone alors qu'une tortue à nez de cochon se mue avec élégance entre des coraux de synthèse lumineux reproduisant l'atmosphère d'un univers sous-marin aujourd'hui disparu.

Comprenant pourquoi l'établissement s'appelle *Cœur de corail,* il contemple la salle où des luminaires en forme de coraux répandent des effets évoquant des scintillements marins sur le plafond et les parois boisées. Faisant aussi office de baffles, ils diffusent le bruit des vagues. Endroit de toutes les rencontres de Métacité, il a su se placer en tête des bars de la Cité grâce à la qualité de son service, sa décoration patinée d'ultramodernité et ses prix prohibitifs. Mais ici, les règles sont strictes : toutes les quinze minutes, les boissons sont renouvelées sous peine d'être interdit de séjour pendant quatre mois. Mais *Cœur de corail* sait se montrer généreux et propose des services *Deluxes* quand une rencontre s'annonce prometteuse. En partenariat avec *Toujours+*, les consommateurs peuvent louer une autonomobile pour une balade romantique sur les avenues de la Cité ou pour une somme exorbitante, ils peuvent réserver une zone privée, loin du brouhaha de la salle. C'est d'ailleurs ainsi que Guang et Nour ont tenu l'essentiel de leur premier rendez-vous.

Se laissant bercer un moment par le clapotis de vagues californiennes, Félicien n'en revient pas. *98 % !* C'est *incroyable ! Il n'y a que Cœurpatible pour offrir l'âme sœur sur un plateau d'argent,* pense-t-il en regardant les robots serveurs slalomer entre un gigantesque sous-marin jaune et des paniers de pêches remplis de faux crustacés. Instinctivement, il consulte sa montre : Célestine est en retard de deux minutes ! Il en est à sa seconde boisson. *Ce rendez-vous va me ruiner*, maugrée-t-il intérieurement. *Il serait raisonnable de partir, mais il faudrait être fou pour renoncer à une compatibilité de 98 %.* Alors, d'un mouvement rageur du pouce, il balaye l'écran de son *+Présent,* consulte son compte bancaire et s'exhorte à concevoir une super vidéo éducative au moment où une voix le tire de ses réflexions :

— Félicien ?

— Célestine ? s'enquiert-il bêtement.

— Vous attendiez quelqu'un d'autre ?

— Non… pas du tout…

— Je vous prie d'excuser mon retard, mais je souhaitais vous faire bonne impression et j'ai mis beaucoup de temps à me pomponner, prétend-elle alors qu'elle avait hésité à venir après avoir reçu une IAlerte de défiance relative au profil de son rendez-vous.

En un clin d'œil, Félicien la détaille. Plutôt petite, elle est néanmoins ravissante avec son carré court blond, ses yeux verts et son teint hâlé. Portant une superbe robe de chez *Toujours+mod* et chaussée de *+Rapide*, elle est très élégante. Troublé par sa prestance, Félicien gaffe à nouveau :

— Vous avez bien fait, réplique-t-il en se maudissant immédiatement d'être aussi stupide.

— Puis-je m'asseoir ?

— Je vous en prie, prenez place, l'invite-t-il en se levant galamment pour glisser une chaise sous elle.

– 2 –

Après avoir commandé deux nouveaux verres, Félicien l'interroge sur sa vie. Célestine se borne à lui révéler qu'elle travaille chez *+Reposé* où elle conçoit des tissus intelligents pour les oreillers.

Ensuite, elle s'intéresse à sa vie :

— Sur votre profil *Cœurpatible*, vous avez mentionné travailler à la Direction de l'innovation du Ministère de l'Éducation en qualité de responsable des ressources humaines ? Je suis impressionnée !

Puis, se penchant vers lui, elle chuchote sur le ton de la fausse confidence :

— Dites-moi… ça n'est pas trop difficile de gérer les enseignants ? D'après ce que l'on raconte… beaucoup seraient des étudiants ignares ou des tire-au-flanc…

À cet instant, Félicien a les mains moites. Professeur étant devenu un job d'étudiant, il a enjolivé son profil. Néanmoins persuadé que sa compatibilité à 98 % avec Célestine le met à l'abri de toute déconvenue, il parle d'un métier qu'il a choisi par vocation. Volubile, il exprime son plaisir de compter sur la fidélité des visionneurs-apprenants et la joie de mesurer leur progression. Emporté par son désir de plaire, il invente en réalité un métier tel qu'il aurait aimé qu'il soit !

Face à lui, Célestine le fixe avec intérêt. Sirotant un Jurhum, elle sourit. *C'est Elle !* pense-t-il. Félicien se sent pousser des ailes. Mais alors qu'il déclame sa passion pour Métacité et son Éducation, son invitée se lève :

— Cher Félicien… pardonnez-moi de vous interrompre, mais on ne va pas se mentir… Certes, notre compatibilité est quasi parfaite… mais encore faudrait-il que votre profil corresponde à la réalité de ce que vous êtes ! Adieu et merci pour le verre, conclut-elle en se levant pour tourner les talons et laisser derrière elle un parfum de paradis perdu.

– 3 –

La bouche ouverte, le souffle coupé et les yeux ronds, Félicien considère la situation : *Certes, je ne suis pas un cadre de l'Éducation métacitienne, mais je suis enseignant, tout de même ! Certes, je ne pratique pas le sport de ma-*

nière intensive, mais je ne rate aucun grand évènement sur mon +Présent. *Certes, je ne parle pas trois langues, mais je regarde les films en versions sous-titrées ! Est-ce à dire que je ne vaux rien ? Elle est partie... comme ça... Elle sait ce que représente une semaine d'abonnement ?* grogne-t-il au moment où le voyant rouge de la table l'informe qu'il lui reste soixante secondes.

En toute hâte, il consulte son *+Présent* à la recherche d'une femme esseulée qu'il aurait pu inviter à boire un verre. N'ayant reçu aucune IAlerte, il compulse les profils *Cœurpatible Premium,* puis s'arrête sur le dernier :

— … Émy … c'est mignon… Tiens… elle a un grain de beauté à la commissure des lèvres… C'est marrant, son visage me dit quelque chose… Arrête de te faire des idées ! Je te rappelle que tu viens de prendre une claque, banane ! Allez… ne rêve pas… 64 % de cœurpatibilité, c'est nul... De toute manière, ça ne veut rien dire… tant que ton profil ne sera pas à jour, tu foutras de l'argent par les fenêtres, se dit-il avant de finir son verre et celui de Célestine, avant de vider les lieux.

– 4 –

22 h 30. Depuis une demi-heure, Félicien tourne en rond dans son salon. Passablement énervé, il maugrée contre Célestine, puis au comble de l'exaspération, il est pris d'une envie irrépressible et fonce dans sa chambre solliciter *Coïta* !

Robot sexuel destiné à l'homme moderne, *Coïta* est l'ultime expérience sensorielle développée par *Colosseum* qui, par ailleurs au nom de la parité, commercialise à grand renfort de publicités affichées sur les écrans courbes du TIU, une version féminine dénommée *Orgasmus*. S'appuyant sur son savoir-faire en matière de jeu d'immersion, *Colosseum* a analysé les ressorts d'une relation sexuelle pour en retranscrire la quintessence sous forme technique. La jouissance étant essentiellement suscitée par les stimulations physiques et neurologiques, cette société a banni la disgracieuse poupée gonflable ou le ridicule canard vibrant jaune poussin. Ainsi en quête de plaisir, Félicien extrait de son armoire une paire de lunettes sensorielles et une sphère de couleur rouge dont il vérifie le niveau des lubrifiants de synthèse correspondant à ses pratiques sexuelles. Puis, il contrôle les mécaniques d'effleurement, désinfecte la chambre phallique et finit ses réglages en ajustant le thermostat afin d'atteindre 37,5° Celsius. Ensuite, il chausse la paire de lunettes après avoir testé les batteries ainsi que le générateur d'odeurs et se déshabille.

Alors à l'aide de l'application *Coïta* de son *+Présent*, il choisit sa compagne. Ce soir, il jette son dévolu sur une femme blonde dont la peau mate et les yeux verts le transcendent. Il la vêt d'une robe sensuelle de chez *Toujours+mod* et d'une paire de *+Rapide,* sélectionne sa voix et le décor de leurs futurs ébats :

— … Célestine, chuchote-t-il.

Plaçant la sphère près de son sexe, il lance le programme et positionne ses mains sur les zones latérales évoquant la chair. Célestine apparaît sur l'écran de ses lunettes sensorielles. La musique d'ambiance résonne dans ses oreilles. Le parfum de sa partenaire mêlé aux phéromones sexuelles enchante ses narines. Son plaisir grandit rapidement. Félicien n'est pas surpris, car par une adéquation parfaite entre l'homme et la machine, *Colosseum* a pensé à tout. En effet, grâce aux lois FirmCité, cette compagnie a passé un accord avec le Ministère de la Santé afin de permettre aux applications *Coïta* et *Orgasmus* d'avoir un accès aux puces greffées sur leur cinquième vertèbre cervicale. Proche du cerveau, la puce de santé peut exciter dans un premier temps la production de testostérone, puis la lulibérine[1] et en fin de cycle sexuel libérer l'ocytocine[2] à très forte dose. Enfin, la puce permet d'activer des sensations tactiles sans avoir le moindre contact physique. Ainsi, *Colosseum* a évité la production de robots sexuels dont les caresses sont forcément malhabiles, puisque tout se joue dans le cerveau.

Avec virtuosité, le programme de *Coïta* alterne les stimuli pour générer une montée en puissance du plaisir, alors que la sphère communique avec les lunettes, la puce et le cerveau de Félicien pour adapter les sensations procurées. L'homme a en face de lui une partenaire qui comprend ses frissons, ses désirs et sait orienter ses actes pour une jouissance parfaite et vraisemblable.

Épuisé par le plaisir, Félicien retire ses lunettes, puis la sphère rouge et avec précaution en retire le sachet stérile contenant le fruit de sa jouissance.

Toujours dans un état second, il le dépose dans son réfrigérateur, se promet de le mettre en vente sur la plateforme de gamètes en ligne *Monenfant*, puis pris d'une crise de blues post-*Coïta*, des larmes noient ses yeux.

Enfin, il se dirige à pas lents vers la salle de bains, s'enferme à double tour en rougissant et murmure inlassablement le prénom de Célestine.

---

1. Hormone libérée au début de la relation sexuelle qui pousse au contact physique.
2. Hormone dite de l'attachement.

14

Le cordon ombilical numérique

Il est tôt. Immergé dans *Terres de foudre*, assiégé de pop-up publicitaires, englué dans un long affrontement, Guang chemine dans Métacité. Obéissant aux consignes de son oreillette, il suit la masse ordonnée et silencieuse. Ce matin, une nouvelle zone de combat vient d'être ouverte : il est impatient. Si la géolocalisation n'avait pas ralenti le téléchargement, Guang y serait déjà ! Alors que le chronofeu est encore au rouge, l'H2A décide de désactiver la connexion à l'IA urbaine pour pouvoir gagner au plus vite la terre promise. Le feu passe au vert. Se fiant aux pas des autres piétons, Guang se laisse porter par la foule.

La mise à jour enfin téléchargée, il accède avec soulagement à la carte réservée aux Grands.

Tonnertruant ! Son personnage sort du portail de téléportation. Il part à l'assaut d'un continent inconnu : nouveaux graphismes post apo[1], nouvelle musique et surtout de nouveaux objets ! Vêtu de son meilleur matériel, il commence à affronter les premiers mobs[2]. *Foudrurlant, ils ont 500 PV*[3] *! Ils font mal ! Vite une potion !* Son avatar ingurgite une fiole rose bonbon et recouvre immédiatement tous ses points de vie. Après cinq minutes de combat acharné et une dizaine de

1. Post apocalyptique.
2. Créatures destinées à être tuées pour gagner de l'expérience et des objets.
3. PV, abréviation de points de vie.

remèdes englouties, il vient à bout de la meute. *J'ai eu chaud aux oreilles, mais, je les ai défoncés grave !* se félicite-t-il en ramassant les objets droppés[1] par les mobs. *Tonnertruant ! Un cristal de supravision !* L'avatar recule hors d'atteinte des mobs qui repopent[2] déjà, à l'abri d'un bosquet de ferrailles tordues. Il affiche son inventaire pour consulter les statistiques de l'objet, puis il fait glisser l'item pour l'équiper, quand soudain, son écran devient orange. Immédiatement, Guang enrage :

— Pas une vérification d'identité ! Ah non ! Pas maintenant ! FOUDRURLANT ! hurle-t-il en se téléportant pour mettre son avatar à l'abri pendant le contrôle.

Avec regret, il retire ses embouts nasaux, remonte ses lunettes d'immersion sur ses cheveux et pour la première fois depuis longtemps, il lève les yeux sur ses voisins. Regards hagards, bouches distordues et immobiles tels des fantômes en suspension au-dessus du sol, ils sont maintenus en état de lévitation par le cordon ombilical numérique qui les relie à l'IA urbaine. Enfermés dans leur bulle, les Métaciens semblent se découvrir pour la première fois. Membres d'une fratrie isolée par une mère possessive, ils partagent pourtant le même utérus, sans le savoir. En effet, contrairement aux visages, Guang reconnaît des chaussures et les trouve presque intimes. Capable de mettre quasiment une tête sur des pieds, il remarque d'ailleurs un bas de tailleur familier et y associe Céleste, une collègue de chez *Toujours+*, qu'il salue avec courtoisie.

– 2 –

Pour l'heure, groggy d'avoir été extirpés de leur placenta numérique, les citoyens se jettent des regards interroga-

---

1. Objets laissés par une créature après qu'elle ait été tuée par un joueur.
2. Désigne la réapparition des créatures après un certain temps afin que les joueurs puissent continuer à jouer indéfiniment.

tifs, car les contrôles d'identité sont rares dans les rues de Métacité. Mais en ce moment, les agents se concentrent autour du TIU où rôdent les réfugiés climatiques qui, suite aux grands bouleversements météorologiques et océaniques, ont fui un habitat invivable. Espérant trouver une vie meilleure à Métacité, ils sont toujours plus nombreux. Agglutinés en grappes serrées autour des portiques chauffés du TIU, ils ne peuvent les franchir faute de puce d'identification. En effet, pour des raisons de sécurité et de bienséance, les couloirs du Transport Inter Urbain leur étant interdits, ils sont priés d'aller hanter d'autres lieux, voire dans l'idéal, de disparaître dans la nature !

Croyant qu'il va assister à une énième rafle de migrants, Guang se livre à une analyse politique d'une rare indigence :

— *Dans la concurrence féroce que se livrent les Cités, Liaque nous a signalé qu'il est impossible d'accueillir toute la misère du monde,* pense-t-il. *Notre économie ne le supporterait pas. À la recherche d'un emploi, d'un logement et d'une école pour leurs enfants, ces Homo sapiens sont prêts à tout !*

Frissonnant de dégoût à l'idée d'une invasion imminente, il se félicite que la police de Métacité veille à garantir la perpétuation de leur mode de vie. Or, Guang se trompe. L'IA urbaine n'interromprait pas ses précieux flux pour capturer une poignée d'indigents, car elle les traque la nuit afin de ne pas gêner les H2A.

Un délit commis par un Métacitien justifiant un contrôle diurne, les agents d'extérieur arrivent sur le lieu du forfait. Vêtus d'un costume gris, d'une chemise blanche et d'une cravate violette, ils sont organisés en trois groupes.

Le premier contingent vérifie les passants, le deuxième les véhicules et le troisième inspecte les cyclistes. Ils pucent et examinent les identités. Puis, les agents retracent les trajets effectués, fouillent les historiques des *+Présent* et libèrent ceux qui sont en règle. L'un d'eux se présentant devant Guang, celui-ci tend ses pouces et index droits pour rendre sa puce bien lisible. Un bip aigu retentit. Sur l'écran de surveillance, il est inscrit : *Infraction piétonne*. Immédiatement, Guang est interpellé :

— Bombez le torse pour la reconnaissance cardiaque ! lui ordonne le policier afin de comparer le rythme de Guang à la base FirmCité. Pas de doute Monsieur, c'est vous !

— Mais qu'est-ce que j'ai fait ? bredouille Guang, alors que ses voisins, dont Céleste, reculent d'un pas.

— Monsieur, vous avez désactivé le logiciel de gestion des piétons par géolocalisation, explique l'agent en lui présentant une photographie prise lors du délit depuis le smartphone du fautif. Vous n'avez pas respecté les chronofeux. Un signal hors zone a été envoyé depuis votre *+Présent*. Liaque lui a ordonné de prendre une photographie de votre visage. Malgré votre équipement de jeu, la reconnaissance faciale permet de vous identifier clairement. Qu'avez-vous à dire ?

Penaud, Guang balbutie des explications :

— Je suis désolé… Je ne pensais pas me mettre en danger… ni gêner les flux.

Faute avouée étant à moitié pardonnée, le policier lui dresse une contravention dont le montant est prélevé sur son compte. Sur son *+Présent* s'affiche l'IAlerte de débit. Avec sa signature cardiaque, Guang signifie qu'il en a pris connaissance et renonce à contester l'infraction.

Satisfait, l'agent déverrouille manuellement le mode intervention sur le *+Présent*, lui ordonne d'enclencher la géolocalisation, puis après l'avoir sermonné une dernière fois, il laisse Guang à l'opprobre publique.

En effet, tous le regardent d'un œil désapprobateur, car son manque de probité leur a fait perdre un temps précieux. Humilié, les épaules voûtées, Guang descend ses lunettes d'immersion sensorielles sur ses yeux et retourne vivre l'une de ses mille autres vies sur *Terres de foudre.* D'un pas métronomique, il rejoint le flux moutonnier orchestré par l'IA urbaine.

15

Entre chien et loup

L'été enserre la Cité. Étouffés, les Métacitiens ont allumé les climatiseurs qui refroidissent les habitats et réchauffent l'aire urbaine. Les dernières trainées de pollution se dessinent dans le ciel. Bientôt, elles seront effacées par l'aube. L'air colle à la peau et écorche les poumons. Malgré l'heure matinale, la température de Métacité est déjà suffocante. *Il faut qu'il pleuve,* pense Heiani en quittant la tour de +*Rapide* où elle vient de terminer son service nocturne. À vrai dire, sa veille fut éprouvante, car dès minuit, le robot nurse l'a abreuvée d'IAlertes de santé toujours plus alarmantes à propos de sa fille. Aussi sans se préoccuper de la chaleur, de la boule d'angoisse qui noue son ventre et du *tic -tac* de l'oreillette, elle court entre la bouche de TIU et son logis.

Arrivée à bout de souffle dans son appartement, elle est accueillie par une vague d'air frais propulsée par la climatisation et se précipite dans l'alcôve-chambre où Grace dort. Heiani pose sa main sur le front de la fillette. La température semble avoir diminué. Âgé de quelques semaines, le nourrisson sommeille paisiblement. Elle est déjà joufflue et porte un bonnet gris clair destiné à masquer les croûtes de lait disséminées sur son crâne. Soulagée, la jeune mère soupire de soulagement, hésite à l'embrasser de peur de la réveiller, puis ne peut résister à lui déposer un bisou léger sur le front. Souriant de cette démonstration d'affection peu commune, elle se retire sur la pointe des pieds, se dirige vers sa chambre et chuchote :

— Même avec un bébé, je reste fantaisiste !

Épuisée par son travail de nuit, Heiani se déshabille en quatrième hâte, enfile son casque auditif étanche dont elle active le suivi de sommeil, puis elle configure le robot-nurse qui ne doit la déranger qu'en cas d'extrême urgence. Après s'être glissée dans son lit, elle avale quelques pilules de Morphée et plonge aussitôt dans une torpeur abyssale.

– 2 –

Dès lors, dans un silence total, le robot ménager *+Propre* entame un ballet. L'appartement étant sa scène, la danseuse mécanique reproduit chaque jour la même chorégraphie de l'entrée à la chambre, du salon à la cuisine et même dans l'alcôve-chambre du nourrisson. Tournoyant comme un tutu, son balai circulaire glisse sur le sol. Son bras plumeau gracieux attire la poussière et évoque l'aile d'un cygne frôlant la surface calme d'un lac maudit. L'accessoire effleure les bibelots qu'Heiani conserve en souvenir de son enfance : objets non connectés, souvent obsolètes et considérés comme attachants par leurs imperfections. Ici, un casse-noisettes sous la forme d'un soldat en vareuse rouge. À côté, une boîte de biscuits dont le couvercle est décoré d'une reproduction dénommée *L'après-midi d'un faune*[1]. Plus loin, une poupée baptisée Coppélia, une fausse pomme d'or, trois statuettes en porcelaine représentant une bohémienne à la robe pourpre, un soldat sévillan et une autre femme.

1. BAKST Lev Samoïlevitch Rosenberg, dit Léon (1866-1924), *L'Après-midi d'un Faune*, Centre Pompidou, décor du ballet de Nijinski.

Ensuite, le +*Propre* libère le mini-robot couleur de feu fixé dans son dos. Il s'envole en tourbillonnant jusqu'à la baie vitrée pour la nettoyer. Pendant ce temps le robot ménager virevolte vers la cuisine où il termine ses déplacements agiles par une révérence pour saisir la bouilloire.

En effet, aucun +*Goûteux* ne trônant au milieu de la pièce, la préparation des repas est dévolue à l'extension *Cuistot* du +*Propre.* Dès que l'eau bout, le robot ménager la verse dans une théière thermo-intelligente garnie de granules de thé. Pendant leur dissolution, l'automate coule la pâte à pain dans les moules à tartines, puis programme le mode grill et rebouche le tube qu'il dépose au réfrigérateur. Une odeur de baguette chaude se répand dans l'appartement.

Mais alors qu'il nettoie la table et le plan de travail, il reçoit une IAlerte l'informant que les tartines sont à point. Après les avoir retirées du moule, il prend une confiture en spray à la myrtille. De sa pince balance, il saisit la tranche brûlante et dépose cinq grammes de mixture violette sur le toast, selon les données réactualisées au quotidien par le Carnet de Santé Numérique d'Heiani. Ainsi, de cette manière, Liaque limite les cas de diabètes et assure la bonne hygiène de ses citoyens afin de garantir la productivité maximale de chaque individu.

Dans un bruit de battement d'ailes, le robot à hélices revient se clipser sur le dos du +*Propre*. Le petit-déjeuner est prêt. L'appartement est nettoyé. L'automate ayant terminé son office, il retourne dans les coulisses se mettre en charge. L'heure de l'entracte a sonné ! Plus tard, il reviendra pour une ultime représentation programmée en fin de matinée au cours de laquelle il lavera les sanitaires et l'espace repas.

– 3 –

Dans l'alcôve, Grace s'éveille. Ses vagissements alertent les caméras et les capteurs sonores du berceau qui passant au rouge sortent le robot nurse de sa léthargie. Juché sur trois roues, l'habitacle de *Rany* est situé au ras du sol pour éviter d'écraser les petits doigts. À une hauteur de cinquante centimètres se trouve une barre circulaire pour aider l'enfant à apprendre à marcher. Des jeux d'éveils sont incrustés dans la coque en plastique autodésinfectante. Au-dessus se trouvent les accessoires de soins comme le chauffe-biberon ventral, le stock de lingettes et la trousse premiers secours.

Le robot nurse se précipite pour sortir le bébé de son lit. De ses bras multifonctions, il relève le taux d'humidité de la couche, la température du nourrisson et sa glycémie. Grace semble en pleine santé. Cependant des sécrétions nasales coulant de son appendice, le robot-nurse les analyse. Aucun virus n'étant détecté, *Rany* se contente de la moucher au moment où le programme lui intime d'interrompre ses sanglots : le robot la dépose alors délicatement dans son bras-couffin. Sa forme ovale, son revêtement inspiré des tissus épidermiques de *Colosseum* et sa température constante de 37,5° Celsius imitant le contact humain, les pleurs cessent. De son deuxième et troisième bras, il prépare un Bivimat. Acronyme de **bi**beron **vi**taminé **mat**ernel, ce breuvage provient du lait vendu par les ventres à louer aux technoélevages qui l'enrichissent et le commercialisent pour le plus grand bonheur des mères métacitiennes. Placé dans son chauffe-biberon intégré, le breuvage atteint sa température idéale en quelques secondes. *Rany* saisit l'objet et présente la tétine au nouveau-né. Grace avale goulûment la boisson, lâche un rot sonore, puis reprend ses cris !

Alors, *Rany* la berce selon un mouvement évoquant une ellipse planétaire tout en diffusant une chanson douce. Mais les hurlements persistant, le robot nurse suit le troisième volet de son process en changent la couche. Essayant ensuite d'apaiser l'enfant, *Rany* lui fourre dans la bouche une tétine connectée qu'elle refuse. Aussi, tentant le tout pour le tout avant de solliciter un robot-pédiatre, il dépose Grace à côté de sa mère plongée dans un profond sommeil.

– 4 –

Il est onze heures, lorsque Heiani se réveille. Blottie dans la chevelure rousse de sa maman et tétant son pouce, Grace s'est assoupie. Ne sachant que faire de cette enfant encombrant son lit, Heiani la prend dans ses bras pour la câliner. Rapidement lassée de cet être inerte, la mère réactive *Rany* depuis son *+Présent.*

Plus tard, elle consulte la météo. Malgré la chaleur écrasante, la Métacitienne décide de maintenir sa balade quotidienne dans le parc Gate. Pendant qu'elle se prépare, *Rany* habille le nourrisson d'une combinaison connectée qui, adaptée aux variations météorologiques extrêmes de la Cité, signale toute température corporelle anormalement élevée ou trop basse, puis le place dans le landau à climatisation réversible, lui-même relié à *Rany* et à l'IA locale.

Se rendant à la cuisine, Heiani convoque le *+Propre* pour qu'il enveloppe son petit-déjeuner dans un sac isotherme afin de l'emporter. Puis contente d'aller se promener avec sa fille, elle descend dans le parc avec son autopoussette réglée sur *air conditionné*. À l'abri dans cet œuf transparent, Grace n'a ainsi pas besoin de porter de masque.

Malgré le taux de pollution élevé, la chaleur difficilement supportable et la tristesse du lieu, Heiani est convaincue du bien-fondé de ces balades. *Rien de tel pour initier Grace aux beautés de la Nature,* se dit-elle en contemplant les arbres rachitiques qui émergent du sol. Souhaitant créer un lien fort avec son enfant, elle pousse le landau en affichant un sourire béat. Croisant une mère dont le robot-nurse pilote l'autopoussette, Heiani surprend un regard méprisant dont elle se moque comme de sa première couche connectée, tant elle aime afficher sa méfiance pour le modèle métacitien.

– 5 –

Arrivée au centre du parc Gate, Heiani gare son autopoussette à quelques mètres du tonneau en béton de Dio, s'en approche à pas comptés et dépose sur une pierre plate, son petit-déjeuner encore tiède. Mais alors qu'elle s'apprête à repartir sur la pointe des pieds, une voix la fait sursauter :

— Merci Madame ! Mon repas… tous les jours, c'est vous ?

— … Euh… oui, murmure-t-elle atrocement gênée.

Debout derrière elle, les mains sur les hanches, le marginal l'observe en souriant :

— Vous pouvez vous retourner pour me parler… je ne vais pas vous manger…

Après un moment d'hésitation, Heiani lui fait face et après lui avoir souri, elle engage la conversation :

— Excusez-moi, mais pourquoi vivre ainsi ? Il paraît que vous êtes un Métacitien…

— Je le suis. J'ai les mêmes droits que vous : l'emploi, le logement et même la puce. Mais, je n'en veux pas !

— Ah bon ? Pardonnez-moi, mais je ne comprends pas que l'on choisisse ça, réplique-t-elle en désignant le tonneau d'un mouvement du menton.

— Ça ? Ça, c'est la liberté ! rétorque-t-il en passant sa main dans une barbe parfaitement taillée.

— La liberté ? Quelle liberté ? La liberté de mourir de faim ? La liberté d'être méprisé ?

— Madame… la liberté se mérite… Elle se conquiert et elle se défend ! En plaçant leur vie sous la devise *Prospérité, Réussite, Sécurité,* les Métacitiens ont renoncé. Ils croient vivre leur rêve métacitien, mais sont soumis à la *fausse bonté*[1] des IA ! Liaque nous passe au cou la corde que nous nous sommes tissée ! Nous étions Loup, nous sommes le servile Chien[2] ! En échange de votre pitance, vous avez aliéné votre liberté.

À cet instant, Heiani se dit que le marginal est moins fou qu'on ne le prétend, mais hésite à le considérer d'un œil nouveau :

— Dites-moi… ces légumes… ils ne vous nourrissent pas. Pourquoi les cultiver ? Ils sont inutiles. Ils ne vous permettent pas d'être libre... puisque vous mendiez.

— Vous avez raison, mais je vous répondrai par une autre question… Pourquoi promenez-vous votre enfant ?

— Je fais de mon mieux pour établir quelque chose de fort entre nous. Mais, je ne sais pas faire… Je crois que plus personne ne sait faire ici… Nous ne portons plus nos enfants dans nos corps… nous ne les élevons plus… Nous n'avons plus le temps de les regarder grandir, pleurer ou même rire… Je crois que nous nous perdons un peu plus chaque jour, alors que nous pensons être meilleurs chaque jour ! C'est bizarre, non ? Vous comprenez ?

— Bien sûr que je comprends… Ce que vous énoncez est

1. Étienne de la Boétie, *Discours de la servitude volontaire*, 1549.
2. La Fontaine, Fables, *Le loup et le chien*, 1668.

juste… Alors voyez-vous… pour les mêmes raisons que vous élevez votre enfant, je cultive la Terre… Trouvez-vous normal que nos légumes n'aient jamais vu le soleil alors que sans le soleil, il n'y a pas de vie ? De même, pensez-vous qu'il soit juste que l'enfant ne connaisse pas l'amour de ses semblables, alors que sans amour, il n'y a pas de vie ? Je suis persuadé que vous n'acceptez pas un tel mépris de la vie ! Vous et moi, nous voulons la voir croître. Chaque jour, je grandis un peu plus avec ces plantes. Comme elles, je souffre de ce sol moribond, de cet air vicié et du soleil disparu… à l'image d'une mère qui souffre pour son enfant de cette Cité moribonde… de cette civilisation viciée et… de cette humanité disparue !

Interdite, Heiani reste sans voix. Faisant des allers-retours du regard entre les plantes et Grace, la panique la gagne. Certes, elle désapprouve certaines orientations de Métacité, mais la renier serait se mentir à soi-même ! Tout à coup, elle ressent le besoin d'être enveloppée dans les bras réconfortants de Liaque. Alors, prise d'une terreur indicible, elle salue Dio d'un mouvement de tête et s'empresse de rejoindre Grace quand sur un ton prophétique, le marginal lui hurle :

— Vous connaissez Phusis ? Pour retisser les liens et sauver votre fille, vous devez y aller ! Croyez-moi ! N'attendez pas… Métacité vous brisera ! Fuyez à Phusis ! N'oubliez pas PHU-SIS !

Affolée par les cris de cet homme, Heiani règle son auto-poussette à la vitesse maximale au moment où dans le landau retentit une IAlerte envoyée par le robot-nurse :

— URGENCE ! Alerte pollution code noir ! Danger pour le nourrisson ! Mettez-vous à l'abri !

16

Un samedi soir sur la Terre

Nour et Guang sont assis sur le canapé. Face à eux, leur mur affiche la dernière innovation proposée par *Toujours+* : une holohumeur. En matière de design d'intérieur, cette adéquation entre couleur affichée et humeur est *une manière inédite de vivre en symbiose avec son habitat* selon la publicité. Le sentiment de joie est retranscrit par le jaune. La rêverie traduite par du bleu. La sensation de faim est exprimée par l'orange. L'holohumeur prend aussi des teintes dégradées ou panachées pour les émotions plus complexes ! De cette manière, les Métacitiens se voient proposer une autre manière de vivre l'espace. Ils forment désormais un écosystème avec leur logement qui devient un cocon protecteur, tout en étant une extension d'eux-mêmes grâce à la connexion entre l'IA locale et leur puce de santé.

Ce soir, le mur connecté est rose clair, presque couleur layette. En effet, après de longues tractations, Guang a obtenu d'avoir un enfant, à la condition que ce soit un garçon, car Nour exige d'être l'unique femme de la maison.

Il y a quelques jours, le médecin a analysé les génomes de leurs gamètes[1]. Puis à partir de leurs stocks chromosomiques, il a fait des projections statistiques et établi quinze

1. Cellule reproductrice.

profils types d'enfants dits *naturels* bien qu'ils n'aient rien de commun avec leurs ancêtres *Homo sapiens*, puisqu'ils ont été présélectionnés en amont.

Puis, cette après-midi, le gynéticien[1] leur a fait parvenir le catalogue papier des nourrissons auxquels ils pourraient donner vie. Ces embryons dits *naturels* sont si faciles à obtenir que le praticien n'aura pas à utiliser le ciseau et la colle génétique[2]. Cependant, si aucun des quinze premiers modèles présentés ne leur convenaient, la seconde partie de la brochure leur offre la possibilité d'avoir recours à *l'enfant sur mesure,* élaboré à partir des gènes du couple. En ce cas, il est question d'assembler entre elles des spécificités choisies comme un jeu de construction. Le coût est plus élevé, mais le résultat proposé est de la haute couture, un travail de précision et un descendant entièrement personnalisé ! De cette manière, il est possible de *concevoir le chérubin de vos rêves*, annonçait à juste titre une publicité. Mais pour des raisons budgétaires, un *enfant naturel amélioré* est également proposé. Il s'agit alors de modifier au maximum trois caractéristiques de l'un des quinze profils originaux.

En effet, il arrive qu'un couple présente des carences dans un domaine particulier : maladie rare, crétinisme, hémophilie. En échange d'émoluments complémentaires, le médecin peut cibler le gène défectueux et le remplacer par un apport extérieur de qualité supérieure garantie.

Ainsi avec la création d'enfants personnalisés, le système de santé de la Cité a cessé d'être déficitaire. Un nouveau paradigme a été établi : la satisfaction de la parentèle et la rentabilité sont primordiales et devancent largement l'illusoire recherche de bien-être.

---

1. Terme imaginaire qui désigne un spécialiste de la gynécologie et de la génétique.
2. CRISPR-Cas9 fonctionne comme des ciseaux génétiques : il cible une zone spécifique de l'ADN, la coupe et y insère la séquence souhaitée.

– 2 –

L'heure du choix a sonné. Un verre de vin sans alcool à la main, Nour explique que la couleur des yeux lui importe peu :

— Le mioche doit avoir une ouïe irréprochable ! Je n'ai pas envie de payer une surtaxe aux assurances pour surdité parce que tu préfères celui-là ! Surtout à cause de *mes sublimes yeux verts* !

— Ce n'est pas si grave, s'il n'a que 98 % de son audition à la naissance, alors qu'il aura des yeux incroyables ! rétorque Guang avec diplomatie. Le physique joue encore beaucoup de nos jours. Cet enfant a le droit d'être beau. 98 % d'ouïe, c'est amplement suffisant !

Furieuse, Nour le fusille du regard :

— Et s'il a un accident. Et s'il devient sourd ? Les opérations de chirurgie auditive ne seront pas remboursées. Tu connais la réalité. On ne peut pas prendre le risque d'avoir un mouflet avec une carence prévisible dès la naissance. Par toutes les IA ! Atterris Guang !

— Je t'ai tout de suite aimée pour tes yeux…

— Ça ne matche pas entre nous grâce à mes yeux ! Ce sont les tests de compatibilité de *Cœurpatible* qui nous assemblent ! Si le gamin n'est pas satisfait du corps que nous lui aurons sélectionné, il n'aura qu'à recourir à la chirurgie esthétique ! Point barre !

— Regarde celui-là, comme il est mignon !

Jetant un coup d'œil à la double page présentant un projet de trois portraits de synthèse de l'enfant *naturel* à 3 mois, 10 ans et 20 ans ainsi que le code nécessaire pour la commande, la notation sur cinq attribuée par l'IA et le coût d'assemblage, Nour s'énerve :

— Tu recommences avec tes critères d'*Homo sapiens !* La beauté n'est pas un critère pour moi. Montre-moi ses caractéristiques physiques ! Bon… 1m86 à l'âge adulte… yeux bleus… peau mate et visage rond… tendance à la maigreur… Ouais, pourquoi pas… Ah, attends ! Liaque lui met trois sur cinq !

— Pourquoi ? Il me semble bien celui-là. Regarde le graphique des intelligences, insiste Guang en désignant un diagramme circulaire en haut de la page de droite.

— Par toutes les IA, il est crétin ce mioche ! 5 % en logico-mathématique… 2 % en verbo linguistique… 70 % en interpersonnel ! Ça va nous faire un gamin qui voudra aider tous les réfugiés climatiques ! On passe au suivant !

— T'as raison… Ce n'est même pas la peine de regarder son caractère. Quoique, pour rire… Attends, je suis sûr qu'il aura un esprit d'initiative ! Tiens… qu'est-ce que je t'avais dit… esprit d'initiative… 5/5 ! Cet enfant sera une source de problèmes ! *Next* !

Nour tourne la page. Le couple commente le profil suivant :

— Celui-ci a tendance à la dépression, constate Guang.

— C'est dommage. Il a un beau profil physique, des intelligences prometteuses… Mais vu son caractère… C'est tout bonnement impossible !

— Oui… surtout que le gynéticien a dit que le volet de droite présentait des projections… et qu'en aucun cas, elles ne garantissaient une *inclinaison nette.*

— Faut pas prendre de risque.

— On pourrait opter pour l'*enfant naturel amélioré*… Regarde à la fin du catalogue… On pourra sans doute éviter un fils dépressif.

— Humm… je vais voir ! maugrée-t-elle en tournant les pages à toute vitesse. Mais je te préviens, même si un enfant *naturel amélioré* coûte plus cher, je veux que ce soit entièrement le nôtre… Il est hors de question que notre projet soit pollué par un apport étranger à notre couple… Si des critères prioritaires ne sont pas remplis comme l'acuité visuelle, l'agilité psychique ou la puissance de réflexion, nous utiliserons un génome extérieur… Oh zut… ils ne peuvent pas modifier le tempérament, peste Nour.

— Allez, ne te décourage pas ! On devrait changer de méthode… on considère surtout la page de droite avec les intelligences et le caractère, puis on modulera son corps avec les options d'Amélioration.

Nour sourit et embrasse son mari. Main dans la main, ils poursuivent l'exploration des enfants *naturels* et ils se désespèrent de trouver, quand un profil marqué de cinq étoiles par Liaque les interpelle. Ses attributs physiques sont excellents. Son quotient intellectuel laisse espérer d'immenses promesses. Un tempérament stable est fortement envisagé.

Bouleversés par l'émotion, Nour et Guang ne parviennent pas à articuler un mot. Ils se regardent. D'un battement de cils, leur choix est fait : ce sera lui !

Les images montrent un enfant, puis un adulte au physique avantageux. Son teint est mat et des boucles châtaines tombent sur ses tempes. Il a les yeux bleu délavé de son père. Son caractère sera doux, mais ce sera un être déterminé qui prendra de bonnes décisions grâce à une intelligence redoutable. *Notre fils sera parfait dès que nous aurons désactivé sa propension à la calvitie,* pensent-ils sans oser l'avouer.

Par principe, ils parcourent les autres profils, mais aucun autre n'ayant reçu cinq étoiles de Liaque, leur choix est fait. Terriblement émus, ils s'étreignent, trinquent, puis entrent dans les détails :

— Il faut régler la question du ventre à louer, sauf si tu penches pour une sphère de gestation ? hasarde Guang.

— Non, je ne veux pas ce genre de chose dans l'appartement ! Je trouve ça dégueulasse ! Avoir un embryon dans le salon comme on aurait un poisson rouge auquel on donne des granules ! Il serait là, tout le temps ! Quand on regarde un film ! Pendant que l'on mange ou pire lorsque l'on a des invités ! Beurk ! Je préfère le ventre à louer.

— Okay, même si j'aimais bien l'idée de le voir grandir… Pour la porteuse, on laisse le gynéticien la désigner ?

— Oui ! On n'a ni le temps de la rencontrer ni de la choisir. Le médecin connaissant bien son cheptel, il la sélectionnera mieux que nous.

— Je suis d'accord, conclut Guang.

– 3 –

Depuis le site internet de l'hôpital, Guang télécharge le formulaire sur son *+Présent*. Après avoir complété leurs données personnelles, c'est au tour de la côte du catalogue d'être saisie. Le Métacitien coche *Laisser le praticien choisir le ventre à louer*.

Le grand moment est arrivé !

Avec gravité, Nour dicte à son époux le numéro d'identification à vingt chiffres du profil. Guang l'inscrit avec solennité. Puis ensemble, ils vérifient le code. D'une pression pour activer la reconnaissance cardiaque, Guang, puis Nour validident la commande. Ensuite, ils règlent un quart de la somme avec leur compte commun FirmCité. Le site les informe qu'une autre partie sera prélevée au 3ème mois, au 6ème et enfin à la naissance. Le payement effectué, ils reçoivent une IAlerte : le gynéticien les félicite pour cet excellent choix. Il rajoute qu'en toute honnêteté, c'est l'un des meilleurs enfants *naturels* qu'il ait connus ! Souriant, Guang pose son +*Présent* sur la table. Les amoureux s'affalent dans le canapé, se prennent la main et se regardent dans les yeux : ils vont être parents d'un enfant Amélioré !

Le silence les enveloppe. Progressivement, l'holohumeur vire au rouge sensuel :

— Nour, si on faisait l'amour ce soir ? ose Guang.

Les yeux brillants, son épouse hoche la tête. Souriante, elle se lève et entraîne son mari vers la chambre puis, l'invite à se déshabiller promptement.

– 4 –

Allongés sur le lit, Nour et Guang retardent l'instant où la lumière tamisée sera éteinte par l'IA locale au moment opportun : à côté d'eux sont posés *Coïta* et *Orgasmus*.

Version féminine du robot sexuel, *Orgasmus* n'a pas de chambre phallique, mais une excroissance complexe et rétractable destinée à stimuler les nombreux points du plaisir féminin.

Par ailleurs, pour les trente ans de sa femme, Guang lui avait offert la version *Deluxe* modélisée à partir de son vagin afin qu'*Orgasmus* en épouse au mieux la forme.

Désormais, les époux vérifient leurs lunettes d'immersion et règlent leur *+Présent*.

— On prend le décor de notre chambre ? propose Nour.

— Oui, c'est plus intime. Je t'ai mis cette nuisette ! Elle te plaît ? s'enquiert-il en montrant son écran.

— Oui, l'orange me va bien. Et ça, pour toi ?

— J'ai horreur de ce genre de sous-vêtement, proteste Guang. Je ressemble à un acteur d'holociné mal sapé !

— Mais mon chéri… c'est sexy !

— C'est avec moi que tu fais l'amour ou avec ton fantasme de moi ? grogne Guang.

— Okay… Okay… ne te vexe pas ! Là, tu préfères ?

— Oui, nickel ! Tu as vérifié le niveau de tes fluides ?

— Tu me prends pour une idiote ?

— On synchronise ?

— Ouais ! À tout de suite, mon chéri… je t'aime.

— Moi aussi, je t'aime.

Une fois les *+Présent* connectés entre eux, les lunettes chaussées et les sphères placées pour être employées au bon moment, Guang et Nour font l'amour avec leurs avatars numériques respectifs. À vrai dire, ils ont essayé quelques fois d'entretenir des relations sexuelles traditionnelles. Mais la mise en pratique n'a jamais été à la hauteur des prouesses de *Coïta* et d'*Orgasmus*. Chez les Métacitiens, un rapport impose de décrypter les mouvements de l'autre, de les analyser et d'agir en conséquence pour atteindre sa jouissance. Guang et Nour n'ont jamais été en phase ! Au moins, avec les robots sexuels, ils n'ont pas eu de désillusions !

Quelques minutes plus tard, ils retirent leur équipement et s'enlacent, rassasiés de plaisirs et heureux que leur vie intime soit au beau fixe, tout comme leur couple.

17

L'avenir est ici !

Ce matin, la démarche de Guang est encore plus fuyante qu'à son habitude. Plusieurs évènements ont bouleversé son quotidien ces derniers jours. La nouvelle Assemblée des H2A vient d'ajouter un volet aux lois de normalisation numériques. Désormais, une faute citoyenne comme être hors flux de piétons par exemple, sera sanctionnée par une réprimande professionnelle pouvant aller jusqu'à la dégradation dans la ceinture industrielle. Conscient de son caractère parfois rêveur, Guang est inquiet. Affolé à chaque IAlerte reçue, effrayé par la perspective de la rétrogradation, il est terrorisé à l'idée d'enfreindre les règles. Malgré la peur, il comprend les motifs qui justifient ce nouvel arsenal normatif. Depuis quelques mois, deux Cités ont atteint le statut de métacité. Tout a démarré avec Tlapan, la ville tropicale, qui a multiplié les techno-serres et commence à inonder le marché métacitien de produits bas de gamme. Puis, après avoir développé une IA médicale surpassant leur CNS, Antinoupolis a gagné son grade de métacité. Une junte des infirmiers dirige la mégapole d'une main de fer. Leur croissance économique est insolente ! Au vu du contexte intercitéen tendu, il n'est pas étonnant que Liaque n'accepte plus d'incivilité qui pourrait grever leur supériorité ! Sur ces considérations géopolitiques est venue se greffer sa vie privée.

Il va être père, il ne peut pas se permettre une quelconque perte de rang ou de salaire ! L'emprunt contracté pour produire leur fils est encore plus élevé que pour les dernières +*Loin* de Nour. Enfin selon la sphère médicale, cet état de tension permanente accentue sa dépression. Or, Guang n'en a parlé à personne, car nul ne le comprendrait. Il imagine déjà leurs réactions. Nour dirait « *Par toutes les IA, arrête ton autonomobile ! Tu suis l'oreillette, tu réponds aux IAlertes et ça ira !* » Heiani lui rirait au nez « *Non, mais Guang, tu t'en moques ! Tu traces ta route et voilà !* » Quant à Félicien, le Métacitien, il ne préfère pas y penser, car son ami lui parlerait philosophie ou physiologie du cerveau. Face à son mal-être, Guang se sent seul et a même commandé des pilules de Morphée pour trouver le sommeil.

Alors, d'un pas mou parfaitement calqué sur le *tic-tac* de l'oreillette, il se rend chez *Toujours+*. Les lunettes de son kit d'immersion sensoriel à moitié portées, il a choisi, désormais, de garder un œil sur les chronofeux.

– 2 –

Il est 10 h 15. Arrivé devant la tour de chez *Toujours+*, Guang s'identifie. Environ une fois par quinzaine, il est appelé sur son lieu de travail. Le reste du temps, son activité se fait depuis leur appartement sous la surveillance bienveillante de leur IA locale. Vu la faible fréquentation du bâtiment, les employés se croisant rarement, le Métacitien connaît cinq collègues. Aujourd'hui, ils ont été convoqués par Liaque pour valider les prochaines nouveautés. Notamment, une puce cérébrale révolutionnaire encore à l'étape de conception qui devrait assurer leur prospérité d'ici une dizaine d'années.

Après avoir parcouru le hall d'entrée et emprunté l'ascenseur, Guang débouche dans un long couloir blanc où il s'arrête devant une porte n'affichant aucune indication. Seul un numéro lui indique qu'il est au bon endroit. Avant de la faire coulisser, l'ingénieur vérifie les coordonnées reçues par IAlerte. *Je suis au bureau qui m'a été affecté, mais quelle heure est-il ? Zut... 10 h 30... L'ouverture de la pièce est programmée pour onze heures.*

Le dos appuyé contre la paroi, le regard fixant un point imaginaire, Guang attend. Immobile, silencieux, dévitalisé, il ressemble à une statue de cire. Ayant détecté sa puce, la minuterie du couloir ne lui offre même pas le luxe de devoir être rallumée pour passer le temps. Il ne peut pas non plus jouer à *Terre de foudre*, car Liaque le sanctionnerait même s'il n'a rien à faire : il n'y a pas d'oisifs dans Métacité !

Comme un ressort, le temps s'étire, puis se contracte brutalement : Guang entend la porte se déverrouiller. Alors, il pénètre dans une pièce dont les murs sont noirs. Au centre se trouve une marque rouge au sol. Dans un angle de la salle, l'H2A dépose son sac et se place sur la croix dans la posture de *L'Homme de Vitruve*[1]. Alors qu'une voix synthétique lui annonce la modélisation de son hologramme, Guang s'interroge sur l'utilité de cette procédure puisque son avatar en trois dimensions a été conçu à de multiples occasions. Pourtant à chaque réunion, il passe une quinzaine de minutes à attendre que des caméras volantes aient fait le tour de sa personne. Être immobile. S'ennuyer. Ne pas penser. La voix synthétique rompt le silence :

— *Modélisation terminée. À douze heures, vous pourrez accéder à la salle de conférence. Merci de patienter dans le local réservé à cet effet.*

1. Dessin de Léonard de Vinci représentant un homme nu, bras en croix et jambes légèrement écartées.

Une autre porte se déverrouille. Elle donne sur une pièce spacieuse avec une immense baie vitrée ouvrant sur les brumes éternelles. Des fauteuils profonds attendent Guang. Il est seul. Un *+Serviable* l’accueille en lui proposant une boisson chaude et des biscuits. D’un mouvement de la main, le Métacitien les refuse. Il se laisse tomber sur une liseuse, étend ses jambes et soupire. Patienter encore. Un profond sentiment de culpabilité l’assaille, car le bon Métacitien est pressé. Le vrai Métacitien court. Le Métacitien authentique fourmille d’idées. Dans les faits, Guang se sent inutile. Un jour, il a tenté d’expliquer à sa mère en quoi consistait son métier. Mis à part le titre ronflant de *Superviseur de l’Intelligence Artificielle locale de* Toujours+, il a été incapable de le cerner avec plus de précision. Par ailleurs, le processus de création se fait sans lui. La description de l’objet est proposée par l’IA, sa mise en production est lancée par Liaque et la campagne marketing est élaborée à partir des données de la base FirmCité ! Aussi dans le meilleur des cas, il valide toutes ces étapes.

Conscient de ses limites d’H2A, Guang sait qu’en matière de conception, de rigueur et d’organisation, aucun Métacitien ne peut rivaliser avec Liaque. Alors, il se laisse porter. Ses journées sont longues et dénuées de sens. Pourtant, il doit entretenir le mensonge, car reconnaitre son inutilité c’est perdre son emploi et être rétrogradé.

– 3 –

Midi. Une quatrième porte s’ouvre sur la salle de réunion meublée d’une grande table, de fauteuils et d’un mur connecté. Guang retrouve quelques ingénieurs de chez *Toujours+*. D’un pas vif, ils vont s’assoir. D’un air préoccupé par un problème gravissime, ils pianotent sur leur +*Présent*, parlent fort ou rient à gorge déployée. Feignant l'hyperactivité, ils s'appliquent à « en jeter au premier coup d'œil » ainsi qu'on leur a enseigné.

Lorsque chacun est installé, la pièce est plongée dans la pénombre. Sur le mur s'affiche la présentation du produit préparée par l'IA. Dans un coin de l'écran figure une immense salle de réunion virtuelle intercitéenne où leurs hologrammes ont pris place.

Aujourd'hui, il est question de la nouvelle *Puce d'Amélioration+*, surnommée la *PAm+*. Greffé dans le cerveau de chaque Métacitien pouvant l'acquérir, cet implant permettra d'anticiper les désirs de l'H2A en suggérant immédiatement le bien adapté au souhait du porteur afin de renforcer son bonheur et fera office de lien direct entre l'individu et *Toujours+*. Par ailleurs, pour garantir la sécurité des Métacitiens, Liaque propose d'ajouter un mode *prise de contrôle* pour mettre hors d'état de nuire les criminels récalcitrants. Ainsi, la police de la Cité sera délestée de cette mission et pourra se concentrer sur d'autres.

Immédiatement, des compliments fusent dans la salle, Chacun y va de son éloge en espérant obtenir une IAlerte positive. Guang lance un magistral *Foudurlant,* pour exprimer son enthousiasme. La réunion se poursuit avec les profits envisagés. Ils dépassent largement le seuil des 30 %.

Maintenant, il est 12 h 57. Guang s'ennuie. Il a faim. Ses paupières commencent à être lourdes. Le rassemblement se poursuit sur un ton monocorde. L'H2A doit lutter pour ne pas sombrer.

Soudain, passant outre le *mode silencieux,* une IAlerte le sort de sa torpeur :

— *URGENCE : votre mère est décédée. Dès maintenant, vous pouvez prendre une journée de congé pour vous rendre à ses côtés. Plus de détails au lien suivant.*

Guang se garde de laisser paraître la moindre émotion. *Ça devait arriver,* soupire-t-il intérieurement en lisant les schémas statistiques projetés devant lui. *Les progrès offerts par* PAm+ *sont incroyables ! Cette puce sera une avancée fabuleuse !* se convainc-t-il en refusant de quitter cette réunion historique pour ne pas recevoir une IAlerte négative, même si son absence a été autorisée.

Refusant de se faire remarquer et estimant qu'il sera bien plus efficace à cette conférence, il organise discrètement les obsèques de sa maman depuis son *+Présent*. Alors que Liaque le gratifie d'une alerte positive, Guang se plonge corps et âme dans sa réunion :

— L'avenir est ici ! clame-t-il pour que chacun l'entende.

18

Aide-toi, l'ONI t'aidera !

Dimanche après-midi, Guang et Nour sont assis sur leur canapé, leurs talons appuyés sur la table basse. La tablette de l'IA locale posée sur ses genoux, Guang fait défiler les images du sixième mois de gestation et s'exclame :

— Ooooh, son nez… comme il est mignon !

— C'est un nez ! Y'a pas de quoi s'extasier… Passe-moi la tablette !

— Pourquoi ? Laisse-moi encore le regarder. Là… ses petites mains… Et ses pieds…

— Je veux vérifier le périmètre crânien… Histoire de ne pas avoir un *Homo sapiens*…

— Arrête de t'inquiéter ! Le gynéticien a dit que tout allait bien !

— Passe-moi la tablette ! lui intime-t-elle.

De mauvaise grâce, Guang la lui tend en soupirant :

— Tu ne profites pas du bonheur d'attendre un enfant.

— Peut-être que les gamins c'est pas mon truc… Peut-être que j'ai d'autres ambitions dans la vie que de changer des couches… et de nettoyer du vomi… Peut-être que j'ai accepté pour te faire plaisir !

— Pardon, je ne voulais pas t'énerver… Tu as le droit de ne pas avoir la fibre maternelle et je t'en suis d'autant plus reconnaissant… Je sais que tu y as consenti par amour, ajoute-t-il en l'embrassant.

Du bout des lèvres, elle lui rend son baiser, puis en se demandant dans quel bourbier elle s'est fourrée, elle manipule l'écran tactile de la tablette avec deux doigts experts afin de mesurer la boîte crânienne de son enfant.

— Bon… ça au moins, c'est bon, grommelle-t-elle en rendant la tablette à son époux. Dis-moi… plus important… Heiani arrive bientôt ?

— … Ouais, répond Guang à nouveau absorbé par les images du fœtus.

— Et Félicien, il n'a pas pu venir ? Tu lui as envoyé un Hu-Mess ?

— Ouais… euh, oui, Féli… Il coule le parfait amour avec sa nouvelle conquête… Émy… celle qu'il a rencontrée sur *Cœurpatible Premium.*

— Il a bien fait de prendre cette option. Ainsi, il a trouvé celle qu'il lui faut en un clin d'œil.

— Attends… il faut que je te fasse rire… l'autre jour, il m'a raconté qu'avant de flasher grâce à *Cœurpatible,* il l'avait remarqué une fille dans le TIU, mais avait hésité à l'aborder.

— L'aborder ? Comme ça ? Direct… cash ? Sans certitude ? Je ne savais pas Félicien aussi désespéré. Et c'est censé me faire rire ?

— … Non… Tu ne vas pas me croire… la fille du train… c'est Émy !

— Ah ouais ? Tu ne trouves pas que c'est un peu gros ? On roule sur la tête d'un robot ou quoi ? Félicien se croit dans une histoire d'amour du XXème siècle ?

— C'est simple… elle a un grain de beauté à la commissure des lèvres… C'est quand même pas courant…

— Mouais…

— Et surtout… pour couronner le tout… elle avait également remarqué notre Féli !

— Faut dire qu'il est tellement grand qu'on ne peut pas passer à côté…

— Ouais… mais c'est une jolie histoire… non ?

— Si ça peut te faire plaisir. Que fait-elle dans la vie ?

— Prépare-toi à avoir peur !

— J'pense pas, non ! Accouche !

— Hahaha… tu ne crois pas si bien dire… la nana de Félicien est un ventre à louer !

— … Nan…

— Hahaha… je t'en ai bouché un coin ! T'inquiète… elle n'est pas notre porteuse… J'ai vérifié, précise-t-il au moment où son *+Présent* l'informe que Heiani vient de pénétrer dans le hall de leur immeuble.

– 2 –

Lorsqu'elle entre dans leur salon, le couple est surpris par son visage marqué par la fatigue et son teint pâle. Déjà maigre de nature, elle semble encore avoir perdu du poids. Habituellement volumineux, ses cheveux sont plats. Immédiatement, elle se laisse tomber sur le sofa :

— Salut… Pardon, mais j'ai besoin de souffler…

— Ça va ? Tu as l'air épuisée, se hasarde Guang.

— Je ne dors pas beaucoup… Entre mes veilles chez *+Rapide* et Grace qui fait ses dents, c'est compliqué… C'est pour ça que je l'ai confiée à *Rany*… En fait, je viens profiter du calme qui règne chez vous !

Alors que l'épouse de Guang devient blême, la jeune maman se tourne vers elle :

— Toi qui aimes les applis, regarde ça ! s'exclame-t-elle en se connectant au robot-nurse via son *+Présent.*

Éberluée, Nour découvre les indices de Grace consignés dans la base de données de FirmCité. De la prise de température instantanée du bébé jusqu'à l'état des changes grâce aux couches intelligentes, rien ne manque.

— Waouh, ça c'est du programme, murmure Nour.

— Je ne te le fais pas dire… Le CNS anticipe certaines maladies, offre des diagnostics rapides et propose un suivi rigoureux de Grace. C'est rassurant… Je ne te cache pas que j'ai recours à cette application pour comprendre pourquoi ma fille pleure… Parfois, je suis désemparée…

— Heiani… tu me fais marcher, n'est-ce pas ?

— Non… je te promets… Tiens… l'autre jour, Grace a vomi son lait sur moi… Je ne t'explique même pas l'odeur !

— Ne me l'explique pas ! Je crois que je vais me trouver mal, réplique Nour en s'éventant avec ses mains.

— Je te comprends… j'ai cru mourir… Pour être honnête, j'ai paniqué et déposé la petite dans son berceau. Je l'ai regardée pleurer et j'ai attendu l'arrivée du robot nurse. *Rany* a pris la petite… Il l'a cajolée et elle s'est endormie… Que veux-tu je ne peux pas rivaliser… Et toi, tu as commandé un *Rany* ?

— Évidemment ! Je ne suis pas du genre à me laisser régurgiter dessus ! conclut-elle en se levant pour aller dans la cuisine.

Laissant sa femme à ses certitudes, Guang intervient :

— Heiani… tu me montres des photos de Grace ?

— Mieux que ça, tu vas la voir en direct, mentionne-t-elle en se connectant à la caméra principale du robot-nurse. Regarde… elle dort…

— Qu'elle est jolie ! On dirait qu'elle a tes cheveux…

— C'est vrai… Elle a aussi les fossettes de son géniteur.

— Nour ! Chérie… viens voir !

— Je ne peux pas ! Je commande à boire, crie-t-elle. Heiani, tu prendras quoi ?

— Rien ! Tu es gentille, mais je ne reste pas. Je préfère rentrer pour lui donner le bain. Le dimanche… c'est le jour où je fais sa toilette. On a nos petites habitudes, tu sais…

— Tu pars déjà ? s'attriste Guang.

— Et oui… Je tiens à m'occuper d'elle. Passe si tu veux la voir… je programme ta puce, okay ?

— Merci Heiani, dit-il en la voyant partir à regret.

– 3 –

À peine la porte d'entrée s'est-elle fermée que Nour éclate dans une fureur noire :

— Je ne veux pas de cet enfant ! Je ne suis pas faite pour ça ! Je ne veux pas être l'esclave d'un morveux. Je n'ai besoin de ça ni pour être une femme ni pour être épanouie. Tu m'as arnaquée ! J'avais dit *Non* sur *Cœurpatible.* Je t'ai dit *Non* des dizaines de fois. Pourquoi je t'ai écouté ? Pourquoi j'ai cédé ? Dis-moi pourquoi ! POURQUOI ? hurle-t-elle en fondant en larmes.

Immédiatement, Guang se précipite pour la prendre dans ses bras, mais elle le rejette d'un mouvement brusque, saisit son *+Présent* et sous le regard horrifié de son époux, elle appelle le gynéticien :

— Bonjour Docteur… Je ne veux plus être mère ! Je ne veux plus de cet enfant ! Arrêtez tout ! Je me fous de savoir combien ça va coûter ! Arrêtez tout ! Vous m'entendez ? J'ai dit… Arrêtez tout !

Le médecin l'écoute en silence et visiblement habitué à ce genre d'appel, il lui réplique d'une phrase laconique :

— Madame, il est impossible de mettre fin à la grossesse. Vous ne pouvez pas l'abandonner, car c'est un humain Amélioré. Vous avez beaucoup investi et nous ne remboursons aucune prestation. Vous accueillerez cet enfant. Au revoir et ne me rappelez plus pour ça, conclut-il en raccrochant sans laisser à Nour le temps de répondre.

Immédiatement, Guang s'inquiète :

— Qu'est-ce qu'il a dit ?

— Il a dit que… Non ! … Je refuse d'être mère ! Non ! Non et non ! Je ne veux pas être épuisée. Je ne veux pas avoir que la peau sur les os comme Heiani !

— Nour… ma chérie… Fais-moi confiance, implore son mari en l'enlaçant. Ne t'inquiète pas… j'ai commandé le meilleur *Rany* qui puisse être ! En plus… notre fils sera Amélioré… ce ne sera pas un enfant *naturel* comme Grace. Il n'aura pas de réflexe primitif.

— Tu dis ça pour me rassurer ! Mais, je sais bien qu'un *Rany* ne sera pas suffisant… Par définition, un lardon empêche de dormir ses parents… C'est même sa fonction principale ! Je ne le supporterai pas !

— Fais-moi confiance ! J'ai tout prévu ! Regarde ce que j'ai commandé, annonce-t-il en lui agitant son *+Présent* sous le nez.

— Qu'est-ce que c'est ?

— Un Oni.

— Oni ? Oni comme le monstre japonais gigantesque et hideux sur lequel on lance des grains de haricots ou de soja grillés pour le chasser ?

— C'est exactement ça ! L'Oni a été imaginé pour que l'on puisse dormir. C'est un masque que tu déposes sur le nez et la bouche de l'enfant. Il est étanche au bruit, tout en laissant circuler l'air. Lorsque notre fils pleurera, on ne sera pas dérangé. Des capteurs sonores mesureront les décibels développés. Nous recevrons une IAlerte, tout comme *Rany*. De cette manière nous saurons s'il y a un problème, sans en avoir la nuisance. C'est ingénieux, non ? Et… j'ai acheté l'option santé pour suivre ses petits bobos en direct. L'Oni analysera séance tenante ses postillons pour déterminer une éventuelle maladie. Tu es rassurée ?

Nour ne répond pas. Sa tête posée dans le creux de l'épaule de son conjoint, elle abdique :

— Tu as raison… Je dois m'y résigner. C'est trop tard. On avisera quand il sera là, murmure-t-elle les yeux noyés par des larmes silencieuses.

19

Le coup d'éclat manqué

Il est onze heures à la techno-serre. Suspendue au cœur de la canopée, la salle de réunion est remplie d'H2A. Convoqués par l'IA locale qui a tenu à leur présenter le nouveau modèle de robot cueilleur plus léger, plus rapide et plus efficace, les agronomes attendent que la présentation soit terminée pour vaquer à leurs occupations ou plutôt faire semblant d'être affairés. Exerçant pleinement son rôle de directrice, les sourcils froncés, Nour répond à des IAlertes alors que du coin de l'œil, elle surveille Esther. Écoutant religieusement Liaque, celle-ci n'a plus l'apparence de l'adolescente mal dégrossie qu'elle avait invitée deux ans auparavant à une séance d'holociné. Ayant abandonné les mèches météo-sensibles, les tenues extravagantes et les *+Loin* de seconde main, Esther porte des tailleurs de *Toujours+Mod,* elle a soigné son langage et ses attitudes. *Ces changements la rendent d'autant plus redoutable*, pense Nour au moment où une IAlerte interrompt la voix synthétique de l'IA locale.

Immédiatement, tous se tournent vers Nour dont le mode silencieux de ses *+Loin* a été forcé par un message de la plus haute importance. Leur adressant un sourire contrit, la directrice de la techno-serre découvre le texte qui s'affiche devant ses yeux :

— *URGENT. La naissance de votre fils Adam s'est bien déroulée. Actuellement, il est dans les bras de votre robot-nurse. Vous pouvez venir le chercher à la maternité et compléter les démarches d'usage. Le cas échéant vous trouverez les informations nécessaires sur le lien suivant.*

À cet instant, Nour panique :
— Merde, merde, merde, je suis mère ! murmure-t-elle en mettant sa main devant sa bouche. Comment ai-je pu oublier que c'était aujourd'hui, alors que depuis des semaines, le bureau est réaménagé en chambre insonorisée ?

Indifférente aux regards qui la scrutent en silence, Nour pense à Guang qui, la veille, avait finalisé l'installation de la mini-douche aédrique dans l'antre du petit, quitte à réduire leur cuisine. D'ailleurs hier, il courait encore en tous sens dans l'appartement comme un +*Propre* déboussolé par une montagne d'assiettes sales. *Il est en bonne santé, c'est déjà ça,* note-t-elle intérieurement pour arrêter la vague d'angoisses qui l'assaille. *Correspond-il au contrat ? Dans le cas contraire, on pourra attaquer le médecin et lui rendre le mioche ! Mais, Guang serait tellement triste. Je ne peux pas faire ça ! L'IA locale s'est mise en pause pour que tu t'exprimes... Tu ne peux pas te dérober... Allez ma fille, soit courageuse !*

Alors d'un geste autoritaire de la main, elle met fin aux chuchotements de la salle et s'exprime d'une voix forte :
— Chers collègues, notre réunion a été interrompue par une IAlerte qui m'était destinée. Je vous prie de m'en excuser et l'en remercie de me permettre de vous annoncer que… je… je… pardonnez mon émotion… Enfin voilà… j'ai l'immense joie d'être la mère d'un H2A !

Aussitôt, des « Par toutes les IA ! », fusent dans la salle. Dans un enthousiasme indescriptible, les agents de la techno -serre applaudissent à tout rompre la jeune maman et se précipitent vers elle, l'obligeant à répondre à chacun. Ensuite, Esther la congratule avec chaleur, puis demande la parole que Nour lui cède d'un sourire courtois :

— Chers collègues, c'est une merveilleuse nouvelle que notre directrice vient de nous annoncer ! Pour la fêter, je propose que l'on boive une coupe !

Immédiatement, le robot secrétaire s'éclipse et revient rapidement avec les bouteilles et les flûtes. Le vin pétillant sans alcool est servi. Les rires fusent. Esther poursuit :

— S'il vous plaît ! Encore une seconde d'attention… Je lève mon verre à cet humain Amélioré qui vient de naître ! Je félicite Nour. Cette H2A est un modèle pour moi. Ce n'est pas qu'une directrice, c'est un mentor qui a su me transmettre la passion du végétal. Je lui souhaite beaucoup de bonheur, car avoir un enfant, c'est de l'amour. C'est aussi de nouvelles perspectives qui s'ouvrent, précise-t-elle en vérifiant que la caméra de Liaque n'enregistre qu'elle.

Puis, elle reprend en affichant un large sourire :

— Avoir un bébé… c'est de la fatigue et parfois des bobos. Or, notre belle techno-serre est comme un nourrisson… elle a besoin de soins constants, de personnes fiables et dévouées à son service… Je ne sais pas si une jeune mère peut assumer une telle responsabilité. Néanmoins, je peux vous garantir ma parfaite abnégation… Lorsque Nour sera rattrapée par ses devoirs maternels, j'assumerais l'intérim.

Instantanément, les sourires se figent. Le malaise est palpable. Nour intervient :

— Je remercie infiniment mon adjointe de sa sollicitude, mais si j'ai besoin de personnel, je ne manquerai pas de l'en avertir ! glisse-t-elle avec cruauté.

Puis, laissant briller ses yeux, elle se régale :

— Depuis quatre ans que je supervise ce lieu stratégique, cette institution n'a jamais eu à pâtir de ma vie privée. D'ailleurs, malgré l'IAlerte m'enjoignant de me rendre à la maternité, je resterai avec vous pour assumer ma charge ! Je peux vous garantir que jamais et je dis bien jamais la techno -serre ne sera délaissée par mes soins. Métacité fait face à la concurrence d'autres Cités qui s'arrogent le rang de métacité. Mais… la rivalité et l'avidité se trouvent à tous les niveaux, insiste-t-elle en toisant Esther avec mépris.

Observant une pause pour que son discours porte encore mieux, elle décide de soigner sa carrière :

— Nos adversaires croient être à la hauteur de notre formidable mégapole ! Toutefois la puissance ne repose pas sur des déclarations d'intention inappropriées. Comme les IA savent que je suis entièrement dévouée à Métacité, je vous prie de retourner au travail, car notre Cité ne peut souffrir d'aucun désœuvrement, conclut-elle en adressant un mouvement de tête au robot secrétaire pour qu'une IAlerte relance la présentation.

La voix synthétique reprend son exposé. Les bras croisés sur la poitrine, Nour parcourt la salle du regard et dissimule son anxiété. *Esther a raison, avoir un enfant me rend faible. Je vais devoir être irréprochable. J'espère que mon recadrage aura suffi pour convaincre Liaque.*

Alors qu'un schéma détaille avec enthousiasme les nouveaux bras mécaniques des robots cueilleurs, Nour reçoit une double IAlerte positive pour avoir renoncé à aller à la maternité et pour avoir démontré ses qualités managériales. À cet instant, son sourire contraste avec la mine déconfite d'Esther qui ayant reçu une IAlerte négative sait désormais qu'elle flirte dangereusement avec la rétrogradation.

Seconde partie

Un printemps sans hirondelles !

20

Un coin de ciel bleu

Je me prénomme Adam. Je suis le fils de Nour et de Guang. À quinze ans, n'ayant pas été pucé, je n'étais pas encore Augmenté et à mes yeux, notre métacité était la plus grande Cité du monde. Or un jour, mes parents souhaitèrent me sortir de notre univers :

— Adam, prépare-toi à un choc ! me prévint mon père. Nous allons quitter la civilisation.

— Tu vas découvrir la forêt… la nature… Peut-être aurons-nous la chance de croiser des *Homo sapiens* ensauvagés ? ajouta ma mère.

À l'évocation de choses si exotiques, je frissonnais. Curieux, mais terrorisé, je regardais s'éloigner les gratte-ciels familiers qui peuplaient mon horizon depuis toujours.

C'était l'aube.

Installés dans notre autonomobile dernier cri, nous avions quitté l'appartement familial. Derrière nous, l'hypercentre. Devant nous, l'inconnu. Nous avions fait quelques voyages dans d'autres Cités, mais pas une fois nous ne nous étions aventurés hors de leurs cocons protecteurs. Jamais, nous n'étions sortis des métacités.

Nous avions franchi le cercle multimodal qui entoure notre ville où tous les moyens de transport de la mégapole y circulaient. Alors que des wagons étaient chargés de déchets et que d'autres attendaient d'être remplis, on entrait dans la ceinture industrielle.

Je me retournais.

En regardant par la lunette arrière, je devinais à travers le brouillard la silhouette familière de notre Cité. M'éloignant de ce berceau douillet, je ressentis une pointe au cœur. On m'arrachait à ce monde de perfection conçu par et pour les H2A, où nous avions asservi la connaissance, le vivant et la matière à nos désirs. Je souriais d'orgueil. J'étais un habitant de cette métacité-là !

Puis, assiégés par un brouillard bien plus épais que les brumes éternelles, nous avions serpenté entre les entrepôts et lignes de production. Avec fierté, mon père avait insisté pour faire un détour et passer non loin des hangars de *Toujours+*. Je me souviens de ma déception devant ces cubes gris, gigantesques et crasseux. Les objets connectés, que je chérissais tant, en avaient perdu leur superbe.

Désespérément vides, les avenues se succédaient. Je ne discernais aucun H2A marchant au *tic-tac* familier de l'oreillette. Lors de mes vidéos cours, j'avais appris que toute la ceinture industrielle était pilotée depuis l'hypercentre. Néanmoins de temps à autre, des ingénieurs venaient vérifier le déroulement des opérations. Quelques H2A étaient aussi affectés là à titre définitif ! C'étaient les rétrogradés, c'est-à-dire ceux qui n'avaient pas donné satisfaction. Par devoir, Liaque leur attribuait un travail et un logement dans la ceinture industrielle. À chaque croisement, je plissais les yeux pour mieux deviner une silhouette. Secrètement, j'espérais apercevoir un rétrogradé pour découvrir le visage de la déchéance. À vrai dire, je me sentais comme un touriste en plein safari : il ne me manquait que les jumelles !

D'une oreille distraite j'écoutais mes parents. Par tous les IA, qu'ils étaient fiers d'être parvenus à prendre un jour de congé ! Habituellement aux abonnés absents, cette excursion était l'un des rares moments où nous étions ensemble. « Travaillomanes », ils discutaient de leur fonction dans la métacité : ma mère pointait ses gigantesques responsabilités à la tête de la plus grande des techno-serres et mon père insistait sur son rôle capital chez *Toujours+*. Partagé entre ironie et admiration inconditionnelle, je souriais. Pour faire oublier leurs absences chroniques, ils me noyaient sous les plus beaux cadeaux : le nouveau robot médecin d'Antinoupolis, les fruits virtuels de Tlapan à collectionner ou la version complète du dernier jeu d'immersion de *Colosseum*. Cette sortie étant l'évènement de la décennie, peut-être étais-je heureux de passer du temps avec eux, après tout ?

Après avoir placé la voiture en pilote automatique, ma mère entama le dialogue :

— Adam !

— Humm ?

— Je voudrais que tu regardes bien où nous allons. J'espère que tu comprendras le chemin parcouru par les humains… de l'*Homo sapiens* au H2A. De l'Homme primitif à l'humain Amélioré et surtout AUGMENTÉ ! précisa-t-elle en lançant une œillade complice à mon père.

— Maman, ne recommence pas avec ça…

— J'arrêterai le jour où tu auras ta puce d'identification !

— Lorsque tu avais trois ans, c'était amusant de te voir refuser le port des puces. Maintenant, tu nous fais honte ! Quand tu hurles à la mort devant le robot médecin, tu nous fais honte ! Et je ne parle même pas des rumeurs à la techno -serre.

Pris d'un intérêt soudain pour le bitume, j'ignorais mes parents, mais mon père insista :

— Ta mère a raison, renchérit-il. Si tu continues à refuser son port tu finiras comme un *Ho's*[1] *!* Amélioré ou pas !

— Okay… Okay… Quand on rentrera…

— Tonnertruant ! C'est ce que tu dis à chaque fois !

— Guang, ignore-le ! De toute manière, il aura sa puce de gré ou de force à dix-huit ans. Terminés les caprices !

— Chérie, tu sais que je n'aime pas cette façon de procéder. La manière forte n'est pas ma vision de l'éducation.

— Quand on a un adolescent aussi têtu qu'un *+Propre,* il ne faut pas s'étonner de le traiter comme un robot idiot ! C'est tout ce que je dis ! Dans trois ans, c'est la majorité politique et la puce ! vociféra ma mère en m'adressant dans le rétroviseur un regard empli de colère.

Une fois de plus, j'ignorais leurs remontrances et les laissais poursuivre leur argumentaire mille fois rabâché.

– 2 –

Nour était, paraît-il, une très belle femme. C'est vrai, qu'elle a toujours été *deux heures moins le quart avant la mode*. Elle avait un port altier, autoritaire et élégant. Conséquences de dizaines d'années d'autorégulation, son visage ainsi que ses yeux verts étaient froids et calculateurs. Chacun de ses gestes, chacune de ses paroles, et tout ce qu'elle

1. Terme péjoratif qui est une contraction d'*Homo sapiens*.

laissait paraître était soumis à une stricte discipline. Rien n'était laissé au hasard. La maîtrise totale était sa règle d'or. Mère était un chef-d'œuvre de perfection. D'ailleurs, ce jour -là, ses cheveux bruns crépus étaient à peine noués dans un élégant chignon. *À n'en point douter, il fera fureur dans quelques mois*, songeais-je.

À quarante-six ans, les signes de l'âge ne semblaient pas l'atteindre, contrairement à mon père que j'avais vu se tasser au cours de ces dernières années. Malgré l'amour qu'ils se portaient, je crois qu'il n'était pas très heureux. Néanmoins, les faits étaient évidents : ses cheveux blanchissaient trop vite, des rides de contrariétés se creusaient autour de son regard de plus en plus triste et son humeur était au mieux apathique.

Plutôt que d'écouter les sempiternelles récriminations de Guang et Nour, je m'immergeais dans ce paysage totalement nouveau. Parfois non balisées pour les autonomobiles, les routes disparaissaient entre les entrepôts. De longues lignes droites semblant mener vers un inconnu sauvage, s'étiraient à l'infini. Alors au bout de ces voies, j'inventais des jungles impénétrables, des animaux indomptés ainsi que des hommes primitifs, rustres et ignares.

Enfin, l'aurore s'installa, je levais les yeux et pour la première fois, je vis un morceau de ciel sans nuage !

Il était bleu.

Non, ce n'était pas le faux bleu des publicités ni le bleu des paysages affichés par le mur connecté du salon ou le bleu outremer synthétique de Klein[1], c'était un vrai bleu.

---

1. Yves Klein, artiste français inventeur de l'International Klein Blue.

Il était très pâle. Effarouché, il émergeait d'un gris immuable. C'était une petite éclaircie qui se frayait timidement un chemin vers ceux qui voulaient bien lui porter attention.

Je me sentis submergé par une chose inconnue. Elle partait de mon buste, étreignait ma gorge et tentait de déborder par mes yeux. Elle était incontrôlable ! Chamboulé, le cœur serré, le souffle court, j'étais en proie à des sentiments mystérieux. Par éducation, je choisis de résister et dans un immense effort, serrant les poings et la mâchoire, je dissimulais mon trouble.

Mais, ce petit morceau de vrai ciel fut mon premier choc émotionnel ! Alors que la beauté se révélait à moi, Nour conduisait et Guang consultait son *+Présent*. Aucun n'ayant reçu le cadeau offert par la déchirure du rideau de pollution, mes parents me firent honte.

21

Le cœur écarquillé

Nous commencions à sortir de la ceinture industrielle quand le jour s'installa enfin. Les hangars étaient moins denses, les montagnes de nucléobilles moins hautes et les premiers arbres apparurent.

Je ne souviens encore de mon premier arbre *naturel*.

Il se dressait dans les lueurs blafardes du matin. Solitaire. Malingre. Déformé. Son feuillage était rare et ses branches chétives. Qui était-il ? Un survivant d'une défunte forêt ? Un pionnier lancé à la reconquête de cette zone ? Qu'avait-il vécu ? Je l'ignorais.

Telle une vigie, cet arbre trônait entre deux bâtiments. Ressemblant à un morceau de métal passé sous une rame du TIU, il s'était contorsionné pour grandir vers la lumière. Rabougries et fines, ses branches auraient pu se briser sous le poids d'un oisillon. À leurs extrémités des feuilles maladives s'épuisaient en des attitudes opposées. Recroquevillées sur elles-mêmes et désespérément tendues vers le soleil dissimulé par les brumes éternelles, elles témoignaient d'un perpétuel effort pour survivre. Je compris que l'arbre poursuivait l'objectif de résister à un environnement néfaste.

Campé sur ses racines et dressant ses branchages vers le ciel, il était l'image de la Vie. Soudain, je me souvins d'une sentence déclamée par Dio alors qu'il se tenait au cœur du parc Gate : *je ne puis regarder une feuille d'arbre sans être écrasé par l'univers*[1]. Ce jour-là, je l'avais trouvé idiot.

Après ce premier arbre, j'en vis un autre, puis un nouveau et encore un ! Ils étaient si nombreux que j'en perdis rapidement le compte. Ils étaient là par dizaines. Entourées d'herbes sauvages, leurs racines devenaient invisibles tant elles plongeaient profondément dans la terre.

Leurs branches avaient poussé de manière anarchique. Fortes. Épaisses. Innombrables. Tendues vers le ciel bleu, elles étaient en quête de lumière. Le cœur écarquillé pour saisir toute l'étrangeté du lieu et sa beauté non quantifiable, je restais sans voix. J'étais fasciné par ces végétaux dotés d'un charme rare.

Si des années plus tard, j'ai compris pourquoi ces arbres avaient à ce point résonnés en moi, du haut de mes quinze ans, je ressentis la honte d'être ému par ces trucs ! Comment un H2A pouvait-il en être réduit à pleurer devant ça ? Entre colère et sentiment d'indignité, je fis ce que j'avais appris depuis ma plus tendre enfance : j'empruntais les *+Loin* de ma mère et plongeais mon cerveau dans un bain numérique glacial. Mes émotions contenues, je lançais de temps en temps des œillades de défi à ces choses asservies depuis bien longtemps par mes aïeux. Quant à mes parents, toujours aussi insensibles, ils bavardaient de leurs obligations professionnelles matinales. Nour avait un rendez-vidéo. Guang l'aiderait à trouver une connexion, puis ce serait son tour de rester connecter à la réalité.

---

1. Citation de Victor Hugo.

– 2 –

Arrivés dans une clairière, ma mère stoppa l'autonomobile. Mes parents souhaitaient rester dans le véhicule, je décidais de visiter seul ces lieux primitifs. Mon *+Présent* captant mal, j'abandonnais sur mon siège cet objet devenu quasiment obsolète, dont les fonctions étaient désormais assurées par les lunettes, les bagues ou les puces directement greffées sur le système cérébral. Posées sur mes boucles châtaines, j'oubliais les *+Loin.*

Après une courte hésitation, j'ouvris la porte.

Enthousiaste, mais craintif, je laissais l'atmosphère purifiée de l'autonomobile s'échapper. En échange, un air frais caressa mon visage. À ma plus grande surprise, il n'était pas gras et lourd comme dans notre métacité. Il était si léger qu'il me chatouillait les narines lorsque j'inhalais. Il effleurait ma gorge, puis descendait dans ma trachée sans me blesser et emplissait mes poumons sans me faire tousser. J'eus la sensation de respirer pour la première fois et de revivre ma naissance quand je cherchais l'oxygène à pleine bouche. Légèrement enivré par l'air pur, je foulais l'herbe sauvage.

Elle n'avait rien à voir avec les rares touffes poussant tant bien que mal sur le sol compacté des « parcs » de notre Cité. Vigoureuse et haute, elle m'arrivait à mi-jambe. Froissés sous mon poids, ces végétaux dégageaient une odeur puissante et inconnue. Elle me montait au nez, picotait mes narines et enivrait mes sens si bien que j'éternuais à de nombreuses reprises. Je compris, alors que mon corps était secoué par ce premier contact avec un monde hostile. Je frissonnais de dégoût à l'idée que cette herbe puisse grouiller d'insectes malsains, vicieux et nuisibles. À vrai dire, les entrailles nouées, je résistais à la répulsion et surtout à l'envie de retourner à la voiture.

Alors courageusement, je mis un pied devant l'autre : la prairie craquait sous mes pas. Étonné de marcher sur un tapis moelleux amortissant mon poids, je ne ressentais aucune vibration vrillant mon dos. J'avais l'impression de marcher sur du coton et me déplaçais avec une telle sensation de légèreté et d'apesanteur que mon sens de l'équilibre en était modifié.

Je devais repenser la manière de me mouvoir : mes yeux ne voyant pas les pierres qui auraient pu me faire trébucher, je devais lever les jambes pour franchir les touffes d'herbes folles. Tout à coup, la marche devint d'une grande complexité. Alors que je ne me souvenais même plus de mon premier pas d'enfant, me déplacer absorbait la totalité de ma concentration. Il me fallut de longues minutes pour garantir ma stabilité et m'ouvrir aux autres sensations qui m'assaillaient.

Des cris étranges parvenaient à mes oreilles !

À plusieurs reprises, j'avais entendu des « chants » d'oiseaux enregistrés. Dans ce bois, ce n'était pas une bande sonore déclenchée à partir d'un clic sur un écran tactile. C'était un dialogue fait de courtes mélodies, des sifflements enjoués ou d'appels déchirants d'une mère à ses oisillons. Les animaux communiquaient et je les écoutais. J'étais le témoin indiscret de leurs bavardages. Loin d'être un vacarme assourdissant, les échos de la forêt m'emplissaient. La forêt chantait. J'étais le spectateur abasourdi d'un concert improvisé. Ces premiers pas constituèrent une expérience bouleversante. Tous mes sens étaient sollicités. J'étais submergé d'informations que mon cerveau n'arrivait pas à traiter. À cette peur de l'inconnu s'ajouta l'éveil de quelque chose d'insoupçonné que je qualifierais aujourd'hui d'instinct primitif. Ma part d'*Homo sapiens* s'était révélée et communiait avec ce monde sauvage. Mon intellect supérieur d'humain Augmenté était paralysé par cet inconnu pour lequel il n'avait pas été conçu. Silencieux, volontaire et obnubilé par le besoin de progresser, je marchais encore et encore. J'enchaînais les pas. Chacun était une étape vers une nouvelle découverte. Après son atonie[1] initiale, mon esprit n'avait jamais été autant en alerte.

J'étais dans un état de joie totale, voire de transcendance.

– 3 –

Avec une légère appréhension, je tendis la main vers une écorce d'arbre mystérieux. Amorphe et vivante, sa peau était marquée par le temps. Des insectes y avaient creusé des galeries. Les oiseaux l'avaient picorée. La pluie l'avait lessivée. La grêle l'avait battue. Le vent l'avait fouettée et le soleil l'avait tannée. Du bout des doigts, je lisais son histoire.

Observant la variété des essences dont je n'en connaissais aucune, je me fis la réflexion qu'il y avait ici des végétaux inutiles contrairement aux arbres fruitiers. En réalité, j'étais surpris qu'ils puissent cohabiter sans aucune intervention humaine. Certes, ils n'étaient pas tous en parfait état, néanmoins la forêt semblait en bonne santé ! Levant la tête, j'observais leur frondaison avec étonnement ! Leurs feuillages ne se touchaient pas. Ils se frôlaient du bout des

1. Manque de vitalité et de vigueur.

feuilles. Sentant la présence d'un semblable, ils s'arrêtaient dans leur croissance. Demeurant en bon voisinage, ils se contentaient de l'espace que leur offraient les bois. Je songeais aux arbres des vergers de la techno-serre. Enfant, ils m'avaient toujours apparu monumentaux et puissants. En réalité, ils n'étaient que des arbres chétifs, affaiblis et maintenus artificiellement en vie.

Absorbé par cette symphonie d'un nouveau monde, je poursuivis ma marche en pensant que ma mère avait eu raison de me pousser à découvrir cette forêt. Me retournant pour lui faire part de ma gratitude, je n'aperçus personne. J'appelais. Le chant des oiseaux me répondit. Je me géolocalisais avec les +*Loin*. J'étais hors zone !

J'étais seul !

Ni affolé ni apeuré, mais simplement entouré d'arbres majestueux, j'étais un minuscule humain Amélioré revenu à l'état primitif de son espèce. J'étais un simple mammifère égaré dans une forêt.

22

L'appel du large

Égaré dans la forêt, je n'éprouvais étrangement aucun sentiment de panique. Après de longues minutes de contemplation, je décidais de faire demi-tour et lançais un dernier cri pour tenter d'interpeller une voix qui me guiderait. Mais alors que ni les oiseaux ni mes parents ne me répondirent, la stridulation[1] d'un *Homo sapiens* fit écho à mon appel. Plissant les yeux, je distinguais une personne d'un aspect similaire au nôtre. Pourtant, il s'agissait d'un être qui n'avait pas accès à notre technologie supérieure, un homme primitif descendant de ceux qui dessinaient sur les parois des cavernes, l'héritier de ceux qui croyaient que la terre était plate et vénéraient les esprits de la nature.

Malgré mon appréhension de le rencontrer, je lançais un nouvel appel. Il me fit signe d'un geste du bras. J'y répondis par politesse. Lorsqu'il s'approcha, je fus déçu : cet humain était tristement quelconque.

Alors que je m'attendais à rencontrer un sauvage vêtu de haillons, il n'était pas dépenaillé. Taillés à la mesure de sa large carrure, ses habits étaient propres. Ses cheveux châtains et sa barbe étaient coupés avec soin. Ils ne portaient pas de griffes : ses ongles étaient soignés.

---

1. Bruit produit par certains insectes comme les cigales.

Son visage mat ne portait pas les cicatrices de ses combats contre les bêtes sauvages et son regard pétillait de vivacité alors que je m'attendais à devoir supporter l'air ahuri d'un être sortant de sa caverne.

J'étais chagriné.

Il était tellement semblable à n'importe quel H2A des métacités que mille idées me vinrent. *Rien ne le distingue de nous. Et si c'était un homme*[1] *? Possède-t-il des technologies avancées ? Porte-t-il des puces ? A-t-il des objets connectés ? Des* +Loin *? Ses vêtements sont-ils intelligents ?*

– 2 –

Qui fit le premier pas vers l'autre ? Je ne m'en souviens pas. En revanche, je me souviens lui avoir exposé ma situation. Concentré, il m'écouta, puis après avoir replacé la bandoulière d'une besace sur son épaule, il me tendit la main :

— Sylvain !

— Adam ! m'entendis-je répondre en lui serrant la main, après avoir marqué une seconde d'hésitation de peur qu'il me transmette des germes infectieux.

Après ce premier contact viril, il lâcha ma main, rangea ses outils et me fit signe de le suivre. Perdu et sans avoir réellement d'autre choix que d'obtempérer, je le suivais dans les bois :

— … Euh… vous vivez dans la forêt ? Ce n'est pas trop dangereux ?

— Tu n'as rien à craindre ici ! répliqua-t-il avec un fort accent.

1. En référence au récit de Primo Levi (1919-1987) publié en 1947.

— Il n'y a pas de bêtes sauvages ?

— Cela fait bien longtemps que les grands carnivores, les soi-disant prédateurs de l'Homme ont quasiment disparu. Tu es en sécurité, me glissa-t-il en éclatant d'un rire puissant.

Vexé, mais méfiant, je scrutais néanmoins chaque bosquet afin de parer à toute attaque lorsque mon guide relança la conversation :

— Je suis content de t'avoir rencontré… Les humains Améliorés sortent très peu des métacités !

Ayant la sensation étrange de ne pas être une curiosité à ses yeux, je cherchais une réponse quand le gargouillis de mon ventre fit sourire Sylvain :

— Tu as faim ? Tu as soif ? Si tu viens d'une métacité ton dernier repas doit être bien loin… Tu vois cette clairière ensoleillée ? Nous allons nous y poser pour nous restaurer.

– 3 –

Assis sur une pierre blanche ressemblant à un parpaing, le dos appuyé contre un tronc au pied duquel il avait posé ses outils, il entrouvrit son sac pour en extraire son repas ainsi qu'une gourde. Debout, cherchant un siège, je restais les bras ballants. Me voyant emprunté, mon guide m'offrit le sien, puis il s'installa sur un large pavé que je n'avais pas remarqué. Il commença par me proposer de l'eau. Après avoir hésité, j'acceptais tellement j'avais soif ! Très faiblement minéralisée, cette eau de source me procura un bienfait immédiat. Cependant lorsqu'il me présenta une partie de son déjeuner, je ne pus réprimer une grimace :

— Non merci. Je n'ai pas faim, mentis-je.

— Tu n'as rien à craindre ? Nous fabriquons notre pain et

1. Expert dans l'étude du comportement des auteurs d'infractions pénales.

même nos enfants le mangent.

Je secouais la tête avec plus de vigueur. Sans paraître offensé par mes refus répétés, il mordit dans son repas. L'estomac vide, je le regardais.

Le soleil était haut. Mes yeux parcouraient la forêt. Les chemins étaient plus lisibles, les taillis me paraissaient moins agressifs et les branches mortes étaient moins nombreuses à barrer les sentiers. *Peut-être suis-je déjà habitué à ce monde sauvage ou alors elle est entretenue ? C'est drôle, je n'aperçois ni Homo sapiens ni gourbi ou taudis,* pensai-je quand Sylvain me questionna sur ma vie de Métacitien :

— Dis-moi… tu n'as pas de puce d'identification ?

— … Non !

— Je ne sais pas si je peux dire que c'est dommage. Si tu en avais une, ton IA Centrale t'aurait déjà retrouvé et signalé à tes parents. Cela étant se perdre est parfois salutaire. C'est l'occasion de découvrir des lieux insoupçonnés…

À cet instant, ce trentenaire aux yeux clairs s'interrompit pour écouter un chant d'oiseau, puis poursuivit :

— Tiens un coucou.

— Comment connais-tu le fonctionnement des métacités ? m'enquis-je. Il haussa les épaules :

— Connaître le monde dans lequel on vit est la moindre des choses, non ? répliqua-t-il en haussant les épaules avant de se lever sans crier gare pour se diriger vers une espèce de liane sur laquelle il cueillit un raisin qu'il me tendit. Et ça, tu le manges ? Cette fois-ci, tu vois d'où ça vient.

Je toisais le fruit avec dégoût. M'abstenant de répondre que je n'allais pas bouffer un machin ne provenant pas d'un lieu sain et contrôlé, je répondis :

— Non merci. Je n'ai toujours pas faim !

Afin de masquer la crise d'inanition qui pointait, je m'étais exprimé d'une voix ferme. Cependant n'étant pas un chef-d'œuvre de maîtrise comme ma mère, un tremblement de paupière intempestif trahit mon trouble que l'*Homo sapiens* fit mine d'ignorer. Lavant abondamment le fruit avec l'eau de sa gourde, il chercha à me convaincre :

— Tiens ! Tu n'as rien à craindre ! Mange ! m'intima-t-il d'une voix engageante.

— … Non… vraiment… je n'en ai pas envie…

— Je comprends tes appréhensions, puisque ce fruit ne provient pas de la techno-serre, murmura-t-il visiblement déçu. Mais tu sais… la vigne s'est donnée tellement de mal à produire ce grain qu'il est malpoli de décliner un cadeau de la nature.

– 4 –

Plus tard, nous reprîmes notre route. Chemin faisant, je l'interrogerais et compris que je ne parcourais pas un bois quelconque, car les végétaux étaient cultivés. Curieux, je ne cessais de questionner Sylvain sur les essences qui m'enivraient. Il m'expliqua alors que je me trouvais dans une forêt appelée *jardinée*.

Arrivé dans une clairière, je découvris des noyers pris d'assaut par des lianes partiellement guidées et contrôlées. Les arbres étaient entourés de groseilliers aux pieds desquels des pois chiches et des salades étaient cultivés.

Instinctivement, ma puissance intellectuelle d'humain Amélioré m'imposa de calculer que la forêt *jardinée* utilisait beaucoup d'espace pour nourrir quelques *Homo sapiens. Il faut optimiser !* pensai-je. *On rase tout… On vend le bois et on construit une techno-serre ! Peu de superficie, beaucoup de rendements pour une profitabilité maximale, voilà ce qui relève du bon sens et démontre la supériorité éclatante des H2A !* conclus-je intérieurement, tout en écoutant Sylvain présenter avec passion les différentes plantes, leurs utilisations et leurs cycles de productions alternées selon les saisons.

Au fur et à mesure que nous progressions, les cultures étant de plus en plus nombreuses, j'en déduisis que nous devions approcher de son village.

J'avoue m'être préparé à un gigantesque saut dans un passé où seuls les *Homo sapiens* peuplaient la Terre. Je voyais déjà des huttes disposées en cercle autour d'un foyer, des toits de chaume et des murs de pierres mal taillées. Peut-être auraient-ils abattu quelques arbres pour s'asseoir et pour creuser des troncs afin de s'en servir comme baignoire ? Trop amusé à imaginer une horde habillée avec des peaux de bête m'accueillant avec déférence, je n'ai pas pensé une seconde à mes parents et encore moins imaginé qu'ils puissent s'inquiéter, surtout quand nous débouchâmes sur une immense plaine jouxtant une Cité nommée Phusis.

23

L'oiseau de Paradis

C'est fait, je suis un vrai H2A ! Ce matin, on m'a greffé une puce d'identification. En effet, après ma balade à Phusis et afin de calmer ma mère, je m'étais présenté avec la ferme intention d'être Augmenté ! Mais quand la nano seringue s'approcha de mes doigts, je fus pris de panique et acceptais de recevoir un puissant analgésique gazéifié. Alors que j'étais assoupi, le soignant m'observa avec un intérêt tout scientifique. Il faut dire que mes parents avaient choisi la *PAm++* qui, en matière d'amélioration cérébrale et d'anticipation, était la meilleure puce, toutes métacités confondues. Censées étendre mes capacités cognitives et prévoir mes désirs, cet implant sous-cutané développé par *Toujours+* avait pour mission d'accroître mon bonheur et mon épanouissement personnel. Pour mes parents, il était important que Like[1] puisse prédire mes envies afin d'y répondre dans les plus brefs délais.

Convaincus que ma nature d'humain Amélioré et Augmenté, ferait de moi ce qu'il y a de mieux dans les métacités, ils auraient aimé que la prise de contrôle en cas de démence soit désimplantée. Cependant, les composants de *PAm++* étant assemblés en série dans la ceinture industrielle, il était impossible d'en fondre une puce sur mesure.

1. Like : contraction de Liaque. Surnom affectueux donné par la nouvelle génération de Métacitiens à l'IA Centrale.

À la sortie de l'hôpital, mes parents m'encadraient. Le regard étincelant de fierté et un sourire supérieur aux lèvres, ils étaient soulagés d'être les géniteurs d'un véritable H2A tant mon refus d'être pucé pendant des années avait été une source d'inquiétude. Estimant que je prenais le risque de me marginaliser, combien de fois Guang avait grommelé :

— Tu vas finir comme Dio !

Mais aujourd'hui, j'avais cédé et encore ensommeillé, je puçais au portique du TIU où sans badge, je passais devant la masse sans visage, envieuse et menaçante des réfugiés climatiques.

Impériaux, ne se lassant pas du spectacle, mes parents me firent ouvrir la porte de l'appartement à plusieurs reprises. Ils étaient aux anges. Ce jour-là, je devins un habitant des métacités à part entière ! Terminées les errances dans les bois : j'étais désormais un H2A accompli.

Je pensais, et j'en suis désormais convaincu, qu'ils ont toujours amèrement regretté de m'avoir laissé m'égarer dans la forêt. Vivant mon escapade comme un abandon honteux et se reprochant plus encore de m'avoir infligé un contact avec les *Homo sapiens*, ils me couvrirent de cadeaux dès notre retour dans la Cité. Ainsi afin d'amoindrir mon traumatisme, je reçus une paire de *+Rapide*, un robot danseur, le dernier jeu de combat, une veste en fibres toniques, une dizaine de brioches de la techno-serre et une *+Lisible*.

Aussi, lorsque je réclamai ma puce, ils vécurent ma décision comme un soulagement et se félicitèrent du bien-fondé de leur éducation : mon séjour dans la forêt inhospitalière avait accru mon attachement aux métacités.

– 2 –

Assis en tailleur sur mon lit, mon doigt touchait le monticule douloureux entre mon pouce et mon index. Obsédante et dérangeante, une scène de mon court séjour à Phusis me revient constamment en mémoire.

Il devait être quatorze heures quand nous rejoignîmes une grande avenue. Alors que nous descendions davantage vers le centre de la Cité, j'écarquillais les yeux tant Phusis était bien loin du village minable que j'avais subodoré. Amusé de mon étonnement, Sylvain me lança des œillades et devina que mon ego de Métacitien était égratigné !

Ensuite, nous montâmes dans un transport rapide de très haute technologie, assez semblable à notre TIU. Cependant, l'espace dévolu aux passagers me déconcerta au point que je me surpris à maugréer avec mépris :
— Décidément… c'est une manie chez les Phusiens !

N'étant pas équipés de casque d'immersion, l'intérieur des wagons était garni de fauteuils. Constituées par des parois vitrées sans publicité, les ouvertures laissaient passer la lumière et permettaient d'observer la Cité. Le tube n'étant pas bondé, nous nous assîmes l'un en face de l'autre, à côté de la fenêtre. Ainsi, je regardais défiler un paysage urbain totalement différent de celui de Métacité. En effet, entourée de forêts, de champs et parsemée de parcs, cette ville d'apparence complexe m'étonnait. *Les Homo sapiens ont construit ça,* ai-je pensé, sans vraiment y croire.

Néanmoins, confortablement assis dans mon fauteuil, je contemplais cette cité atypique. Face à moi, Sylvain avait croisé ses mains sur son abdomen. Laissant son pouce gauche jouer avec une cicatrice située entre son pouce et son index, il m'interrogea :

— Pourquoi n'es-tu pas Augmenté ? Je ne parle pas de vos puces d'intellect, mais d'une puce d'identification ! À ton âge, tous les jeunes gens en ont une…

Les yeux braqués sur la vitre, je feignis de ne pas l'avoir entendu et continuais à observer ostensiblement le paysage. Ainsi, je remarquais que leurs constructions étaient d'une bêtise irrationnelle. Elles étaient si basses que l'on voyait le ciel et si écartées les unes des autres que l'espace se perdait au profit des végétaux ! Sans aucune logique, leurs habitats se trouvaient entre d'anciennes bâtisses ou étaient isolés dans la verdure. Parfois, ils étaient disposés en cercle avec un jardin central ou alignés sur la course du soleil.

Pour parachever le tableau, les domiciles avaient des formes hétéroclites. *Quelle laideur !* pensais-je. Seuls les matériaux de construction étaient homogènes. Je notais que leur principale ressource était une pierre blanche provenant de la forêt. Naturellement, le bois était omniprésent. Je remarquais qu'ils bâtissaient aussi avec des produits non dégradables comme du verre et du plastique. *En être réduit à construire avec des déchets, quelle pitié ! Ils n'ont ni matériaux intelligents ni immeubles verts ! Leurs habitats sont somme toute bien archaïques,* conclus-je au moment où mon guide relança le débat :

— Moi non plus, je n'ai pas de puce. Ce n'est pas que nous ignorons comment les poser… Le Conseil Phusien de l'Éthique a laissé à chacun la liberté choisir de la porter ou non. Je crois même qu'il la contre-indique, précisa-t-il en attendant que je réagisse.

Comme je restais de marbre, il poursuivit :

— Si j'ai bien compris, c'est plus un outil de surveillance qu'un truc qui facilite la vie… Pour ma part, je l'ai refusée, glissa-t-il insidieusement tout en observant mes réactions… Tout comme j'ai interdit que mes données soient transmises aux IA… Adam, tu n'es pas le seul à rejeter le système…

À cet instant, ma paupière tressaillit. Maudissant mes parents de n'avoir pas été capables de m'acheter un caractère moins émotif, mais refusant d'être accusé de dénigrer le modèle métacitien, je m'enhardis :

— Vous êtes totalement à côté de la plaque ! Je ne refuse pas le système ! Chaque fois que l'on a dû me greffer une puce, j'ai été pris d'une frayeur indicible et me suis débattu comme un robot lutteur, débitais-je d'une traite. Horrifiés, mes parents ont tenté de me maintenir de force au fauteuil… mais j'ai hurlé si fort que le médecin a ordonné que l'on m'évacue. Déshonorés d'avoir un enfant si peu enclin à devenir ce qu'il doit être, ils ont essayé de me sanctionner, mais comme ils sont toujours trop occupés… ils ont oublié les punitions et j'ai fait ce que je voulais.

— Tes parents n'ont jamais essayé de te convaincre ?

— Bien sûr que si ! À maintes reprises, ils ont souhaité en discuter… Puis, ils ont même tenté de glisser des tranquillisants dans mon *+Désaltérant*... Mais rien n'y a fait… Je crois que je souffre tout bêtement de bélonéphobie[1]… à moins que ce soit un machin qui m'empêche d'accepter cette puce…

— Il s'agit de ton instinct, répliqua Sylvain d'une voix empreinte de gravité. Cela s'appelle l'instinct de conservation, Adam… C'est une manifestation du bon sens, hérité de tes ancêtres *Homo sapiens*…

— C'est un truc de commère phusienne ! le coupais-je. Je

1. Phobie des aiguilles et des épingles.

ne peux pas ne pas avoir de puce. Je suis un Métacitien ! C'est mon identité, tu vois. Ce serait comme… comme un Phusien sans… sans ses poux !

À cet instant, Sylvain éclata d'un rire incroyable qui emplit la rame et fit trembler les vitres, puis il me tapa sur l'épaule d'un geste paternel.

– 3 –

De retour dans ma très chère cité et nouvellement H2A, je nageais entre deux eaux. D'un côté, j'appréciais les tranquilles retrouvailles avec la rassurante haute technologie de métacité et de l'autre, je ressentais la nostalgie de Phusis. En fait, j'avais besoin de partager mon ressenti, de faire part de mon expérience et d'expliquer les choses surprenantes que j'avais vues et vécues là-bas. Aussi, comme l'aurait fait tout jeune homme, je me tournais d'abord vers mes parents pour évoquer cette journée qui m'avait profondément bouleversé. Cependant, ils étaient toujours occupés par une réunion, par une urgence ou par un état infectieux. Lorsqu'au prix de mille ruses, j'eus un court échange avec eux, leurs réactions étaient au mieux épidermiques et au pire disproportionnées. Je ne pouvais aborder le sujet sans créer une situation de crise qui s'accentuait à chaque tentative. Mes parents refusant de me croire, j'en étais venu à douter de mes souvenirs. Suggérant que je m'étais assoupi dans l'autonomobile, mon père me livra leur version : *après avoir parcouru quelques mètres dans l'herbe, la présence d'insectes répugnants t'a imposé de nous rejoindre. Pendant que tu somnolais en regardant un film sur les* +Loin, *ta mère et moi avons fait nos réunions, puis nous avons regagné ensemble notre métacité.*

Étonné par cette fable, je revenais constamment à la

charge jusqu'à ce que mes parents refusent d'évoquer le sujet. Ne sachant pas si j'avais rêvé ou s'ils me mentaient délibérément, j'attribuais cette fabulation à leur volonté de dissimuler leur abandon fortuit, passible de rétrogradation. Néanmoins, j'explorais plusieurs encyclopédies et des sites depuis mon *+Présent* au risque de signaler aux IA mes préoccupations subversives. Cependant, je ne trouvais jamais d'explications convenables ou me heurtais à des pare-feux infranchissables. Heureusement pour me persuader de ne pas avoir rêvé, je relisais la longue lettre de Sylvain dont je cachais l'existence de peur que mon père ne me la confisque.

Cependant mettant mon malaise sur le compte de ma solitude d'enfant unique, mes parents m'offrirent un oiseau de Paradis Amélioré et Augmenté, dénommé le chantpioupiou. En vogue chez les Métacitiens, j'avais choisi la couleur des plumes de mon Paradisier auquel la société *Compamignon* avait greffé une puce connectée synchronisée avec le serveur de *Toujours+*. Ainsi mon chantpioupiou dormait dans une cage intelligente qui veillait à son confort. Tous les soirs, je programmais mon *+Présent* pour qu'il me réveille avec le chant de mon choix. Lorsque l'envie m'en prenait, je lançais une ritournelle qu'il interprétait. Bien entendu, mes amis crevaient de jalousie et mes parents étaient heureux de la distraction que cet oiseau m'apportait, même si je le faisais voler dans le salon en le surnommant Phusis pour montrer à ma mère que je n'avais rien oublié.

– 4 –

Mais lorsque j'évoquais cette cité, nul n'était réceptif à ce que j'avais découvert durant cette journée hors-norme.

Persuadée que j'avais été la cible d'hallucinations, Grace se moquait de moi ouvertement :

— Mais oui ! Je te crois ! Tu t'es baladé dans une Cité dont personne n'a jamais entendu parler ! C'est évident !

— Bien sûr, soutenais-je avec aplomb.

— Une Cité où l'on ne porte pas de masque ! Une Cité où le respect du vivant est une valeur centrale ! s'exclamait la fille de Heaini en secouant ses boucles rousses. Une Cité où l'on ne pratique pas l'Amélioration humaine ! Ne faudrait-il pas être stupide pour se priver de pareille opportunité ?

— Adam, j'envie ton imagination ! ironisait mon meilleur ami Sékou qui appréciait beaucoup Grace.

Pour ne pas me fâcher, je renonçais rapidement ou je me contraignais à rire avec eux, même si en mon for intérieur, je savais que je n'étais pas seul. En effet, Heiani m'accordait une oreille attentive : lorsque Grace était un nourrisson, un marginal lui avait hurlé d'aller vivre à Phusis. Ainsi, elle m'orienta vers Dio que je rejoignis un jour dans le parc Gate, alors que mes parents m'avaient laissé sans surveillance.

Sur les indications de Heiani, je le trouvais au milieu de son misérable potager. Usé par la pauvreté, il semblait ne pas avoir d'âge. Alors qu'à pas comptés, je m'approchais, il me fit signe d'avancer vers lui. Mis en confiance, je le questionnais tout de go :

— Heiani… Une amie de mes parents… m'a dit que vous pourriez me renseigner ?

— Elle est comment l'amie de tes parents ?

— … Rousse… Rousse et maigre…

— … D'accord… pose ta question !

— Il paraît que vous connaissez Phusis ?

Dio fit une moue, puis me toisa.

— Oui, jeune homme. D'où connaissez-vous cette Cité ?

Prenant une profonde inspiration, je choisis de ne pas mentir, quitte à être traité de rêveur :

— J'y suis allé !

— Mais ! Pourquoi tu n'y es pas resté ? Pauvre fou !

— … À cause de mes parents… L'habitude aussi… Métacité est ma Cité.

— Pauvre gamin ! Tu aurais pu quitter cette Cité ! Moi, j'ai choisi de ne pas y aller. Ce tonneau est mon purgatoire. Mais toi, tu es innocent. Satanée Métacité ! Regarde ces plantations… Ici, j'essaie de faire Phusis. Mais rien ne pousse. Que faire quand le sol et l'air sont viciés et que le soleil a disparu ? Plus rien… sauf convaincre par la parole et attendre la mort. Tu as une puce d'identification, petit ?

— … Euh oui… Toute neuve, fraîchement posée. J'ai même une *PAm++* !

— Tu es foutu mon petit gars… foutu… foutu, répéta-t-il alors que les larmes lui montaient aux yeux.

— Foutu ? Comment foutu ?

— Oui… Foutu… je suis désolé…

— Qu'est-ce que ça veut dire foutu ?

— …

— Je vous en prie… expliquez-moi !

Muré dans le silence, Dio me congédia d'un geste du menton. Je rentrais alors à l'appartement avec plus d'interrogations que lorsque j'en étais descendu. *Foutu*, me répétais-je inlassablement. Puis, réfugié dans ma chambre, je me rassurais comme je le pouvais. *Quelle valeur accorder aux mots d'un fou marginal ?* pensais-je avant de m'endormir.

24

Les doutes de Grace

Assises dans la cuisine, Heiani et sa fille discutent. Un an plus âgée qu'Adam, Grace est une ravissante jeune femme de seize ans. Héritée de sa mère, sa chevelure rousse lui coule jusqu'en bas du dos. N'ayant pas un physique de brindille qu'un +*Propre* pourrait aspirer comme un fétu de paille, elle est plantureuse. Grande admiratrice de Nour, elle est toujours habillée avec une élégance rare, travaille son allure générale et sent les tendances. Par ailleurs, son regard hautain exprimant sa fierté de Métacitienne, elle s'inquiète des dérives du fils de son mentor :

— Maman, tu te rends compte ? Il prétend avoir visité une Cité qui n'est pas une métacité !

Sans répondre ni lever la tête, Heiani continue de réparer la liseuse.

— Oh ! Mamaaan ! Je te cause là ! Je crois qu'Adam devient maboul. J'te jure !

Un tournevis dans une main, la +*Lisible* dans l'autre Heiani regarde son enfant :

— Ah bon ?

— *Ah bon* ! C'est tout ce que tu trouves à dire ! Il raconte des choses insensées ! Le fils de tes amis dit des folies… et

toi tu réponds… *ah bon*… Maman, réveille-toi !
— Huum.

Excédée par la désinvolture de sa mère, Grace lui retire le tournevis de la main et la fixe dans les yeux :
— Maman, c'est grave ! Il divague… Depuis leur voyage je ne le reconnais plus. Il est bizarre… Il parle de trucs déments… de robots jardiniers qui obéissent aux hommes… de toits végétaux… de micro-organismes marins bleus qui brillent dans la nuit ! Il est bon à enfermer !
— Grace… S'il est dingue, laisse-le rêver à un autre monde, réplique-t-elle en haussant les épaules. Si cette Phusis existe alors… Allez… donne-moi ce tournevis. Je dois réparer ta liseuse.
— Maman ! Arrête de vouloir retaper ce truc… Il est foutu ! Si tu tiens absolument à ce que je possède ce genre de chose inutile… achète-moi la dernière *+Lisible* !

S'abstenant de répondre, Heiani branche une étrange tige métallique dont l'extrémité est pointue.
— C'est quoi ce machin ? interroge Grace d'un ton inquisiteur.
— Un fer à souder. Je l'ai trouvé dans la ceinture industrielle. C'est très pratique pour réparer !
— Maman ! Arrête ! Tu ressembles à ce bon à rien de Dio ! Regarde-toi, tu récupères des déchets pour essayer de rénover un truc tout juste bon à être donné aux *Homo sapiens* nécessiteux. En plus, j'ai tellement honte de cette antiquité !

Concentrée, Heiani poursuit en silence. Elle y est presque. Une pièce s'est détachée, mais elle se trouve derrière un circuit imprimé. Aussi, la Métacitienne marmonne :

— Heureusement qu'ils ont interdit l'obsolescence programmée et promu la réfection des objets. Les IA se moquent de nous parfois.

Grace se dandine sur la chaise. Elle relève ses cheveux et en observe les pointes :
— Maman… Adam me fait peur.
— Pourquoi ?
— Depuis qu'il est revenu, on s'envoie moins de *Hum*[1] et notre coefficient d'amitié a diminué.
— Tu t'es inscrite sur *Cœurpatible amitié ?*
— Tout le monde l'est…

Depuis quelques années, la chute du nombre de Hu-Mess expédiés conjuguée à l'isolement au travail a conduit l'IA à cette conclusion inquiétante : le tissu social se désagrège. Faisant ce pour quoi elle a été programmée, Liaque a proposé aux Métacitiens un créateur de lien social. Afin d'encourager les interactions entre H2A, à chaque rencontre ils sont appelés à s'évaluer mutuellement sur l'application *Cœurpatible amitié*. Ainsi, ceux ayant une vie collective bien remplie et une bonne note ont des avantages variés. Ainsi dernièrement, Grace a obtenu des réductions sur les accessoires fabriqués par les grandes firmes transcitéennes. Tout le monde y gagne : reconstruction des relations entre Métacitiens, accroissement du sentiment de prospérité par l'acquisition d'objets et développement de la sécurité affective par l'amitié !

Désormais, Heiani a cessé de souder. Elle débranche le fer et interroge sa fille :
— Tu lui as mis moins de trois sur cinq ? s'inquiète-t-elle en grattant l'une des plaques rouges qui s'étend jour après

1. Hum : contraction de Hu-mess par la nouvelle génération de Métacitiens aux Human-Messages.

jour dans ses jointures : coudes, genoux et aines.

— Pas encore, mais j'y pense parce que j'ai l'impression qu'Adam est peut-être dangereux pour la Cité et pour nous… Et puis, j'aurai bientôt un coupon pour une *+Lisible*. Ça t'évitera de réparer cette antiquité !

— Donc, si je résume… tu es prête à signaler ton ami qui va mal au lieu de l'écouter… et tu es prête à le signaler pour une réduction sur un produit qui ne t'intéresse pas ?

— Maman, tu comprends rien ! C'est important que Like soit au courant, elle pourra l'aider !

— En le rétrogradant ? En le renvoyant du lycée ? En le séparant de sa famille et de ses amis ?

Puis, se redressant, elle s'indigne :

— Ça jamais ! C'est compris ! JA-MAIS ! ce serait une honte.

— D'accord, d'accord, je disais ça comme ça… Puis, lors des vidéos cours on nous a bien expliqué que nous devions tous veiller au bon fonctionnement de notre métacité, si l'on ne veut pas être écrasés par les autres, précise-t-elle en évitant le regard soupçonneux de sa mère. Ben oui… pour être les meilleurs il faut éliminer ceux qui entravent l'ascension. Et franchement en ce moment Adam… il est inquiétant. J'ai peur qu'il commence à ne plus aimer Like.

— Ne fais jamais ce genre de chose. Les IA sont assez puissantes pour identifier les déviants ! Tu n'as pas à dénoncer un ami parce qu'il te semble bizarre. C'est compris ?

— Oui, oui, c'est promis, je le jure sur la tête de *Rany*… Je ne signalerai pas Adam… et je ne suggèrerai à personne de le faire. Tu es contente ?

Sans répondre, Heiani se penche vers la liseuse, l'allume et sourit en constatant qu'elle fonctionne :

— Tu vois, on n'est pas obligés d'en acheter une nouvelle !

— Maman, tu me fais honte. Tu ne peux pas faire comme tout le monde et me prendre la nouvelle version ? Peut-être qu'Adam est cinglé, mais lui au moins il a la dernière +*Lisible* et un chantpioupiou !

Alors que Heiani lui lance un regard de reproche, Grace empoigne le livre électronique :

— Okay… merci Maman. Tu es une chouette mère.

Heiani s'avance pour l'étreindre, mais sa fille est déjà partie ranger l'objet dans son sac.

25

Indira

À grandes enjambées, Indira se dirige vers les studios de *Toujours+* où elle doit réaliser une publicité pour le nouvel oreiller connecté : le *+Reposé*. Vêtue d'un trench-coat vert pâle, sa silhouette se distingue au milieu de la morosité grise des Métacitiens. Âgée de 21 ans, elle est d'une beauté remarquable avec ses yeux en amande marron clair, ses cheveux ondulés bruns et surtout sa prestance naturelle qui sublime ses moindres défauts. Il faut dire qu'avant sa conception, ses parents ayant décidé qu'elle serait top model, ils l'ont inscrite dès sa plus jeune enfance dans une agence de mannequinat. Si elle n'a pas poursuivi d'études supérieures, son métier lui a permis de parcourir toutes les métacités et d'appréhender chaque repli de l'âme des H2A. Contrairement à beaucoup de Métacitiens, les mégapoles, leurs ambitions et leurs rouages n'ayant aucun secret pour elle, Indira est loin d'avoir une vision béate de leur Cité et de son modèle. Néanmoins, elle a toujours évité de faire part de son point de vue. En effet, une IAlerte négative étant si vite arrivée, Indira a vu des mannequins aspirées par la spirale de la dégradation, surtout depuis la popularisation de l'application *Cœurpatible amitié* où sous couvert d'améliorer la société métacitienne, il est aisé de dénoncer un déviant, voire de briser une carrière sur une simple suspicion.

Quel boucan ! peste-t-elle intérieurement. Tout en marchant au pas, elle aimerait se boucher les oreilles, car il est impossible de se concentrer sur le *tic-tac*. En effet, depuis que les chantpioupious sont passés de mode, se déplacer dans les rues de Métacité est un calvaire. Lassés par leurs oiseaux connectés, les propriétaires les ayant abandonnés, leur piaillement est infernal. *Les Métacitiens n'ont pas de cœur ! Ils achètent un animal, le traitent comme un objet, puis le jettent sans remords,* s'insurge-t-elle au moment où elle passe devant une première masse de réfugiés climatiques et détourne le visage de honte.

Ensuite, elle s'engouffre dans la bouche du TIU, puis monte dans un wagon où elle dédaigne les sphères d'immersion afin de ne pas être coupée du monde tant elle aime sentir, analyser et comprendre. Positionnée dans un angle de la rame, depuis ses *+Loin,* elle relit le script du spot qu'elle s'apprête à tourner :

— *Pour profiter pleinement de vos journées...*

[Parfaitement maquillée, le teint lumineux, vous vous réveillez et arborez une mine sereine. Sourire à la caméra. Dans un kimono de soie impeccablement ajusté, vous vous étirez, vous vous levez et sortez du champ. Le réalisateur zoome sur l'oreiller.]

... *confiez vos nuits au nouveau* +Reposé !

[Enregistrement diffusé en voix off pendant le plan sur le produit.]

Grâce au +Reposé, *mes créations sont toujours plus lumineuses !*

Levant les yeux au ciel, Indira grommelle :

— Quelle soupe infâme ! De quoi rendre les H2A encore plus idiots !

Son regard se perd. À chaque fois qu'elle s'apprête à tourner une publicité qui heurte ses convictions, Indira doit couper court aux doutes qui l'envahissent. *Il faut bien vivre ! Il faut bien gagner sa vie, même en proférant des âneries,* se martèle-t-elle.

Alors, elle éteint ses *+Loin,* puis dévisage les passagers, scrute les visages, dodus, longs, larges ou fins, repère leur tristesse malgré la profusion d'objets connectés. *Prospères, mais pas plus heureux,* constate Indira.

Le TIU s'arrête. Elle en descend et gravit les escaliers qui mènent à la chaussée. Son masque bien ajusté, l'oreillette fixée au pavillon, le top model sort à l'air libre.

Devant elle marche un homme au dos rond. Le regard figé, le pas régulé à la seconde près, des baguettes dans la main droite, un récipient en carton dans l'autre, il mange des nouilles frites. Subjuguée, Indira observe son attitude. *Impressionnant ! Il ressemble à un automate.* Les mouvements de ses bras et de sa mâchoire sont calqués sur sa démarche. *On dirait un danseur ou une caricature d'H2A*, ironise-t-elle quand soudain, il s'immobilise face à un groupe de réfugiés climatiques et leur tend son repas. Ces derniers le remercient. Le Métacitien repart. Après un échange rapide entre eux, ils offrent le pot à un vieillard qui le partage avec un enfant. Estomaquée par ce geste de générosité, Indira s'arrête brusquement, alors que des H2A la bousculent :
— Oh, ça ne va pas s'arrêter comme ça ? L'oreillette, c'est pour les *Ho's ?*

Spontanément, la jeune femme reprend sa marche en avant pour rattraper l'inconnu, sans se préoccuper du *tic-tac* et le saisit par le bras :

— Monsieur ! Pardon... monsieur…

— Oui ? Qu'est-ce que vous voulez ? s'inquiète ce Métacitien, âgé d'une vingtaine d'années. Mais dites-moi… vous ne seriez pas l'H2A des publicités de *Toujours+* ?

Essoufflée par sa course pourtant brève, le souffle court et la gorge irritée malgré le masque, Indira éprouve des difficultés pour répondre :

— ...Euh… Oui… Mais… On… s'en moque. Ce que vous venez de faire… est… tellement rare…

Haussant les épaules, le passant l'interroge :

— C'est comment de voyager dans toutes les métacités ? Quelle chance vous avez !

— Je ne parlais pas de ça ! Vous venez de faire quelque chose de tellement fort !

— Ah ? Vous trouvez ?

— Mais oui ! C'est si généreux de l'être avec ces pauvres gens…

L'H2A la toise d'un air surpris. Puis, il regarde les réfugiés climatiques et lui coupe la parole :

— J'avais fini mes sobas[1]… il ne restait que le maïs que je déteste. La prochaine poubelle étant trop loin… Mais dites-moi… Indira, c'est votre nom ? À propos de *Toujours+,* c'est merveilleux d'être au cœur d'une si belle firme, je…

Soudain, il s'arrête. En un instant, son regard mielleux change. En proie à la panique, il observe Indira avec suspicion et affolé, il poursuit :

— C'est pas interdit par Like de nourrir les réfugiés cli-

1. Nouilles japonaises faites de farine de sarrasin.

matiques, hein ? Je ne voulais pas leur permettre de proliférer, vous savez… Ne me signalez pas, s'il vous plaît, je vous en prie ! Je vous mets un cinq sur cinq sur *Cœurpatible amitié* si vous voulez ! Et puis, j'adore *Toujours+*... j'adore ce que vous faites… Je dois y aller… Que Like vous garde ! conclut-il en tournant les talons.

L'inconnu repart à vive allure et jetant des coups d'œil effarés à Indira, il surveille ses gestes pour voir si elle lance la reconnaissance cardiaque, le géolocalise et le dénonce pour action anti-métacitienne. Abasourdie, Indira reste immobile quelques secondes. *Évidemment, que je ne te signalerai pas, pauvre imbécile ! Pour quoi faire ? Pour gagner une réduction sur un* +Reposé *?* raille-t-elle au moment où son regard se pose sur un pauvre bougre qui, n'ayant pas eu à manger, suce le carton pour en extraire les sucs.

Atterrée par son impuissance, Indira baisse la tête et réintègre le flux selon le rythme dicté par l'IA urbaine.

26

Jeu de main, jeu de vilain

Ce jour-là, je finissais de programmer le robot ménager avant de partir pour l'Université de Science politique, lorsque je reçus un *Hum* de Heiani :

— Adam, Grace a été agressée ! On lui a volé sa puce d'identification. Rejoins-moi à l'hôpital Job !

Paniqué, je sautais dans le premier TIU. En chemin, je frissonnais de peur en pensant que mon amie avait peut-être la main sectionnée. Pour me rassurer, je me disais également que ça aurait pu être pire : *on aurait pu lui voler ses puces cérébrales, voire la tuer.*

Immense cube sans âme, l'hôpital n'était quasiment peuplé que de *Robin's*. Dès l'entrée, un *+Serviable* m'orienta rapidement vers l'aile où Grace était soignée. Arrivé à son étage, je puçais pour pénétrer dans une pièce minuscule meublée d'un lit à barreau. Pale, étendue sur le dos et couverte de fils, Grace dormait. À la place de sa main droite, elle avait un bandage sous lequel se trouvait un moignon.

Assise sur le seul tabouret disponible, Heiani sanglotait. À ses côtés, affichant un mépris ostensible pour la sensiblerie, un médecin vérifiait le goutte-à-goutte.

À cet instant, il me sembla que la maman de Grace avait encore maigri : elle était désormais quasiment squelettique. Les plaques rouges de ses coudes s'apprêtaient à rejoindre celles de son cou. Elles étaient si enflammées que l'on aurait pu croire que sa peau aller s'émietter.

Le cœur serré, je m'approchais de l'amie de mes parents et l'enlaçais sans me soucier du ricanement du soignant. Les pleurs d'Heiani cessèrent peu à peu, puis elle sécha ses larmes et put enfin me raconter ce qui s'était passé :

— Grace se dirigeait vers le TIU. Elle a traversé le raccourci entre nos immeubles. Quelqu'un la guettait… L'agresseur lui a coupé la main. Il s'est enfui et l'a laissée là ! Tu imagines… Grace gisant dans son sang, murmura-t-elle en secouant la tête de désespoir. Un H2A l'a découverte et a appelé les secours…

Pour la réconforter, je posais ma main sur son épaule et m'apprêtais à partager sa peine quand Grace me devança :

— C'est forcément le coup d'un réfugié climatique ! Maman, tu as pleuré… Arrête, on dirait un *Ho's* ! Et toi Adam, tu ne devrais pas être en cours ? Tu veux être déclassé ou quoi ?

— Je m'en fous de Like ! Tu es mon amie. Tu es blessée. Je me dois d'être là !

— Allez Adam… c'est bon ! s'écria-t-elle avec fermeté. Il n'y a pas de quoi en faire un drame… On va me poser une main bionique avec une puce intégrée et je pourrai très vite repartir. Je ne veux pas rater mon cours d'agronomie et recevoir une IAlerte négative, moi ! Je veux réussir ma vie, moi ! En revanche, je veux que l'ordure qui a fait ça soit éjecté de notre Cité et jeté vivant aux robots-dépeceurs !

Quelques minutes plus tard, un enquêteur de la police

métacitienne fit son entrée. Après avoir filmé le témoignage de Grace avec ses +*Loin*, il exprima son intime conviction :

— Il n'est pas évident que ce soit un réfugié climatique… l'agresseur étant masqué, Like n'a pas pu discerner son visage… Mais il est vrai qu'un H2A a peu d'intérêt à commettre ce crime, car nous sommes porteurs d'une puce d'identification et avons tous accès aux mêmes services. L'enquête sera longue, mais Liaque punit toujours les coupables… Dès que l'enquête sera résolue, Like vous enverra une IAlerte avec la sentence prononcée… la perte de votre main ne restera pas impunie…

Démontrant sa force de caractère et son absence d'empathie pour elle-même et pour autrui, Grace intervient :

— Ma main, c'est pas grave… Dans dix minutes, j'en aurai une plus performante… En plus, à quoi elle sert ? Pour les petits plaisirs, on a *Orgasmus* ! N'est-ce pas maman ? ricana-t-elle. En revanche, la souveraineté sur mon corps étant garantie par Liaque, je prendrais très mal que mon statut de victime ne soit pas reconnu… Depuis mon +*Présent*, je veux l'entendre hurler de terreur et de douleur pendant que les pinces des robots le déchiquettent petits morceaux par petits morceaux !

N'ayant rien à ajouter à l'application d'une sanction pénale destinée à réprimer la récidive, le policier s'éclipsa afin de laisser un *Robin's* œuvrer.

Après une prise d'antalgique opiacé et quelques manipulations, les nerfs du poignet de mon amie furent connectés. Sous mon regard ébahi, le robot infirmier travailla avec la minutie d'une dentellière. À la manière d'une danse des mains à l'élégance peu commune, ses pinces manièrent câbles, vis et tendons avec une virtuosité sans égale. Fait rare ici : le robot était au service de l'Homme. Sans savoir comment un souvenir de Phusis me revint en mémoire, il fut une bouffée d'oxygène dans cette métacité que je comprenais de moins en moins.

– 2 –

Progressant à vive allure vers l'Agora qui constituait le centre de la Cité, Sylvain et moi étions assis dans le tube. Pour des raisons qui m'échappèrent, l'*Homo sapiens* demanda un arrêt afin de poursuivre à pied. Le soleil de l'après-midi chauffait nos dos et commençait à étirer nos ombres. Sans masque antipollution pour protéger mon visage, j'étais assailli par mille effluves. De mauvaise foi, je râlais intérieurement : *les Phusiens semblent prendre un malin plaisir à entretenir des plantes aromatiques et odorantes pour incommoder les piétons !*

Je notais que chaque habitat disposait d'un jardin. Décoratifs ou nourriciers, j'admettais qu'ils étaient jolis. En revanche, constatant que les légumes étaient cultivés à profusion, mais en variété limitée, je provoquais Sylvain :

— Pourquoi semer si peu de légumes ? Vous n'en connaissez pas d'autres ou vous ne savez pas ?

Amusé, il se planta devant moi :

— Pourquoi cette question ?

— Ma mère dirigeant la plus grande des techno-serres, je maîtrise bien l'agroalimentaire… Nous faisons pousser tous les légumes connus… Certes, je reconnais que c'est complexe, même pour un H2A ! ajoutais-je avec condescendance.

— Adam… Adam… nous sommes en été, soupira-t-il. En été, nous faisons pousser des légumes d'été.

— Je ne comprends pas… Vous savez faire pousser toutes les plantes ? Oui ou non ?

— Évidemment, mon garçon… Nous savons faire pousser tous les légumes, mais jamais hors période. Non seulement cela gâche l'énergie et l'eau, mais de surcroît les légumes n'ont aucune saveur ? As-tu déjà eu le nez qui pique en dégustant un radis ?

— … Euh… non… Je sais juste que ça croque sous la dent… comme la tomate…

— Tu as bien des choses à découvrir, mon garçon, murmura-t-il en m'adressant un large sourire.

Vexé, je décidais de le pousser dans ses retranchements :

— Et les nuisibles ? Vous savez ce que c'est ?

— Non…

— C'est ça ! m'exclamais-je, les yeux brillants en désignant un amas d'insectes rouge et noir répugnants.

— Ça ? Ce sont des gendarmes ! Non seulement, ils sont inoffensifs, mais ils sont utiles, car ils mangent les insectes morts…

— Beurk !

— Ne dis pas ça ! Ce sont des aides précieuses. Chacun régule la population de l'autre… Là, tu vois… c'est un pince-oreille. Il mange les pucerons qui altèrent nos plantes. Même les mauvaises herbes sont utiles, précisa-t-il en désignant de la main des plantes semblant pousser de manière anarchique entre deux pieds de tomates. Adam… l'Homme vit dans un écosystème…

— Éco quoi ?

— Écosystème… Il se définit comme une relation entre les êtres vivants… le nôtre est durable car il est préservé !

Excédé de ne pas pouvoir démontrer la supériorité des Métacitiens, je ne tardais pas à achever de me couvrir de ridicule alors que j'observais des robots-jardiniers œuvrant dans des potagers, sous les ordres vocaux des *Homo sapiens*. Songeant à ma mère obligée d'appliquer les directives de Like sans discernement, je m'exclamais :

— Qui donne l'alerte ?

— … L'alerte ? Quelle alerte ?

— Ben oui… l'alerte… Quand la techno-serre est attaquée par un parasite, ma mère est prévenue via ses *+Loin*, y compris le week-end d'ailleurs… le mildiou[1] est fourbe… il adore sévir en dehors des jours ouvrables…

— Ah bon ? Et que fait ta maman ?

— Ben… elle se précipite à la techno-serre… et détruit les plants… Que voulez-vous qu'elle fasse d'autre ? Vous avez une autre solution ?

— Oui ! Nous ne détruisons rien… Nos robots-jardiniers arrosent chaque plante à l'eau tiède savonneuse et… en cinq minutes… les maladies cryptogamiques[2] disparaissent aussi naturellement qu'elles sont arrivées.

– 3 –

En me remémorant mon ineffable prétention, je ne pus m'empêcher de rougir subitement, alors que Grace continuait à maudire la Terre entière en faisant bouger ses doigts avec une dextérité surprenante :

— Vous allez me regarder longtemps comme une bête curieuse ? Maman, va régler l'intervention et la prothèse pendant que le robot-plasticien finit le boulot. Ensuite, tu me ramènes à la maison ! ordonna-t-elle sans savoir que pour avoir emprunté une *voie non recommandée*, l'assurance refusant de couvrir l'agression, sa mère devra s'endetter.

1. Maladie causée par des champignons minuscules et qui attaque diverses plantes.
2. Maladies provoquées par des champignons.

Resté seul avec Grace, j'observais le travail d'orfèvre du robot. Je songeais : *de belles choses sont possibles dans les métacités.* Après avoir prélevé un poil sur son avant-bras et une partie infime de son épiderme, il construisit en quelques secondes une enveloppe de synthèse identique à la peau de Grace qu'il déposa sur la prothèse et la souda à ses chairs. Après une ultime vérification, il lui implanta une nouvelle puce d'identification. Comme par enchantement, Grace recouvra le sourire : une heure après les faits, son agression n'était désormais plus qu'un mauvais souvenir !

– 4 –

Sur le chemin du retour, nous devisions sur la nécessité d'endiguer la criminalité des migrants climatiques, quand le +*Présent* de sa mère tinta. Lisant le Hu-mess, elle commenta sobrement :

— Ils ont arrêté le coupable ! Ce n'était pas un asilé environnemental, mais… tout bêtement… un H2A !

— Bon, okay… il y a des abrutis partout… mais les déplacés n'en demeurent pas moins un fléau, maugréa Grace. Maman… dis-moi comment il s'est fait choper ?

— Il a fait des emplettes depuis son téléphone ! Il a tranché ta main pour une paire de +*Loin* et un +*Reposé*…

27

À la croisée des chemins

Épuisé par sa journée de travail, Guang se laisse tomber sur son canapé. Sans prendre le temps de se reposer, il repart plugger son *++Présent* sur le socle des enceintes, puis range son manteau et ses effets personnels. Il ôte son chapeau à bord mou et contemple son reflet dans le miroir fixé au mur. D'un mouvement lent, il passe sa main sur son crâne. Clairsemés, ses cheveux ne sont plus blonds et tirent désormais vers le jaune décoloré. Du haut de ses cinquante ans, il est pris de vertiges. Il se sent vieux, usé et lessivé. La mélancolie qui l'habite depuis des années semble avoir définitivement miné son cœur. Pour dissimuler les affres du temps, Nour lui avait imposé de porter un couvre-chef : *Tu verras, ce sera la tendance dans quelques mois !* avait-elle assuré. Et elle ne s'était pas trompée.

Guang range le chapeau et file dans la cuisine. Alors qu'il se dirige vers le *+Goûteux* pour vérifier la cuisson des lasagnes et contrôler si le robot cuisinier a préparé la salade composée, une quinte de toux violente le plie en deux. Le visage rouge, ses yeux bleu délavé quasiment révulsés, Guang court vers la salle de bains pour commander un anti-douleur à la sphère médicale. En quelques secondes, le comprimé est livré par un système de tuyauterie semblable à celui reliant les techno-serres aux *+Goûteux*. Il l'avale sans se poser de question. De retour dans le salon, il vérifie du regard que tout est en ordre, puis à pas de loup, il pénètre dans la chambre d'Adam. Désormais âgé de dix-neuf ans, son fils est immergé dans le dernier jeu de *Colosseum*. Ne souhaitant pas le déranger, il se contente de fermer la porte avec la plus grande précaution.

La porte d'entrée claque !

Toujours aussi énergique, Nour déboule dans l'appartement. Les bras chargés d'un gâteau et de jus de fruits de la techno-serre, elle s'avance pour embrasser son époux. En triant les courses, ils échangent quelques banalités à propos de la réception de leurs amis.

– 2 –

Félicien et Émy arrivent les premiers. Faisant preuve d'élégance, il arbore un pull coloré dont les manches sont ornées d'un dessin aux formes géométriques. Malgré le temps, ses cheveux sont drus et son visage a gardé son charme de poupon, bien qu'il ait de profondes poches sous les yeux. Quant à son épouse à nouveau enceinte, elle porte une robe qui ne dissimule rien de sa poitrine gorgée de lait. *Ses cheveux ramenés en arrière par une queue-de-cheval haute soulignent son regard bovin. Avant de venir, elle aurait quand même pu avoir l'élégance d'aller se faire traire à la coopérative,* pense Nour en l'embrassant hypocritement, alors que Guang lance la conversation :

— Asseyez-vous, mes amis. On va boire l'apéro… ça fera venir Heiani.

— Ton fils n'est pas là ? s'enquiert Félicien.

— Non… Il est dans sa chambre… il teste un nouveau jeu vidéo. Vous n'avez pas eu trop de soucis pour venir ?

— Ne m'en parle pas ! Entre la sortie du TUI et chez toi, on a croisé une multitude de *chatseurs*… Si c'est pas malheureux d'avoir été obligé d'inventer des chats connectés pour débarrasser la Cité des chantpioupious abandonnés… ça coûte une fortune !

— Certes, mais c'était indispensable, intervient Nour. Avec leurs piaillements, on n'entendait plus rien dans notre oreillette… Je ne t'explique même pas l'incidence sur le flux piétonnier ! Il était temps de les exterminer !

— Ce n'est pas ça le plus inquiétant, grommelle Guang.

— Ah bon ? Parce qu'il y a plus grave que d'arriver en retard au boulot ?

— Ben… je m'inquiète pour les incendies qui ont ravagé pendant des semaines les zones de production et de stockage de la ceinture industrielle.

— D'autres métacités ont été victimes de ce genre d'accidents, avance Émy pour se rassurer.

— Guang a raison, renchérit Félicien. Nous devons lutter contre une pollution extrême de l'air. Elle est si forte que nos masques parviennent tout juste à la contrer.

— Oui… oui… mais Like a mis en place l'appli *+Verte* que Guang a supervisée, ajoute Nour avec fierté.

— Alors, le problème est résolu ! Je vous rappelle que l'eau de la Cité est inconsommable ! Les ruissellements toxiques qui ont suivi les feux ont achevé de la polluer…

— Félicien ! On s'en fout ! On a les douches aédriques !

— Si tu le dis ! Je ne suis pas convaincu. Métacité devient de plus en plus lugubre !

Une chape de plomb s'abat dans le salon. Pour changer de sujet, Félicien interroge Nour sur ses *Encore+Loin*. Sous le regard envieux d'Émy, elle s'apprête à en faire la démonstration quand Heiani déboule dans le salon.

– 3 –

Éssoufflée, les cheveux en bataille, les voies respiratoires non protégées, Heiani arrive enfin :
— Salut la compagnie ! Pardonnez mon retard, mais j'ai dû reprogrammer mon vieux +*Propre* qui avait omis de préparer le repas de Grace !

Remarquant son visage est recouvert de plaques rouges, Émy la salue gentiment :
— Bonsoir Heiani. Je suis contente de te voir. Mais avec les incendies, tu devrais faire attention et mettre ton masque.
— Pfff… Il faut bien mourir de quelque chose… Vous avez vu ces incendies ? C'est la catastrophe !
— Nous en parlions à l'instant, intervient Nour. Tu sais que Guang a codé la +*Verte* ?
— Ouais… Encore un truc pour nous surveiller !
— Tonnertruant ! Bien sûr que non ! C'est pour nous obliger à calculer notre impact sur l'environnement ! Grâce à cette appli, notre Cité va à nouveau respirer !
— Bravo ! Tu as bien appris ta leçon mon p'tit Guang ! Si tu ne respectes pas le seuil que l'IA t'a fixé, tu as une IAlerte négative et tu encours la rétrogradation ! Tu appelles ça aider ? Pour moi, ça veut dire fliquer !
— Ça y est… t'es repartie dans tes délires !
— Mes délires ! Non mais, tu plaisantes ? Regarde ces plaques rouges… c'est leur saleté de douche aédrique qui me provoque ces allergies ! Il faudrait que je repasse entièrement mon corps à l'eau. Mais comme elle est polluée et que la décontamination à un coût trop important… et bien…

sois je garde ces trucs… sois je suis rétrogradée. Tu trouves ça normal, toi ?

— Je suis certain que tu as mal réglé ta douche. On utilise la même depuis vingt ans… sans problème !

— J'te dis que je suis allergique !

— Utilise leur crème anti-inflammatoire ! Ça te soulagerait, suggère Guang.

— Je n'étais pas éligible !

— Pourquoi ? s'étonne Émy.

— À cause des restrictions, réplique Félicien.

— Les restrictions ?

— Oui ma chérie… Depuis une vingtaine d'années, la Cité Antinoupolis a basé son accession au statut de métacité sur le domaine médical. Aujourd'hui souhaitant affaiblir notre vacillante Métacité, elle pratique la politique de la rareté et vend ses marchandises au compte-goutte. Pour contrer l'organisation de cette pénurie, Liaque a développé des centres de production en périphérie, mais ils ont été ravagés par les incendies. D'ailleurs, il se murmure que ces actes criminels seraient l'œuvre des Cités rivales.

– 4 –

Désormais attablée, Heiani examine son verre d'eau décontaminée, devenue une boisson de luxe :

— Quel régal… ça fait du bien… Merci Guang.

— Je t'en prie… Pardon de passer du coq à l'âne, mais comment se porte Grace depuis son agression ?

— Plutôt bien… je dirais curieusement bien… À peine sortie, elle n'a eu qu'une idée en tête… aller à son cours d'agronomie…

— Ça ne m'étonne pas, ta fille est une vraie Métacitienne. Déterminée. Battante. Ambitieuse ! affirme Nour.

— … Mouais. Pour ne rien te cacher, je trouve que généralement, elle manque d'humanité… Pourtant j'ai fait ce que j'ai pu…

— Au moins, elle ne s'accroche pas à des chimères, marmonne Guang.

— Peut-être… Et Adam ? Depuis votre escapade…

— Il va mieux. Merci. C'était il y a quatre ans.

— Je ne sais pas si je te l'ai raconté, mais quand il est revenu, ma fille a voulu le dénoncer pour attitude anti-métacitienne… Tu sais avec leur appli *Cœurpatible amitié.*

— *Cœurpatible amitié ?* Ça ne me dit rien…

— J'étais en train de réparer sa *+Lisible* quand elle m'a fait part de ses intentions… Je me suis énervée… et lui ai fait comprendre que l'on ne dénonçait jamais un ami et... que l'IA était assez grande pour trouver les déviants. N'ayez crainte… elle ne le fera pas…

— Ah… bien… Merci Heiani. Que Like t'en gratifie ! murmure Nour en se dandinant sur sa chaise, visiblement troublée, alors que son mari mâche nerveusement une pointe d'asperge, les yeux dans le vague.

— C'est normal, non ? renchérit Heiani. Adam est comme son frère… Quelle idée de dénoncer un membre de sa famille !

— Oui… Oui… la coupe Nour. Je te remercie encore, mais pardonne-moi… je dois aller servir Adam.

– 5 –

Debout dans l'encadrement de la porte de sa chambre, Nour contemple son fils qui a transformé les neuf mètres carrés de sa pièce en salle d'arcade. Couvert de capteurs, la tête enfouie dans un casque d'isolation sensorielle, Adam est au centre des caméras à détecteur de mouvements et assène des coups violents avec sa main droite alors que son bras gauche lui sert de protection. *Il doit affronter un combattant avec une épée ! Je préfère ça plutôt qu'il rêve à ses chimères. Je ne vais pas le déranger,* songe-t-elle en déposant un plateau-repas sur une chaise. Puis, elle ferme la porte et tourne les talons pour rejoindre ses invités. Cependant, son sourire se transforme en rictus quand Heiani s'enquiert de l'état de santé d'Émy :

— Alors, c'est pour quand ?

— Oh… ce n'est pas pour tout de suite.

— Et vous ? Quand est-ce que vous en faites un ?

— On n'a pas les moyens de se payer un ventre à louer, rétorque Félicien d'un ton amer.

— Et par la voie naturelle ? réplique Heiani en lui adressant un clin d'œil coquin. J'ai porté Grace… Ce fut une expérience forte.

— Je suis bien heureuse de ne pas avoir dû porter Adam, je ne pouvais pas me le permettre, l'interrompt sèchement Nour en levant les yeux au ciel.

— La gestation… C'est impossible. Si je suis enceinte, je dois arrêter de travailler. Et si je ne bosse pas, je n'ai pas ma rémunération de ventre à louer. On nous a refusé le crédit pour tenir pendant ce temps.

— Trop de dettes, ajoute Félicien en serrant les poings. Que veux-tu… nous sommes à la croisée des chemins.

— Vous trouverez une solution… Je sais que vous êtes pleins de ressources, la rassure la mère de Grace.

— Merci Heiani, murmure Émy, alors que Guang et son épouse s'échangent des messes basses.

Ensuite, affichant un sourire énigmatique, l'ingénieure agronome propose alors :

— Et si on regardait le gala dévolu aux nécessiteux ?

28

Sois belle et tais-toi !

J'aimerais tellement faire autre chose... pense Indira qui, à vingt-quatre ans, est un mannequin très convoité. Tenant à bout de bras une robe composée de fins tissus transparents par endroits, une habilleuse entre dans sa loge pour l'aider à se vêtir. Faite sur mesure, cette tenue magnifique illustre le savoir-faire des robots-couturiers qui depuis des semaines préparent le gala intercitéen annuel en faveur des *Homo Sapiens* nécessiteux. Retransmis dans toutes les métacités, cet évènement est l'occasion pour les firmes de valoriser leur image en récoltant un maximum de dons. *Un vêtement sublime pour une cause méprisée,* ironise intérieurement Indira. *Ce soir, les métacités s'achètent une conscience. Assoiffées de puissance, elles délaissent une partie des Hommes sur le bord de la route, puis elles organisent une superbe mascarade pour montrer à quel point elles sont soucieuses de ceux qu'elles dédaignent... Et dire que je me suis battue pour en arriver là !* En effet, si l'égérie de *Toujours+* ne compte plus les galas auxquels elle a participé, les paillettes ont emprunté depuis fort longtemps la couleur de la désillusion. Néanmoins, elle a appris à se taire, à sourire et à faire preuve d'esprit. Une fois de plus ce soir, elle sera le visage de la plus puissante des firmes transcitéennes et la fierté de leur Cité.

Alors qu'elle glisse son corps vénusien dans la robe parfaitement ajustée, elle s'observe dans un miroir et soudain, l'avenir lui fait peur :

— Ce gala est peut-être le point d'orgue de ma carrière, marmonne-t-elle à voix basse. Arrivera inexorablement le moment où le temps marquera mon visage… À l'image des *+Loin* ou les *+Présent*, on me mettra au rebut… Oh, la firme le fera avec élégance en prétextant un retard ou un sourire trop prononcé… Ensuite que faire ? J'aimerais tellement être utile ! Remarque ce soir, je pourrais me révolter en direct… Ne dis pas de bêtise ! Tu veux finir dans les pinces des robots-dépeceurs ? Pour l'instant, reste Indira ! Va vendre de l'émotion, tu es payée pour ça ! En somme, sois belle et tais-toi ! s'intime-t-elle au moment où une assistante coiffure la prie de s'asseoir pour pouvoir tresser son chignon qui doit être serti de diamants.

– 2 –

Jeune H2A insignifiante, Angèle coiffe avec application la longue chevelure brune d'Indira. Rêvant d'être célèbre, elle engage la conversation d'une voix timide :

— … Euh… excusez-moi Madame… je peux vous poser une question ?

— Bien sûr ! Je ne suis pas une divinité…

— Vous… vous êtes magnifique…

— Était-ce une interrogation ? s'amuse le top model.

— Non… je… pardon… je voulais dire… ça fait quoi d'être le visage du fleuron de notre Cité ? murmure-t-elle en plaçant des épingles ornées de pierres précieuses à la base du chignon haut qu'elle vient de nouer.

— C'est naturellement un honneur… beaucoup de travail… et également de nombreuses contraintes…

— Je m'en doute, mais euh… pour être aussi belle… vous avez été Améliorée ?

— … Mon destin était tracé bien avant ma naissance… Pourquoi me demandes-tu cela ?

— Ben… Vous faites rêver toutes les filles… alors ?

— Alors quoi ?

— Je me demandais si je pourrais y arriver aussi…

— Naturellement ! s'exclame Indira en jetant un coup d'œil furtif dans la glace pour l'apercevoir. Il faut croire en sa chance !

— Vous dites ça pour me faire plaisir… Regardez-moi… Je suis boulotte… et avec mes joues gonflées, je ressemble à un hamster, précise la jeune femme en baissant les yeux.

— Ne dis pas de sottise… Tu es ravissante… Je suis persuadée que si tu t'en donnes la peine, Liaque te remarquera et t'attribuera un rôle qui convient à ton charisme.

— Comment vous êtes-vous fait remarquer ?

— Mes parents m'ont programmée pour capter la lumière et ensuite… j'ai fait très attention…

— Attention ? Attention à quoi ?

— Aux hommes, Angèle ! Méfie-toi des prédateurs… et en particulier des producteurs… Ils ne se contentent pas de *Coïta*… Surveille bien ce que tu mentionnes sur ton profil *Cœurpatible*... et n'oublie jamais que plus tu es inaccessible, plus tu es désirée, précise-t-elle en souriant au moment où le régisseur du spectacle rentre dans sa loge pour lui annoncer qu'elle entre en scène dans une minute.

Alors Indira se lève. Elle s'observe quelques secondes dans le miroir, puis décrétant qu'elle est une ambassadrice parfaite de la marque *Toujours+* et de Métacité en général, elle ordonne à Angèle d'ajouter quelques brillants afin de vaincre la concurrence d'Antinoupolis.

29

Mort à la vie !

IAlerte : ***13 h 21. DANGER ! Coléoptère détecté !***

Vêtue *deux heures moins le quart avant la mode*, Grace déclenche l'alarme prévenant de l'état infectieux. En stage d'immersion depuis quelques mois afin de clore ses études d'agronomie, elle est très fière que Nour l'ait adoubée et voit en elle la future remplaçante d'Esther. Désormais âgée de vingt-trois ans, la jeune H2A profite du contact quotidien avec son modèle pour apprendre à être une Métacitienne : c'est-à-dire une femme libre, puissante et respectée !

Suivant à la lettre les consignes de l'IA locale, Grace s'empare du micro pour diffuser un message répercuté dans toute la techno-serre :

— Alerte état infectieux ! Alerte état infectieux ! Ceci n'est pas un exercice ! Je répète… ceci n'est pas un exercice ! Les employés doivent sortir ! Je répète… les techno-serristes vident les lieux ! Attention… Fermeture hermétique de la techno-serre et isolation du bureau de direction dans cinq secondes… quatre… trois… deux… un… Techno -serre bouclée ! Paré à lancer les gaz antizoïtiques[1]… Trois… deux… un… Diffusion des gaz antizoïtiques activée, répète-t-elle fièrement sous la direction de Nour.

1. Gaz détruisant les êtres animés : les animaux, les bactéries, les humains...

— C'est ton premier état infectieux ? s'enquiert Nour.

— Oui. Malheureusement, j'ai été absente aux précédents. J'étais en vidéos cours…

— Pas mal pour un début ! Travaille ta voix ! Tu es trop gentille ! Il faut t'aguerrir, ma fille, lui conseille-t-elle au moment où des brumes multicolores et mortelles envahissent la serre.

— Que c'est beau ! s'extasie Grace. On dirait des gouttes de peinture tombées dans l'eau…

Rapidement, les teintes s'amalgament et forment un épais brouillard. La chair verte de la techno-serre devient un nuage brun et dense. La clarté extérieure ne pénètre quasiment plus. La lumière est figée. Mais, la musique emplit encore le cube. La Pastorale[1] résonne dans les entrailles de la techno-serre. À cet instant, Nour s'écrie :

— Grace ! Suspends l'ambiance sonore. Dix minutes… ce sera suffisant !

Désormais, le silence est ponctué de bips sinistres. L'ambiance est glauque. Grace est prise de frissons :

— C'est si dangereux que ça d'être dans la techno-serre pendant l'état infectieux ?

— Par toutes les IA, tu n'y survivrais pas ! Même avec le meilleur des masques, ta mort est certaine.

— C'est pour cela que l'on a des robots pollinisateurs, non ?

— Oui, Grace… tu as raison… Diriger des insectes serait trop compliqué… et nos découvertes sur les neuropuces animales ne sont pas suffisantes…

— Attends… Je me souviens de mes cours… *Les animaux-pollinisateurs ont été remplacés par les robots-pollinisateurs, car ils sont maniables, quasi indestructibles*

1. Symphonie n°6 composée entre 1805 et 1808 par Ludwig van Beethoven (1170-1827).

et surtout insensibles aux gaz antizoïtiques.

— Bravo ! la félicite Nour. Écoute ce bruit… Tu entends ? Ce sont les roues des robots incinérateurs.

Des crissements sinistres parviennent jusqu'à la cabine de commandement. Parcourant cet enfer irrespirable, les robots incinérateurs arrachent de leurs pince-pelles les plants d'une même espèce, car en application de la politique du risque zéro, aucune distinction entre végétaux contaminés et plantes saines n'est envisagée. Extraits avec rudesse, tous sont destinés à périr. Cherchant désespérément un substrat salvateur, les racines s'étirent dans le vide telles des pendus. Les incinérateurs lancent les plantes vers leur bouche avide d'où jaillissent des flammes folles qui consument le végétal condamné.

Précédés de leurs épouvantables grincements, les robots incinérateurs poursuivent leur œuvre de destruction massive. Après leur passage demeurent la désolation, le vide et un effluve de cendre âcre qui se répand parfois même hors de la techno-serre.

La musique reprend. La Pastorale a des allures de Requiem. Grace sursaute :

— Le bruit des roues s'est arrêté. Dois-je en déduire que les insectes sont morts et les plants d'une même espèce ont été détruits ?

— Évidemment ! Et ensuite… ?

— Maintenant… c'est la *désinfection* !

Fière de son apprentie, la directrice de la techno-serre acquiesce. Puis retirant ses *Encore+Loin* pour masser ses tempes, elle réprime un cri de douleur tant ses maux de tête s'amplifient depuis quelques semaines. *Ce soir consulte la sphère médicale*, s'ordonne-t-elle intérieurement en remarquant que Grace est fascinée par les procédures régissant l'éradication de l'état infectieux. En effet, après le passage des robots incinérateurs, une douche antiseptique est donnée à toute la zone. Une odeur de concentré chimique s'ajoute à celle de brûlé et de gaz. Des vapeurs toxiques émanent des substances projetées par les nettoyeurs qui brossent, frottent et stérilisent toute trace de vie animée ou microbienne. Enfin, les sols synthétiques sont retirés et incinérés.

– 2 –

Le vide sanitaire achevé, un fluide nutritif s'écoule par des goulottes pour favoriser une croissance maximale et de nouveaux sols de synthèse sont posés par les nettoyeurs.

À travers le brouillard qui se dissipe lentement, Nour et Grace commencent à discerner l'armée de robots planteurs qui, avec précision et efficacité, habillent de plants les rangées vierges. L'espérance de vie de ces pieds étant au mieux de quelques semaines, une existence végétale mesurée, sélectionnée et contrôlée renaît dans l'espace sinistré. Enfin, les nettoyeurs terminent de mettre en ordre les zones d'interventions. Les turbines tournent à plein régime. Après avoir été purifiée, l'atmosphère est réinjectée dans la techno-serre. L'air redevient respirable.

À cet instant, Grace ne peut retenir de son admiration :

— Quinze minutes pour éradiquer la gangrène ! Quinze minutes pour que la nature reprenne ses droits ! Nour, quelle chance tu as de travailler dans un endroit pareil !

Trop émue pour répondre, Nour lui sourit.

Du dioxygène amélioré est projeté sur toutes les plantes pour les aider à passer cette épreuve. Le brouillard toxique se dissipe définitivement. L'enfer n'est plus qu'un mauvais souvenir jusqu'au prochain état infectieux. Le cœur de Métacité bat pleinement, une fois de plus. Au-dehors, les H2A ont renoncé à observer, puis à s'interroger. Leur vie est améliorée par la technique. La machine prend en charge leurs problèmes. Que demander de plus ?

– 3 –

Avec fierté, Nour pose sa main sur l'épaule de Grace et déclare :

— Tu viens de contempler toute la puissance de la techno -serre : la haute technologie au service de l'Homme.

Puis, baissant la voix, elle poursuit :

— Vois-tu, Adam ne saisit pas ce genre de choses.

— Oui, depuis son escapade, il n'est plus le même. Je ne sais pas ce qu'il lui est arrivé là-bas, mais il ne comprend plus les métacités. Alors que nous avons tellement de chance ! C'est inouï de vivre ainsi ! Être au sommet de l'innovation ! Être les premiers. Être le MODÈLE !

Nour hoche la tête, puis les larmes aux yeux, elle avoue :

— Grace, tu as tout deviné. Si tu pouvais être ma… J'aimerais tellement qu'Adam soit comme toi. Mais…

— Mais… il ressemble à ma mère, chuchote Grace sur le ton de la confidence. Tu sais, j'ai honte lorsqu'elle répare mes objets ou quand elle bavarde avec Dio et lui dépose un repas chaque matin, avoue-t-elle en rougissant d'embarras.

— Oh, ma pauvre enfant… Rassure-toi… malgré ta mère, tu es arrivée à trouver la lumière… alors que moi j'ai été incapable d'emmener Adam vers elle. Pourtant, j'ai tout fait pour lui… Quand on a choisi Adam, le gynéticien nous a assuré que c'était le meilleur profil qu'il n'avait jamais vu. Tu sais, Adam est un H2A. Ne le prends pas mal, mais peu le sont… Et maintenant, il flirte avec la marginalité. Pourtant, il est doué et intelligent. Je ne comprends pas, murmure -t-elle en se retenant de fondre en larmes.

Puis se ressaisissant, Nour conclut :
— Heureusement, tu es là. Je vais te transmettre tout ce que je sais. J'ai échoué à éduquer Adam, mais je te donnerai ce qu'il n'a de cesse de refuser !

30

Le printemps frappe à la porte

Indira ! Lorsque je l'ai connue, elle avait vingt-huit ans et moi vingt-cinq. Nous nous sommes rencontrés dans ce TIU que je haïssais tant ! Quand je le prenais, je pensais à Phusis, au rire de Sylvain et au sentiment de dépossession de mon être que j'éprouvais chaque jour passé dans Métacité où les voyageurs suintaient la tristesse. La fournaise brûlait les couleurs, les parois étaient assourdissantes et les Métacitiens étaient gris. Personne ne parlait.

Depuis des années, les contrôleurs avaient été remplacés par des robots. Au lieu de le servir, la ferraille avait effacé l'humain. Seul H2A à ne pas être plongé sur mon *++Présent* ou dans mes *Encore+Loin*, mon attention passait d'un individu à l'autre, jusqu'au moment où je la vis.

Vêtue d'un imperméable vert tendre, elle arborait sa différence. Quand son regard couleur automne croisa mes yeux bleu ciel, elle marqua sa surprise. Je la saluais d'un sourire, elle répondit d'un mouvement de tête.

Des mois durant, lorsque je me rendais au ministère de la Réussite, la croiser fut ma seule ambition. Son trench-coat était mon point de mire.

Chaque jour, nous nous rapprochions. Au cœur d'un univers glauque et aseptisé, elle avait la clarté du soleil de mai. Dans les métacités où l'on ne bavardait pas avec des inconnus, nous avions commencé par balbutier des mots timides et maladroits. Chacun de nos échanges avait la fraîcheur d'une averse printanière qui lavait nos vies de la bourbe métacitienne. Elle est devenue un flirt, puis une relation stable. Trois ans plus tard, nous nous sommes mariés.

Cette rencontre hors norme avait le charme désuet d'antan et nous satisfaisait pleinement. Cependant mes parents insistèrent pour que je consulte son profil sur *Cœurpatible premium*, ce que je refusais pour ne pas compromettre notre idylle. Mon obstination fut l'objet de débats houleux avec ma mère, de reproches silencieux de mon père, d'un mépris cinglant de Grace, de piques bien senties de Sekou, son mari et du soutien de Heiani.

En effet, je m'aventurai à aimer une personne qui n'était peut-être pas faite pour moi ! J'osai enlacer un être dont Like n'avait pas confirmé notre affinité. Rejetant l'intrusion de l'IA dans notre relation, nous décidâmes de ne pas confronter nos génomes avant de nous engager ! Ostensiblement, nous refusions l'exigence de performance qui nous avait été assignée. Nous choisîmes de laisser une place à l'aléatoire et préférâmes prendre le risque de l'erreur.

Délicieusement ironique, tumultueuse et solaire, Indira était une femme extraordinaire. Souvent, elle saisissait ma main avec délicatesse et prédisait mon avenir. Selon son humeur, il était parfois heureux et éternel à ses côtés. Il était sombre, tortueux et solitaire lorsqu'elle était triste ou banale à en mourir quand elle était morose.

Notre vie n'était pas celle des Métacitiens *lambda :* nous nous étions construit un monde où les sentiments et leurs débordements avaient toute leur place, une bulle où le hasard, l'erreur et la fragilité étaient érigés en valeurs créatrices, un havre protégé de Like et des autres H2A obsédés par des préoccupations qui n'étaient plus les nôtres.

Ainsi, nous nous éloignâmes peu à peu des Métacitiens pour rêver d'une société différente. Métacité semblait nous amputer de *quelque chose* que nous n'arrivions pas à nommer. Fréquemment, je lui racontais mon excursion à Phusis. Les yeux brillants, elle me regardait comme une enfant à qui l'on conte une histoire merveilleuse. Je lui promis de l'y emmener dès que possible. Mais, c'était un vœu pieux.

31

La dénonciation

Sept ans avant de rencontrer Indira, alors que pour mon dix-huitième anniversaire, mes parents m'avaient offert une superbe autonomobile, je pris un jour de congé dans le but de rallier Phusis ! En montant à bord, je me souviens d'avoir ressenti l'exaltation des grands explorateurs partis à la conquête de la route de la soie.

Traversant la ceinture industrielle, j'y repérais les montagnes de déchets et revécus mon étonnement passé. Après un trajet interminable, je me garais dans ce qui me sembla être *la* clairière. Me souvenant qu'à Phusis, nul ne portait de masque, je filais vers les bois en respirant à pleins poumons. Grisé par la pureté de l'air, je déambulais le nez au vent afin de recouvrer les émotions vécues trois ans auparavant. Puis, impatient de retrouver mon ami, je mis mes mains en porte-voix pour appeler Sylvain, mais seuls les coucous me répondirent. Après des heures d'errance, je rentrais à la maison. Soumis au regard inquisiteur de mon père, j'attribuais mon arrivée tardive à une panne généralisée des chronofeux, puisque les coupures de courant étaient fréquentes en raison de la guerre que Tlapan, la ville agricole devenue riche en nucléobilles et par là même pourvoyeuse d'électricité, menait contre notre Métacité.

M'enfermant dans ma chambre pour couper court à un débat s'annonçant houleux, je me dis que pour avoir adopté des sources énergétiques moins polluantes, les Phusiens ne subissaient pas nos désagréments. D'ailleurs en m'asseyant en tailleur sur mon lit, une conversation avec Sylvain me revint en mémoire :

— D'où provient l'énergie qui alimente la ville ? lui avais-je demandé.

— Je ne suis pas un expert en la matière. Mon ami Hiroshi pourrait mieux te l'expliquer. En gros, je peux te dire que nous utilisons l'hydroélectricité… Il y a aussi le solaire… l'éolien… et naturellement la piézoélectricité !

— Jamais entendu parler ! Qu'est-ce que c'est ?

— Quel dommage qu'Hiroshi se soit absenté, car il t'aurait expliqué… C'est captivant… *Grosso modo,* la piézoélectricité est l'électricité fournie par le mouvement des piétons et des véhicules.

– 2 –

Une semaine plus tard, je décidais de retenter une incursion à Phusis. Évacuant le fait qu'elle ait pu être rasée par les métacités, je me remémorais le trajet effectué avec mes parents, dénichais une carte des voies quittant Métacité et localisais les indices à ma disposition. Puis, je partis à l'aventure.

Rapidement, je retrouvais les hangars de *Toujours+*, puis l'arbre et enfin la fameuse clairière. Je me garais, marchais, appelais, mais rentrais sans réponse. Alors, j'interrogeais mes parents qui me resservirent l'histoire de la sieste dans l'autonomobile. Malgré tout, j'approfondis mes investigations et renouvelais les trajets, ce qui alerta Like.

Les années passèrent.

Je fis tant de voyages, en essayant toutes les routes, en empruntant tous les sentiers et en scrutant chaque pierre pour y déceler un indice, que je reçus une IAlerte de Like :

— *Pour préserver votre place au sein des H2A, cessez de chasser des chimères. Pour la prospérité et la grandeur de tous, concentrez-vous sur votre rôle dans la métacité.*

Ce message étant accompagné d'une sanction financière, mon salaire de stagiaire auprès du Ministère de la Réussite fut amputé de vingt pour cent pendant des mois. Naturellement, mes parents ne furent pas ravis de l'apprendre et à cette occasion, ma mère donna la pleine mesure de sa cruauté légendaire :

— Par toutes les IA ! Tu as tout pour être heureux ! Tu es Amélioré. Tu portes les meilleures puces ! Sais-tu combien de Métacitiens ont ta chance ? Sais-tu qui est un vrai H2A parmi nos amis ? Personne ! Même Grace, qui n'est pas Améliorée, fait preuve de plus de rationalité que toi ! Elle a choisi une orientation d'avenir et va réussir sa vie… Toi… toi… tu… tu n'es qu'un raté !

— Sans compter que tu fais les études de politique que tu as réclamées ! s'emporta mon père à son tour. Tu as rejoint l'un des ministères de Métacité… Et tu fais quoi ? Hein… tu fais quoi ? Tu gâches tout ! Tu me déçois tellement ! Quand je te vois, je retrouve la ténacité de ta mère pervertie en obstination. Alors que l'on a tout sacrifié pour toi, pourquoi t'entêtes-tu à courir après cette chimère ?

À ce mot *chimère,* lâché par imprudence, il devint blême. Une chape de plomb s'abattit quelques secondes dans le salon, puis il jeta un regard de détresse à maman qui enchaîna sur d'autres reproches, sans me laisser le temps de rétorquer.

– 3 –

Chimère ! Je ne voulais pas croire à ce que j'avais entendu. Alors, la colère me prenant, je devins caustique :

— Papa… tu lis mes alertes maintenant ?

— Euh… pas du tout ! Ta mère et moi, on se l'interdit !

— Alors… comment tu sais que j'ai été sanctionné ?

— Ben… Adam… enfin… tu viens de nous l'annoncer !

À cet instant, le cœur au bord des lèvres, je compris. Je compris que mes parents voulaient un H2A. Je compris qu'ils voulaient un Métacitien et non un rêveur. Je compris que j'étais la pierre angulaire de l'édifice de leur vie. Je compris que depuis deux décennies, ils érigeaient avec patience et à force de sacrifices un être parfait. Alors, ma paupière agitée par un tic nerveux trahissant un état de grand stress, je vidais mon sac :

— C'est vous ! L'IAlerte… c'est vous ! Vous m'avez signalé à Like ! Vous n'avez pas honte ?

— …

— Vous ne vous êtes pas contentés de laisser se construire cette Cité insensée et de la cautionner ! Vous avez choisi de ruiner mon seul espoir d'une vie meilleure !

— Rien n'est meilleur que Métacité ! Nous dominons le monde, rétorqua ma mère.

— Je m'en fous ! Maman… mon but dans l'existence n'est pas de vérifier la largeur des roues des robots cueilleurs ! Papa… je refuse de passer ma vie à valider les directives de l'IA locale qu'elle m'impose de toute manière ! Vous avez dit… raté ? Je ne veux pas de cette vie-là ! Je n'ai jamais demandé à être un H2A. Je refuse de vivre ici !

Face à mes parents devenus blancs comme neige, je repris de plus belle :

— Vous êtes mes géniteurs, mais vous êtes surtout mes geôliers !

— Tu n'as pas le droit de dire ça, murmura ma mère.

— Ah ouais… alors interrogez-vous sur l'éducation que vous m'avez donnée ! Pensez-vous que j'avais besoin d'un chantpioupiou quand je suis revenu de Phusis ? J'avais besoin de vous ! DE VOUS ! Mais même présents, vous avez toujours été absents !

— Mais, tu n'as jamais manqué de rien… au contraire, tenta d'argumenter mon père, d'une voix faible.

— Si… d'amour !

Le silence se fit.

Bafouée dans l'expression de son autorité, ma mère se redressa et me toisa. Tel un vieillard, mon père semblait s'être définitivement tassé. Je devinais alors qu'il serait vain de tenter d'obtenir quoi que ce soit. Je compris qu'ils ne pourraient jamais comprendre mes aspirations, car seuls comptaient les métacités et les meilleurs des hommes dont visiblement leur fils ne faisait plus partie.

Renonçant à développer des arguments favorables à Phusis, je renonçais à débattre, mais devant la peine de ma mère, je m'imposais de faire un pas vers elle. Alors, dans un revirement aussi spectaculaire que peu plausible, je pris le prétexte d'un accès de folie, voire d'une crise d'adolescence pour m'excuser. Déployant un argumentaire maladroit, j'admis n'avoir jamais visité cette Cité, reconnu la supériorité des métacités et pour couronner le tout, déclarais que j'étais heureux d'être un H2A. Néanmoins, ils ne me pardonnèrent jamais mon excès de fureur et les bras croisés sur sa poitrine, maman me condamna à l'indifférence.

Notre lien naguère ténu, aujourd'hui définitivement effiloché, explique les raisons pour lesquelles emmener Indira à Phusis était un vœu pieux. Like me traçait via ma puce, mon autonomobile, mon *++Présent* ou mes *Encore+Loin.* Mes parents, mes amis, Like, mon employeur et la métacité m'espionnaient. En réalité, j'étais en résidence surveillée : ce premier avertissement préfigurait une sanction plus grave.

32

Souvenirs numériques

Ce matin-là, je chantonnais. Je vidais ma chambre, car j'allais emménager avec Indira ! Au fond d'une boîte avec la mention *À donner*, elle-même remisée dans mon placard, j'ai trouvé une vielle paire de *+Loin.* Elles étaient à mon père. J'examinais l'objet avec intérêt. Ses couleurs passées de mode et leur système d'exploitation indiquaient qu'elles avaient au moins une dizaine d'années ! À cet instant un souvenir précis me revint en mémoire.

Un jour en rentrant de l'holociné, j'avais vu mon père vautré dans le canapé, les jambes étendues sur la table basse et parlant seul. D'un geste précipité, il avait clos l'application de ses lunettes, s'était levé, puis avait tourné en rond dans le salon de manière inhabituelle.

Retrouvant instinctivement leur fonctionnement, je manipulais les *+Loin* afin d'y découvrir des éléments croustillants. Motivé par une curiosité malsaine, je branchais les *+Loin* sur mon *++Présent*, en téléchargeais le contenu, puis après avoir tout remis en place, je fermais ma porte afin de ne pas être dérangé. Allongé sur mon lit d'enfant, je fouillais les fichiers avec fébrilité. Amusé, je trouvais des photos de mes parents, d'autres de moi avec mes quatre poils au menton, mon air renfrogné et mes cheveux longs tombant sur mes yeux, je conclus que mon père possédait ces *+Loin,* quand j'avais entre 17 et 19 ans, soit deux ans après mon retour de Phusis ! Ne découvrant rien de savoureux, je m'apprêtais à fermer mon *++Présent* quand je tombais sur des enregistrements audios. Branchant mon casque, la voix de mon père s'éleva :

— *Lorsque Adam était en gestation, je m'imaginais l'imminence d'un bonheur immense. Je rêvais d'une Nour conquise par notre enfant, le couvant d'un œil tendre. Ce ne fut pas tout à fait le cas... Pourtant, j'ai décelé chez elle des manifestations d'un amour maternel retenu... Si je prends le temps de faire cet enregistrement, c'est que j'ai besoin de crever un abcès. Or, je n'ai personne à qui en parler.*

À cet instant, j'entendis un soupir profond comme s'il allait se délester d'un poids trop lourd à porter. Puis d'une voix posée qui me tira immédiatement les larmes des yeux, il se libéra d'une traite :

— *Je suis un mauvais père. Le plus mauvais d'entre tous. J'ai voulu cet enfant de tout mon être et je ne sais pas y faire. Je n'y suis jamais arrivé. Lorsqu'il était bébé, je ne parvenais pas à le consoler. Quand il pleurait, je le regardais et je me sentais inutile. Je suis nul ! Lorsqu'il apprit à marcher, j'appelais* Rany *avant qu'il ne tombe et avant qu'il n'ait faim, je commandais à manger. Cependant, aujourd'hui, je ne parviens toujours pas à entrer dans sa bulle. Maintenant, il nous parle de Phusis. Que veut-il ? Que je le laisse détruire tous les efforts que nous avons faits pour lui ? Comment le lui faire comprendre alors qu'avec sa mère, nous avons été parfaits... l'Augmentation, l'Amélioration, un* Rany *dernière génération et même cet horrible chantpioupiou !*

Il n'a jamais manqué de rien. Il a tout eu ! Tout ! Son Amélioration a coûté plus cher qu'une autonomobile... Lorsqu'il me parle de Phusis, je ne peux pas rester là sans rien faire ! Je ne peux pas le laisser ainsi gâcher la place de choix que nous lui avons taillée dans la Cité. Je me sens impuissant... Nour souffre aussi. Je vois bien qu'elle s'éloigne de plus en plus. Elle s'enferme en haut de sa techno-serre. Ni Adam ni moi n'arrivons à l'atteindre. Elle s'est réfugiée dans cette attitude détachée de femme forte qui m'impressionne tant. Mais, elle a profondément changé. Elle ne sourit plus ! Elle ne râle plus ! Elle semble vide ! J'imagine son désespoir quand elle découvre son fils en train de tout plaquer pour aller se perdre dans une forêt. Pourtant, j'ai cru qu'il était rentré dans le rang le jour où il a accepté la pose de la puce d'identification. Que faire pour l'aider ? peut-être devrais-je... Zut... Adam arrive !

Interloqué d'apprendre que mon père avait la fibre paternelle, je jouais machinalement avec mes mèches, puis lançais le second fichier, enregistré plusieurs mois plus tard :

— *Le lien est rompu. J'ai signalé Adam à Liaque. J'imaginais que son intervention aiderait mon fils à reprendre le chemin des métacités. Je me suis lourdement trompé. Il est entré dans une colère incompréhensible. Il a eu des mots si durs... Lorsque j'y repense, j'en ai à nouveau les larmes aux yeux. Sa mère en a pleuré, aussi. Elle est profondément blessée... J'ai voulu lui parler, mais j'ai trouvé porte close. Après avoir perdu mon fils, je vais perdre ma femme... Je dois recoller les morceaux... Il le faut, même si la tâche est immense. Tout d'abord, je dois laisser Adam vivre sa vie, même si je dois renoncer à mon fils. N'est-ce pas ça l'amour paternel ? J'ai échoué à le guider, peut-être réussirai-je à le laisser partir ?*

Le dossier ne comprenant que deux pistes audio oubliées depuis une dizaine d'années, je déposais mon *++Présent* sur mon lit et après l'avoir verrouillé avec mon empreinte cardiaque, je sortis de la chambre pour crever l'abcès avec mon père.

– 2 –

Assis devant le mur connecté du salon, il jouait en ligne. Des capteurs cérébraux fixés sur ses tempes ainsi que sur son front, un micro positionné devant la bouche, il guidait sa team[1] dans une attaque d'envergure et ne me porta aucune attention. Alors, je lui pris la main pour lui imposer de m'écouter :

— Papa… Je veux te parler. Je suis désolé pour toutes les choses horribles que je vous ai dites après *l'escapade*.

Ce terme était devenu notre code pour qualifier ce que je considérais comme un élément fondateur de mon existence et eux comme un cataclysme. Alors, mon père cessa de regarder l'écran et planta ses yeux dans les miens :

— Tu viens me présenter des excuses ? Pourquoi ?

— … Parce que je regrette. Je viens de comprendre que je vous ai blessés ce jour-là.

— Oui… et ? Que veux-tu ? Tu ne fais plus tes cartons ?

— Papa… j'aimerais que vous acceptiez mes choix… J'aimerais que vous me souteniez dans ce que je pense être le mieux pour moi…

— Adam… Je ne peux pas tout cautionner. Tu fais ce que tu désires de ta vie, mais… il y a des choses que je ne peux pas admettre. Mépriser les opportunités que ta mère et moi t'avons bâties nous est humainement impossible à accepter.

1. Son équipe.

— Papa… je ne te demande pas d'approuver ! Je veux simplement que vous me laissiez vivre comme je l'entends en restant à mes côtés !

— Mon fils… Que me reproches-tu encore ? Tu vis déjà comme tu le souhaites ! Tu vas épouser *cette* Indira alors que vous ne savez même pas si vous êtes cœurpatible ! Vous allez faire des enfants sans même avoir confronté vos génomes ! Sans oublier que tu as refusé toutes les propositions de poste au Ministère de l'Agriculture que ta mère t'a dégotées en mettant à profit sa réputation ! s'énerva-t-il. Alors, ne nous dis pas que nous t'empêchons de vivre ! Respecte-nous comme nous te respectons… Nous ne t'imposons plus les métacités… vu que tu penses qu'elles valent moins qu'un bidonville d'*Homo sapiens* ! Mais toi, ne nous impose pas d'adhérer à ton délire. Le jour où tu reviendras à la raison… et j'espère que ce sera le plus tôt possible, nous serons là pour toi, conclut-il en se concentrant sur son jeu.

La conversation était close. Je n'ai même pas tenté de poursuivre le dialogue. Je retournais à mes cartons. Furieux. Triste. Maussade. Dans cet étrange cocktail d'émotions, seule Indira m'apportait l'espérance.

33

Le Grand départ

Il est six heures, quand Heiani rentre de chez +*Rapide*. Elle file tout droit et s'écroule sur son lit. Identique à toutes les chambres parentales métacitiennes, cette pièce n'a pas de fenêtre. Elle est blanche, ses meubles sont intégrés dans les murs et à droite de sa couchette se trouve la salle de douche. Étalée de tout son long, elle soupire. Depuis quelques années, elle a coupé sa tignasse flamboyante qui avait perdu de sa superbe. Maintenant, un casque roux lui ceint la tête. N'ayant jamais voulu grossir, son corps est toujours trop maigre. Ses pommettes sont saillantes, ses yeux sont enfoncés dans leurs orbites, mais conservent leur douceur quasi enfantine. Sa peau est couverte de plaques rouges : la crème antidouleur n'a fait qu'aggraver l'inflammation. Heiani rêve d'une douche d'eau potable. Outre sa chair presque à vif, ses poumons la brûlent. Chaque respiration est une épreuve. Un goût familier de sang et de poussière lui emplit la bouche. Allongée sur le dos, elle reçoit une IAlerte sur son vieux +*Présent* :

— *Vos indices vitaux sont trop bas. Une notification est envoyée à vos proches pour les informer de votre état.*

Elle consulte son Carnet Numérique de Santé qui lui propose l'acquisition d'un paquet de cachets antidouleur.

Si elle accepte, la Métacitienne aura atteint le quota mensuel et s'alarme à voix basse :

— Nous ne sommes que le dix du mois, comment vais-je tenir ? Ensuite, il me faudra attendre vingt jours pour m'en procurer à nouveau.

Conséquence de la situation de monopole d'Antinoupolis qui provoque la rareté afin de faire grimper les prix, la distribution des médicaments est à ce point contrôlée qu'un marché noir se développe dans une métacité où tous les besoins des habitants sont censés être anticipés et assouvis !

Indifférente aux théories économiques valorisant la rareté quantitative pour imposer à l'Homme de ne jamais cesser sa course à l'opulence, Heiani téléphone à sa fille. Tombant sur sa boîte vocale, elle décide de joindre son gendre :

— Bonjour Sékou !

— Bonjour Heiani !

— Excuse-moi de te déranger, mais j'ai besoin de parler à Grace… Elle est là ?

— … Ouais… Tu veux que j'te la passe ?

— … Oui… s'il te plaît.

Une longue minute s'écoule au cours de laquelle un bruit de conversation étouffée lui parvient, puis Grace répond d'une voix exaspérée :

— … Ouiiii… Maman… Quoi encore ?

— Bonjour… Je voulais juste te parler… J'ai besoin de t'entendre… J'ai de plus en plus mal.

— Je sais ! J'ai reçu la notification. Ça va chez +*Rapide* ?

— Oui… Grace, je…

— J'ai pas le temps. Je dois partir pour la techno-serre. Lis ton CNS. Au pire, je te passerai quelques antidouleurs.

— Grace ? Allo… allo…

À cet instant, Heiani perçoit les bruissements d'une conversation animée, puis sa fille conclut :

— Bon… on verra pour les médicaments. Repose-toi bien. Que Like veille sur toi !

– 2 –

Après avoir raccroché, Heiani a envie de pleurer, mais ses glandes lacrymales la font souffrir. Son vieux +*Présent* dans la main droite, elle se lève et marche jusqu'à la cuisine. Elle contemple son logement silencieux, puis se place devant ses bibelots. Elle saisit la statuette andalouse avec sa belle robe rouge et dessine un cœur dans la couche de poussière laissée sur le meuble. Constatant sa solitude, Heiani esquisse un sourire douloureux. Compagnon plus fidèle que ses amis ou sa fille, son vieux +*Propre* est le seul à partager son quotidien au point de ne pas vouloir en changer, car elle connaît chacun de ses mouvements, comme il connaît ses manies. Alors que son regard s'attarde sur ses autres statuettes, elle les interroge d'une voix affectueuse :

— Qui s'occupera de vous quand je ne serai plus là ?

Le souffle de la Métacitienne est rauque. Elle tousse encore au moment où elle reçoit une IAlerte :

— *Troisième blâme : vos performances chez* +Rapide *sont inférieures à vos objectifs. Au vu de votre CNS, vous ne pouvez plus convenablement remplir votre mission.*

Heiani ferme les yeux, soupire et prise de panique, elle règle ses derniers antidouleurs pour montrer qu'elle est prête à tout pour servir +*Rapide,* les firmes interncitéennes et la

Cité ! Ainsi Like se rendra compte qu'elle agit de manière positive et retardera peut-être l'échéance.

Assise sur son canapé, son *+Présent* posé sur ses genoux, Heiani attend avec anxiété une notification qui validera son achat : sera-t-elle maintenue ou rétrogradée ?

Prise d'une quinte de toux amenant la douleur jusqu'à son paroxysme, elle se plie en deux. Les larmes envahissent ses yeux. Soudain, elle crache des glaires noires mêlées de poussière et de sang. Alors quelques secondes plus tard, son application CNS clignote :

— *Si vous souhaitez continuer à subvenir à vos besoins, demain vous aurez l'opportunité d'intégrer la gérontobrigade n*° *2021GC005. Le cas échéant, prenez vos dispositions pour le Grand départ en cliquant sur le lien suivant.*

Ses yeux s'emplissent de larmes. D'une main tremblante, elle appelle sa fille. Les tonalités se succèdent pour laisser la voie libre au répondeur. Comprenant que Grace ne répondra pas ce matin, elle laisse un message :

— Grace… Ils m'affectent à une gérontobrigade. Grace rappelle-moi ! S'il te plaît Grace, aide-moi… Je n'ai que cinquante-sept ans ! Je ne veux pas choisir entre une gérontobrigade et le Grand départ. Grace… Sékou… Je vous en supplie mes enfants… rappelez-moi…

34

L'incarnation de l'avenir

Indira était une femme délicate. Son humeur versatile donnait du sel à notre vie conjugale. Une contrariété anodine pouvait déclencher une vague de tristesse, suivie d'une profonde culpabilité. Le monde l'écorchait. Lorsqu'un inconnu s'approchait d'elle, mon épouse reculait d'un mouvement brusque avec un sourire désolé. Un soir, à l'holociné, elle fut prise d'une crise de pleurs devant une scène de combat. La brutalité sous toutes ses formes lui était insupportable. Avec leurs violences symboliques et institutionnalisées, les métacités étaient une source de souffrances permanentes.

Un jour, au *Cœur de corail*, j'osais aborder le sujet :

— Je ne comprends pas comment une humaine Améliorée comme toi peut avoir un tel caractère ?

— Je te demande pardon ?

— Ben oui… tu passes du rire aux larmes en quelques secondes et un fait anodin peut te bouleverser.

— Je n'ai qu'une seule explication… c'est la faute de ma mère placenta, conclut-elle avec aplomb.

Ce terme peu élégant servait à désigner le ventre à louer qui l'avait portée pendant neuf mois, car ne l'ayant pas connu, Indira lui avait attribué un sobriquet. Riant de bon cœur, je renchéris :

— Chérie… tu sais bien qu'il n'y a aucun lien entre le fœtus et l'utérus !

— Je sais mon amour… mais attends, me prévint-elle en se penchant sur son sac dont elle sortit deux vieilles feuilles aux angles blanchis pour avoir été trop manipulées et les déposa devant moi. Regarde, c'est le catalogue où mes parents m'ont choisie. Là… sur la page de droite… il est écrit caractère *serein*.

— Eh bien… ton gynéticien s'est raté !

— Je ne pense pas… j'estime que ma mère placenta a influencé ce que je suis devenue.

— En ce cas, je la remercie de tout mon cœur, car tu es unique !

Ses joues s'empourprèrent. Ses yeux étincelèrent. Avec ses défauts, je la trouvais délicieuse au milieu de tous ces H2A identiques.

Cependant, je n'ai jamais cru en cette jolie histoire de mère placenta. Je considérais que sa fébrilité était le fruit du néant émotionnel dans lequel elle avait grandi. Ballottée d'une métacité à l'autre pour des séances photo, elle n'a jamais eu de point d'attache.

En réalité, nous étions deux solitaires : elle était adulée, mais privée d'amour alors que richissime, je mendiais de l'affection. Souhaitant être traité pour ce que je suis et non comme un produit de l'innovation, je me sentais défini exclusivement par mon statut de *vrai* H2A. Quand nous évoquions nos enfances désincarnées avec pour seul contact physique des *+Présent*, des *+Loin* et des *Rany*, je ne pouvais m'empêcher de penser à ma rencontre avec Lila, la femme de Sylvain.

Lila...

Bien que désormais, son image soit très floue, je me souviens de ses mains à la peau mate, de ses yeux marron clair comme ceux d'Indira et de son parfum légèrement poivré.

– 2 –

Elle était enceinte de plusieurs mois et se déplaçait lentement. Avec un sourire franc, elle m'invita à partager leur repas sous l'apatam qui bordait la maison. Soutenu par quatre colonnes, le toit de la structure nous protégeait des dernières chaleurs. Confortablement installés sur des bancs garnis de coussins moelleux, nous profitions de la brise de fin de journée. Apportant une fraîcheur naturelle sans avoir à faire appel à la climatisation, l'air circulait librement.

Cet après-midi-là, nous avions parcouru la Cité avec Sylvain et rencontré son ami Hiroshi. En attendant de retourner à Métacité le lendemain matin, l'*homme des bois* avait proposé de m'héberger pour la nuit. La lumière s'adoucissait, j'observais le jardin alentour.

En rentrant du travail, Lila avait ressenti le besoin de se reposer et s'était assise à mes côtés. Alors, Sylvain était reparti vers la maison en riant :
— Okay... Okay... j'ai compris... Je prépare le dîner pendant que tu fais la connaissance du Méta !

Immédiatement, je m'étais inquiété de son état :

— Amélioré ou naturel ?

— … Naturel, répondit-elle vivement.

— Vous le rendez quand à ses parents ?

— Je ne le rends pas…

— Ben…Qu'est-ce qu'ils vont dire ? Vous allez au-devant de très gros ennuis !

— Je ne risque rien… puisque c'est mon enfant…

— Ah… effectivement… et comment s'est passée la fécondation ? m'enquis-je stupidement pour paraître plus grand que je ne l'étais.

— Merveilleusement bien, puisque mon mari est très, très, très… attentionné.

— Il est gynéticien, aussi ? Je le croyais agriculteur…

— Il ne l'est pas, mais il n'a pas d'équivalent pour ensemencer, rétorqua-t-elle malicieusement.

Alors que je restais bêtement bouche bée en essayant de décrypter sa subtilité, Lila m'expliqua :

— Adam… c'est la première fois que tu approches une future maman ?

— Vous voulez dire… euh… une femme qui n'héberge pas un œuf implanté dans son utérus pour autrui mais pour elle-même ? Non… non, avouais-je en me trouvant stupide.

Alors, Lila m'invita à poser ma main son ventre :

— Tu vas peut-être le sentir bouger…

— … Vous êtes sûre ? Je ne vais pas vous faire mal ?

— N'aie pas peur… Voilà… Tu peux lui parler, tu sais…

M'adresser à un ventre ! Voilà bien un truc d'Homo sapiens ! pensais-je. Cependant, pour ne pas paraître mal élevé, j'obtempérais malgré ma gêne :

— … Euh… Bonjour… Moi, c'est Adam… J'ai quinze

ans et je viens de Métacité, précisais-je au moment où le bébé s'agita.

— Non mais… il m'a donné un coup !

— Et un gros ! Tu l'as bien senti ?

— Oui ! C'est dingue ! Il ne m'aime pas ?

— Loin de là… Au contraire, il veut faire connaissance !

Faisant preuve d'un enthousiasme qui la fit sourire, je cherchais à entamer le dialogue :

— Hey bébé, comment tu t'appelles ?

— Forest ! Enfin… Forest si c'est un petit gars et… Ariane, si c'est une fille !

— Vous voulez dire que vous n'avez même pas déterminé le sexe de votre enfant ? m'étranglais-je.

— Non ! La nature s'en charge…

Ne souhaitant pas vexer mon hôtesse par mon incompréhension face à un tel état de sous-développement, je voulus me montrer spirituel :

— La nature… La nature ? Soit… Forest, je comprends avec les bois qui vous entourent… Mais Ariane ? Pourquoi pas Capucine… Rose… ou encore… Prune ?

— C'est une excellente idée… mais m'appelant Lila, j'ai choisi un prénom plus fédérateur… un prénom auquel chacun peut se rattacher… si tu vois ce que je veux dire…

— Ariane… Ariane est le fil qui nous attache à la vie !

Comme il n'y avait rien à rétorquer, j'admis l'évidence et pensant à mes parents, je relançais le débat :

— En tout cas, il a l'air d'être bien là… au chaud avec ses parents qui lui parlent… C'est mieux que les ventres à louer ou… les sphères gestationnelles.

— Les sphères gestationnelles ?

— C'était une boule dans laquelle on faisait grandir le fœtus. À un moment donné, ça a fait fureur à Métacité. Mais avec les coupures d'électricité et les pénuries d'eau, il y a eu trop d'accidents. Des parents ayant attaqué l'entreprise +*Damour* qui les produisait, la firme a fait faillite. Aujourd'hui, on est revenu aux ventres à louer.

Je devins silencieux et retirais ma main. Observant, les abeilles butiner avant que le soleil ne disparaisse, je confessais ce qui me tourmentait :

— Lila… Je commence à saisir la chance que tu as de porter un enfant dont tu n'as pas déterminé les caractéristiques… Je l'envie parce que tu lui parles et le rassures quand tu poses ta main sur son ventre… Je n'ai pas connu cela… Chez nous, les mamans ne portent pas leur enfant, les ventres à louer s'en chargent et…

— Je sais ! Adam… ici, nous ne sommes pas coupés du monde ! intervint-elle d'une voix douce. Nous ne sommes pas des laissés-pour-compte… Nous ne sommes pas des indigents… Aussi avancée que la vôtre, notre société ne recule pas… Si nous respectons l'environnement qui nous accueille, nous ne sommes pas non plus des déficients intellectuels… Si les sphères gestationnelles m'avaient échappé, je n'ignore rien du calvaire de ces femmes considérées comme le récipient d'humains Améliorés… Je connais votre recours au robot nurse… La seule chose qui empêche le gynéticien d'accélérer l'accouchement est qu'il est payé par heure de gestation, sinon un enfant naîtrait aussi vite que vous faites pousser vos arbres… c'est-à-dire en quelques semaines ! Tu sais, j'aurais pu connaître le sexe de mon enfant avant sa naissance, mais pourquoi m'interdire le droit à la surprise ?

— Lila… Vous pratiquez aussi l'Amélioration ?

— Non ! Bien sûr que non ! Nous organisons des détections *in utero* de l'affection du fœtus pour dépister la trisomie 21… Si toute femme désireuse d'être enceinte peut recourir à la fécondation *in vitro*, nous n'utilisons pas le ciseau génétique… Nous ne manipulons pas les génomes… Ici, on ne fabrique pas une nouvelle race de chiens savants… On parle d'enfant, de transmission de la vie et de filiation… On ne choisit pas un enfant comme un costume sur mesure ! Sylvain est père, pas couturier… ajouta-t-elle malicieusement avant de saisir mon menton entre son pouce et son index pour m'obliger à la regarder.

– 3 –

Le temps s'arrêta. Je n'avais pas le souvenir d'avoir senti les doigts de ma mère sur mon visage. Mes joues me brulèrent instantanément et je l'entendis me demander :

— Connais-tu la signification du mot… enlacer ?

Alors que je secouais la tête de droite à gauche, elle m'attira vers elle. Sa main caressa mes cheveux. Mon front appuyé dans le creux de son épaule, je fermais les yeux. Elle commença à me bercer, je ne bougeais plus. Son odeur de maman m'enivra. Sa chaleur d'être vivant me consumant, je me laissais aller. Alors que je n'avais nullement envie que ça s'arrête, une multitude de questions m'assaillirent : *Quelle est ma nature ? Suis-je un humain ou le fruit d'une ambition parentale ?*

Mon sang battit dans mes tempes, mes mains devinrent moites, ma tête fut prise de vertiges. Un vide sidéral s'ouvrit en moi et je dus inspirer profondément pour ne pas vaciller.

Lila sentit que je défaillais. Je crois même qu'elle devina que c'était la première fois. Alors, elle me serra plus fort et chantonna doucement à mon oreille.

À cet instant, je compris que j'étais un *Homo sapiens* Augmenté, mais un *Homo sapiens* fait de sentiments. Comprenant la futilité du modèle des métacités où la quête de la prospérité n'offre que de maigres perspectives par rapport à la richesse de ce que l'humanité nous procure, je refoulais mes larmes de détresse, me redressais et la remerciais d'un battement de cils.

Lila me sourit : elle était bouleversée.

35

Toutes nos félicitations pour votre promotion !

Dix-sept ans auparavant, Esther a été écartée de la techno-serre par l'IA. Depuis, elle a enchaîné les petits boulots : livreuse de repas, enseignante ou femme de ménage dans les rames du TIU où très rapidement, elle a été remplacée par des *+Propre. Ils n'ont pas besoin de dormir, eux !* se souvint -elle d'avoir hurlé avec amertume quand elle reçut son IAlerte de congédiement. Par la suite, elle avait cru que son moment était arrivé lorsqu'elle décrocha un job chez *Toujours+*. Affectée à l'accueil, elle aperçut Guang, mais tous deux eurent la sagesse de s'ignorer. Puis, elle fut nommée technicienne et enfin dessinatrice ! Ainsi, elle put donner libre cours à sa créativité à condition qu'elle suive à la lettre les consignes de Like. Envisageant de gravir les échelons, elle candidata à un poste de superviseur. Tout espoir disparut quand elle reçut une IAlerte qui l'étourdit :

— *Vu votre expérience dans la techno-serre, il n'est pas souhaitable que vous soyez titularisée à ce poste à responsabilité.*

Quelques secondes plus tard, sa nouvelle affectation lui fut communiquée :

— *Vous occuperez le poste de responsable superviseur du site T+02-594. Félicitations pour votre promotion !*

En réalité, contrainte par son programme de lutte contre l'oisiveté, Like n'avait pas d'autre choix que de lui procurer un travail et de la muter. Et c'est ainsi qu'après avoir été numéro 2 de la techno-serre, l'ancien bras droit de Nour se retrouva H2A rétrogradée dans la ceinture industrielle.

– 2 –

Ce matin, une petite valise à la main, Esther quitte la ville-centre en direction de la périphérie. Afin de limiter les frais de transport, elle y séjournera par session de deux semaines. Entre chaque quinzaine, elle résidera deux jours dans la Cité pour réduire les effets de la pollution sur son organisme.

Les yeux rivés au sol, elle monte dans la rame en espérant ne pas croiser d'anciens collègues, tant elle a perdu sa prestance. Conséquence de la mauvaise qualité de sa nourriture, ses cheveux souples et soyeux sont devenus filasse. Sa peau est désormais terne. Elle porte une vieille paire de *+Rapide*, un pantalon trop large et un pull trop petit en fibres toniques désactivées. Malgré ses quarante-six ans, elle en paraît soixante-dix.

Depuis longtemps, le TIU a quitté l'hypercentre. Maintenant, elle est seule dans la rame. Les H2A étant descendus, elle ne peut croiser désormais qu'un rétrogradé, comme elle. Elle tousse, ses bronches la brûlent. Un goût de poussière et de sang se répand dans sa bouche. Après avoir recouvré son souffle avec difficulté, elle chausse ses antiques *+Loin* et regarde les vidéos d'Indira, l'icône de *Toujours+*. *Elle doit sacrément palper cette poule,* pense-t-elle en réprimant une moue de jalousie.

Derrière la vitre-écran maculée par la pollution, les immeubles de la Cité s'éloignent. Gris et mornes, les hangars de la ceinture industrielle apparaissent.

– 3 –

Esther devrait arriver dans une heure. Il est 7 h 50. D'un regard méprisant, elle scrute la longue colonne de réfugiés climatiques qui marchent vers la mégapole. Privés de masque, la plupart d'entre eux devraient succomber avant d'avoir atteint la Cité. Alors qu'un mauvais rictus enlaidit son visage, Esther grommelle à voix basse :

— Il y a plus malheureux que moi. Quel contentement de voir ces misérables en file indienne hâter le pas vers Métacité où ils crèveront sans rien obtenir ! Moi au moins, j'ai un logement et un travail dus à mon statut. En plus, je suis une H2A, pas une ombre sans avenir. Je suis… je suis… bégaye -t-elle. Je suis… sans avenir… Like me l'a notifié !

Une grimace accentuant sa haine d'elle-même, elle relança la vidéo d'Indira pour se soulager en l'insultant :

— Tu fais du fric, salope ! éructa-t-elle méchamment.

Des hangars fraîchement bâtis et ceux rescapés des terribles incendies entourent le TIU : Esther est bientôt arrivée. Si l'on excepte un robot contrôleur, elle est seule dans le train. Pour faire des économies et aller plus vite, Métacité a remplacé les hommes par ces androïdes. Afin de ne pas perturber les passagers, ils portent l'uniforme gris et rouge des anciens agents. L'automate s'approche. Elle puce. Il scanne son rythme cardiaque. Le TIU s'arrête à son terminus.

Esther descend du train.

À peine sortie de la gare, elle suffoque et fouille dans son sac à la recherche d'un masque. Maudissant ses *+Loin* dont le capteur est mort, à bout de souffle et les poumons enflammés, une quinte de toux la plie en deux avant qu'elle ne parvienne à enfiler son masque anti-particules fines.

Dès lors, l'H2A rétrogradée regarde autour d'elle. À sa droite, s'élèvent les montagnes de déchets. À sa gauche, s'étalent les centres de production que les objets frappés d'obsolescence alimenteront bientôt. N'ayant jamais mis les pieds dans la ceinture industrielle, Esther est atterrée :

— Voici le verso des métacités, murmure-t-elle.

Puis, suivant les indications de ses *+Loin,* elle s'oriente vers sa zone d'affectation en empruntant de larges avenues taillées au cordeau. Parvenue au site T+02-594, Esther s'identifie et pénètre dans le hangar. C'est un lieu immense où résonnent le vacarme des machines et les grincements des robots qu'elle doit superviser. Immédiatement, elle reçoit une notification avec les missions à exécuter ce jour. S'accrochant au maigre espoir de quitter rapidement ce poste, elle obéit aux consignes avec le plus grand sérieux : se rendre sur la ligne de production n° 17425834, revêtir un bleu de travail, prendre un boîtier de reconnaissance des marchandises et un cutter. Se dirigeant vers sa première tâche, Esther passe devant les nouvelles puces cérébrales de *Toujours+. C'est peut-être parce que je n'en ai pas que je n'ai pas pu garder ma place,* pense-t-elle avec amertume. Puis, apercevant la chaîne des *++Présent* de dernières générations, elle soupire :

— Si j'en avais une paire, je pourrais la montrer à mes amis, grommelle-t-elle avant d'éclater d'un rire de démente en réalisant que quand on est à terre, on n'a jamais d'amis.

36

Le triste sort de nos aînés

Depuis quelques années, Heiani vivait dans un géronto-centre. Âgée seulement de soixante ans, elle en paraissait vingt de plus ! Ses dents nacrées n'étaient plus qu'un lointain souvenir, ses cheveux roux flamboyant avaient repoussé sous la forme d'un amas beige informe et son visage émacié était empreint de fatigue. Marquées par l'arthrose, ses mains tremblaient d'anxiété. Mais n'ayant pas de douche aédrique, ses plaques rouges avaient disparu.

Chaque quinzaine, Indira et moi lui rendions visite dans son établissement situé entre Métacité et la ceinture industrielle. Ni vaisseau de verre somptueux pour accueillir les seniors ni de charmant jardin où voir paître des moutons, sa maison médicalisée suintait la morosité et l'hypocrisie !

Après avoir parcouru d'interminables couloirs, nous arrivions dans son dortoir. Séparé par des cloisons de deux mètres de haut, chaque pensionnaire disposait d'un lit et d'une armoire. Sur sa table de chevet trônait ce qu'il restait de sa vie : la boîte avec le faune, la statuette de bohémienne en robe rouge et une photographie représentant Grace, Sékou et leur fils Ange. Ses journées étaient réglées comme le programme d'un +*Propre* : lever, collation proportionnelle à la productivité de la veille, *service à la communauté*, toilette expéditive, repas obligatoire et extinction des feux. Afin de payer la charge qu'elle représentait pour la société métacitienne, Heiani était affectée aux démarchages téléphoniques. Allongée sur le dos et un casque avec microphone sur les oreilles, elle interrompit son service pour nous saluer :

— Donnez-moi, une minute… c'est bientôt la pause, chuchota-t-elle.

Nous patientâmes cinq minutes, puis après l'avoir embrassée, Indira entra dans une colère terrible :

— N'est-ce pas se moquer du monde que d'occuper ainsi les gens sachant que les objets sont achetés, utilisés et jetés ? L'espérance de vie d'un bien est d'un mois ! Plus personne n'appelle les services après-vente… Et pire que tout, Like vous affame et vous cantonne dans la misère en toute connaissance de cause !

Justifiant tant bien que mal le système, Heiani prit un air désolé et faussement enthousiaste :

— J'aide vraiment ! Des Métacitiens me remercient !

— Heiani, tu t'es épuisée à faire des nuits et des nuits pour +*Rapide* et après t'être fait essorer, les IA terminent le sale boulot ! m'emportais-je.

— Adam ! Ne parle pas comme ça, m'intima-t-elle en lançant un regard soupçonneux à la ronde. Si je deviens une oisive, je serai un boulet pour la société et je ne mériterai pas de vivre dans notre Cité.

Bouillant de rage, je détestais Métacité qui avait anéanti la rebelle Heiani, celle qui avait choisi de porter Grace, celle qui avait programmé un robot casseur d'assiette, celle qui avait nourri un marginal pendant des lustres !

Ignorant ma colère, elle continua son monologue :
— Je ne peux pas faire autrement… Si je réponds à deux appels, j'aurai droit à un petit-déjeuner !

Naturellement, la vieille dame ignorait que pour la visiter et payer son encas du lendemain, nous dédommagions le gérontocentre en monnaie sonnantes et trébuchantes. Elle ne se doutait pas non plus que nous avions tenté de la recueillir, mais que le message de Like avait été sans ambiguïté :
— *Héberger un ancien, c'est encourager la vacuité !*

Lorsque nous repartions, j'imaginais cette pauvre Heiani espérant un appel, puis devinais sa soirée. Comment vivre dans la crainte du débrief du superviseur : *Qui mangera ? Qui ira au lit, la faim au ventre ?* Ensuite, il y aura un repas frugal, la fermeture des rideaux, l'extinction des lumières et Heiani qui attendra la journée suivante, les yeux ouverts dans la pénombre.

Parfois, j'appelais le service après-vente de *Toujours+*, espérant qu'elle réponde pour améliorer son ordinaire. Si ce n'était pas Heiani qui décrochait, je me disais : *j'en aide un autre.* Après avoir raccroché, un sentiment de fureur indicible m'étreignait tant j'étais partagé entre refuser de cautionner ce système inique et l'envie de secourir Heiani.

– 2 –

Le vingt-six décembre, le lendemain de la fête des IA, nous étions allés la voir. Bien avant ma naissance, cette fête était l'occasion de sortir dans Métacité. Nous croisions des amis. Ensemble, nous contemplions l'immense parade où notre Cité exposait ses dernières innovations. Nous nous positionnions sur le trajet du défilé et guettions les chars affrétés par les multifirmes. À cette occasion, Guang me montrait avec émotion celui de *Toujours+*. Nos *+Présent* brandis bien haut, nous espérions attraper des objets publicitaires jetés à la volée. Mais le moment tant attendu était le passage du cortège de la techno-serre ! Invariablement, une gigantesque sculpture de légumes des quatre saisons agrémentait un char. Immanquablement, ma mère se débrouillait pour le faire arrêter à notre niveau. Bouffie de fierté, elle recevait un monceau de victuailles appelées à flétrir au fond de l'espace froid du *+Goûteux*. Mais, nos voisins nous admiraient.

Enfant, j'adorais le vingt-cinq décembre : cette fête était magique ! Nous nous y rendions avec Grace et Heiani. Nous mangions des bonbons en forme de circuit imprimé. Nous avions des ballons représentant nos *Rany* et nous nous déguisions en robots. Bien sûr, j'avais le costume intégral avec des LED qui clignotent et Grace portait un masque en carton. Mais vendue comme un moment féerique, convivial et familial, cette manifestation n'était que l'occasion de célébrer le modèle de notre Cité.

Donc, en ce vingt-six décembre, lorsque nous étions allés voir Heiani au gérontocentre, nous lui avions apporté en secret des sucreries et quelques plats cuisinés, car pour ne pas encourager la fainéantise, nourrir les géronthôtes était strictement prohibé. Décidé à braver le règlement, j'avais évidé un livre épais pour y glisser un emballage dont l'herméticité empêchait la propagation des odeurs. Passant ainsi les contrôles de sécurité avec mon ouvrage sous le bras, Heiani m'attirait vers elle avec ses mains squelettiques pour poser deux énormes baisers sur mes joues, dès que je rentrais dans sa chambre.

Cependant ce jour-là, elle éclata en sanglots.

Devant notre insistance, elle se confia :
— Tu sais mon petit Adam… depuis que j'ai emménagé ici, Grace est venue une fois… c'était l'année dernière… Elle m'a parlée comme à une étrangère. Froide, sèche et dédaigneuse, elle m'a reprochée d'avoir arrêté de travailler contrairement à Nour dont elle a fait l'éloge…
— Je suis désolé… Mais pourquoi tu m'as rien dit ?
— À quoi cela aurait-il servi ? Que tu te fâches une fois de plus avec tes parents ? Ils ne donnent pas beaucoup de nouvelles non plus… je ne veux pas déranger… Déjà que j'ai embêté les enfants…
— Comment ça ? Qu'est-ce que tu racontes ?
— Bah… tu sais, j'ai bien vu que Sékou dissimulait son malaise… et que le petit s'ennuyait… Dix minutes après être arrivés, ils se levaient déjà pour partir… J'ai demandé à embrasser Ange. Le petit s'est blotti dans mes bras deux secondes… Puis, il s'est écrié : « Maman, t'as raison, elle sent la poussière ! Il faut vite appeler *+Propre* pour passer le plumeau ! »
— J'espère que ton gendre l'a grondé !
— … Mon gendre… Tu fais bien de m'en parler… Il a sifflé *Rany* qui a pris en charge son fils… Il est sorti à leur suite…
— Et Grace ?
— … Elle m'a toisée… Puis, elle a tourné les talons sans prononcer un mot… Quand elle a franchi la porte… pfff… j'ai su que je ne la reverrai plus jamais… Comment… oui, comment… après l'avoir portée… et privée de tout par rap-

port à toi, je pouvais lui exposer ma précarité…

— Tu n'as pas eu envie de lui courir après ?

— Mon petit… comment t'expliquer qu'en ces périodes de fêtes où les centres d'appels sont fermés, je ne connais personne ici dont les jambes sont capables de le porter… et puis… j'ai honte…

— Honte de quoi ?

— Ben… Se lever impose de demander à ce que soit désintubé le système de récupération de nos déjections qui alimentent le compostage destiné aux terres de la techno-serre… C'est la raison pour laquelle, je suis allongée sur le dos ou placée en chien de fusil vingt-trois heures sur vingt-quatre…

Pressentant qu'Indira allait entrer dans une colère indicible, je prenais les devants :

— Heiani… Ça dépasse l'entendement… Il faut que je te sorte de là !

— Surtout pas malheureux ! s'écria-t-elle en se redressant à moitié. Où voudrais-tu que j'aille ? Tu veux que je finisse comme Dio ? Tiens, je ne sais même pas ce qu'il est devenu celui-là ! Je suis très bien ici ! Regarde, j'ai tout !

— Métacité dépasse les bornes à un point inimaginable !

— Que tu crois ! Sais-tu qu'au XXIème siècle… et c'est pas si loin que ça de nous… pour manger, les pauvres vendaient un rein, puis monnayaient leur sang ! Alors tu vois… je n'ai pas grand-chose, mais par tous les jours que Like fait, je te promets que je mourrai avec tous mes organes.

Renonçant à la convaincre, je l'embrassais, pris Indira par la main et après mettre assuré qu'elle ouvre mon livre, je lui adressais un clin d'œil complice dans l'espoir de ne pas la décevoir.

37

Le Graal d'Indira

Comme tous les matins, pendant que je prenais ma douche aédrique, Indira se faisait brosser les dents par le +*Blanc*. En forme de fer à cheval, cet outil contenant des microbrosses nettoyait à la perfection pour peu que l'on ait trente secondes à consacrer à son hygiène dentaire. Ce jour-là, j'eus la mauvaise idée d'évoquer les dernières élections que le parti *Métacité d'abord* avait remportées. Ironique, mon épouse marmonna :

— Quelle surprise…

Tenant son +*Blanc* à la main, Indira commença à s'énerver à propos de la démocratie factice de Métacité :

— Le vote est devenu un leurre ! Depuis des décennies, on nous explique que nous sommes incapables de prendre des décisions au prétexte que les subtilités des relations interacitéennes sont trop complexes ! Mais en réalité, c'est une énième diminution de nos droits !

Serrant le +*Blanc* entre ses mâchoires, elle écouta la musique d'attente en se limant les ongles, puis dès que le brossage fut terminé, elle reprit son monologue :

— Les Métacitiens cliquent sur les recommandations de Like sans se soucier des enjeux ! Lors du référendum dit de compétitivité, les H2A ont voté la suppression des congés ! On croit rêver ! Les métacités ne se préoccupent plus de leurs citoyens !

— Citoyens ? m'exclamais-je en sortant de la douche. Pour les firmes transcitéennes, nous sommes de simples consommateurs destinés à consommer jusqu'à en crever ou crever de ne pas pouvoir consommer !!!

— Tu as raison, mon amour. Il faut reprogrammer les IA pour qu'elles se soucient de notre bien-être ! s'écria-t-elle en m'entraînant dans la chambre pour s'habiller.

Évoquant alors une conversation que j'avais entretenue à Phusis, j'ignorais qu'en alimentant son esprit rebelle, notre destin allait basculer :

— Dis-moi chérie, tu sais comme ça se passe à Phusis ?

— Non… j'espère que c'est différent de chez nous… sinon à quoi bon migrer…

— Je ne te le fais pas dire… Sylvain… tu te souviens de lui… je t'en ai parlé…

— Comment l'oublier… Parfois, je me demande s'il ne compte pas plus que moi…

— Indira ! Mais…

— Je te taquine… Raconte !

— Eh bien à Phusis… Sylvain m'a dit que leur IA était surveillée par le Conseil Phusien de l'Éthique… Par ailleurs, il n'y a pas de professionnels de la politique, car ils ont instauré une rotation des mandats limités dans le temps et des Phusiens sont tirés au sort pour participer à la gestion de la Cité…

— Et Liaque dans tout ça ?

— Leur IA applique les décisions prises par les citoyens, expliquais-je sans deviner qu'à partir de cet instant le modèle phusien devint le Graal d'Indira.

38

Folle d'envie

Depuis des semaines ou peut-être des mois, Esther est dans la ceinture industrielle sans avoir côtoyé le moindre individu. Elle a oublié la chaleur d'une peau, le cœur des êtres vivants et le souffle qui les parcourt. Avec nostalgie, elle pense à la techno-serre et serait prête à tout pour retourner dans sa Cité ! Mise de côté dans la ceinture industrielle, étiquetée et classée, l'IA semble l'y avoir rangée. Elle est un rebut au milieu des déchets de ses pairs. Un *Rany* chargeant dans un appartement métacitien serait mieux considéré. Alors à voix basse et l'échine courbée, celle qui se voulut calife à la place de Nour entame une analyse :

— Je suis tombée au plus bas à cause de ma faiblesse. Je suis simplement incapable d'être à la hauteur des métacités ! J'ai échoué… j'ai été sanctionnée… je mérite ma misère ! Pour n'avoir pas su bâtir la prospérité ni atteindre la réussite attendue, il est normal que je n'aie pas droit à la sécurité.

Vêtue de son bleu de travail, son cutter à la main : Esther est brisée. Sa vue se brouille. Sa raison vacille. Cédant à ses hallucinations, elle s'adresse à celui qui fut l'homme de sa vie avant qu'il ne la quitte quand elle a été rétrogradée :

— Chiheb, mon amour… reviens ! J'ai le *++Présent* !

hurle-t-elle. Évidemment, j'ai obtenu un poste in-cro-ya-ble, chez *Toujours+* ! Acheter cette chose hors de prix est une broutille pour moi.

Feignant d'avoir une coupe de champagne à la main, elle poursuit :

— Mon amour… peut-être auras-tu une merveilleuse surprise pour la fête des IA ? Comment ? Harmonia ? Elle ? C'est fini, Like a reconnu ma valeur… Humm… il est délicieux ce petit four… tu en as goûté un ? Ces bouchées sont hors de prix ! Mais ouiii ! Elles sont faites avec ces fameux légumes dont Like cache l'origine, car ils ne proviennent pas de la techno-serre ! Humm, c'est divin… Tu entends, mon chéri ? Indira arrive ! s'exclame-t-elle en se déplaçant d'un pas gracieux vers une autre chaîne de production. Indi ! Ma belle ! Quel plaisir ! Moi aussi, je t'a-do-re ! Tu connais mon chéri ? On est fou l'un de l'autre, minaude-t-elle au moment où une IAlerte l'extrait de son monde chimérique :

— *Vous avez 10 minutes de retard sur votre planning ! Finissez à temps pour éviter une retenue salariale !*

39

La fierté de notre Cité

Indira était en colère. Furieuse, contre ses parents et ses aïeux qui avaient construit ce monde contre lequel nous nous battions pour retrouver une once de liberté. Exaspérée par ses contemporains aveuglés et obsédés par des désirs si futiles au point d'en oublier de lutter pour ce qui est central ! Indignée par notre dépendance vis-à-vis des IA qui dirigeaient nos vies jusqu'au choix de notre gouvernement, de notre conjoint ou de nos loisirs, mon épouse redoublait de véhémence quand on lui répondait qu'il n'était pas grave de ne plus avoir de congés, puisque étant devenue la première des Cités, Métacité nous offrait la tranquillité de la domination. Alors, elle s'exclamait :

— Nous surclassons les autres, et alors ? Sommes-nous plus autonomes ? Plus épanouis ?

— Le pouvoir, c'est la sérénité ! rétorquait Grace.

Pendant qu'Indira et mon amie débattaient avec ardeur, nous étions assis dans les gradins du stade *Toujours+* de la Ligue 1 de sport cybernétique[1]. Ange et Sékou s'extasiaient sur les prouesses des cydécathlonniens. À la mode depuis une dizaine d'années, ce cysport avait été inventé par les firmes transcitéennes pour promouvoir leurs dernières innovations.

1. Science des communications entre l'être vivant et la machine.

Le principe était simple : il s'agissait d'augmenter l'être humain en remplaçant un ou plusieurs membres par des éléments robotiques. Les règles se voulant équitables, chaque participant était contraint de conserver au moins soixante-dix pour cent de son corps initial. Dès leur conception, les futurs cyathlètes étaient Améliorés pour avoir des qualités physiques hors normes. Enfants, ils étaient formés aux rudiments des cysports : course à pied, lancé du javelot ou lutte antique. Une fois leur croissance terminée, ils faisaient un bilan de compétitivité. Sur la base de celui-ci, une firme transcitéenne déterminait quel cyath[1] elle souhaitait sponsoriser. Ensuite selon ses faiblesses, un programme était élaboré afin de doper ses performances.

Les entreprises prenant en charge la réalisation des cymembres, leur greffe et leur rééducation, le cyath n'avait pas à se soucier de son quotidien et de ses entraînements. Ma mère les qualifierait d'H2A suprêmes, comme dans le vieil holofilm *Le destin d'Élon* où le héros fusionne avec l'IA. Les cyath portaient fièrement les couleurs de leur sponsor. Devenus les grandes célébrités des métacités, on trouvait des cyathlètes dans toutes les disciplines.

Ils étaient les nouveaux modèles des enfants.

Âgé de cinq ans, Ange n'y échappait pas :

— Maman ! Regarde, le cyath d'Antinoupolis ! Je veux le même bras ! Hérités de Sekou, ses yeux bleu foncé brillaient de désir.

— On verra mon petit H2A ! Grandis encore un peu, lui répondit son père en ébouriffant sa tignasse rousse.

— Dans un an, quand j'aurai ma puce, je me ferai greffer ce bras ! ajouta-t-il avec fermeté.

1. Contraction de Cyathlète, ce mot étant lui-même une contraction de Cybernétique Athlète.

Horrifiée, Indira écarquilla les yeux, puis reprit son argumentation :

— *La domination, c'est la sécurité* ! Non mais… je rêve ! Sincèrement, je reste bouche bée. On n'a même plus assez d'électricité pour répondre à nos besoins. Pire que tout… on crée de nouveaux objets consommant encore plus… Regarde ces cyath ! Avec quoi crois-tu qu'ils fassent tourner leur cyjambes ?

— Indira… ce que tu peux manquer de patriotisme ! Premièrement, les cyath sont la fierté de notre Cité, la preuve de notre puissance technologique ! Deuxièmement, tu devrais être honorée d'endurer ces coupures : nous devons nous restreindre pour la grandeur de Métacité. Tu as oublié : *Prospérité, Réussite et Sécurité !* Il y a deux jours, dans le TIU, j'ai vu un reportage à propos des coupures…

— Pfff, sur les casques d'immersion ?

— Oui ! répondit fièrement Grace.

— C'est de la propagande !

— C'est toi qui le dis. Moi, j'ai trouvé leurs propos très justes… ils nous expliquaient que Tlapan avait lancé une offensive sur le marché des nucléobilles et que nous allions devoir endurer de nouvelles coupures.

— Pour que les cyath puissent recharger leurs prothèses et nous amuser ? Tu parles d'un sacrifice patriotique !

— Indira, tu devrais accepter de te renseigner parfois, car tu sembles tout ignorer des tensions entre les métacités.

— Si je te suis… on doit souffrir en silence pour perpétuer ça ! dit-elle en pointant du doigt le cystade. Regarde ton gamin, il n'a même pas son corps d'adulte qu'il veut déjà se faire couper un bras pour le remplacer par une prothèse. Tu trouves ça sain ?

Grace éclata de rire :

— Venant de quelqu'un qui a bâti sa réussite sur son image et sur la promotion d'une firme transcitéenne, je trouve ça gonflé !

— Ce n'est pas mon choix et tu le sais, rétorqua Indira, visiblement vexée d'être confrontée à ses contradictions.

En effet, à côté de ses prises de position radicales, Indira occupait un métier en inadéquation totale avec ce qu'elle était. Reconnue dans la rue, arrêtée pour un autographe, paparazziée par des propriétaires d'*Encore+Loin* peu scrupuleux, sa célébrité était notre quotidien. Indira incarnait la réussite métacitienne et était même devenue un personnage du dernier jeu à la mode intégré à tout produit *Toujours+*.

Pourtant, elle souffrait de la dichotomie entre son image publique consensuelle et ses prises de position anti-métacitienne, restreintes néanmoins à l'intimité de son cercle amical.

Toutefois, j'admirais sa clairvoyance et sa ténacité et l'aimais terriblement pour ces qualités rares : à l'inverse des autres Métacitiens, elle revendiquait avec fierté son humanité et refusait le sobriquet restrictif d'H2A.

– 2 –

Quand nous décidâmes d'avoir un bébé, j'envisageais ce choix comme une solution à son mal-être. La maternité allait lui offrir l'opportunité de s'épanouir en étant elle-même. Pourtant, la situation n'en devint pas plus acceptable. Il fallut résoudre la question de savoir si notre bébé serait un H2A. Fermement opposé à ce que notre enfant soit un humain Augmenté, je décrétais avec fermeté :

— Pas de puce avant dix-huit ans ! Pas d'Amélioration !

Pour la convaincre, je relatais une fois de plus à Indira mon expérience phusienne. Je lui retraçais en outre ma rencontre avec Lila :

— Mon amour… on peut porter et mettre au monde un être parfaitement sain sans procéder à une sélection génétique poussée… Est-il vraiment nécessaire de choisir la couleur de ses yeux ? Est-ce éthique de déterminer ses aptitudes intellectuelles ? N'est-ce pas l'amour parental qui est le garant par excellence de l'équilibre de l'enfant plutôt que toutes les puces du monde ?

Elle acquiesça.

Mais nos familles, nos amis nous mirent une pression inimaginable en nous serinant que nous devions engendrer un humain Amélioré, car c'était ce qu'il y avait de meilleur pour lui. La culture de Métacité et de Like était terriblement prégnante[1].

Alors, nous cédâmes.

1. Qui s'impose à l'esprit.

40

Ce n'est rien quand on s'aime !

Depuis des mois, Esther dort mal. Après les incendies, les inondations ont ravagé les métacités. Couverts de bitumes, les sols étaient devenus étanches. Les flots avaient ruisselé vers les points les plus bas : la ceinture industrielle, les stations de TIU et les sous-sols des techno-serres. Tout le système de transformation des aliments avait été noyé ainsi que la grande majorité des plants de rechange en cas d'état infectieux. Métacité n'avait pas été la seule à être touchée : l'eau s'était répandue sur des kilomètres d'asphaltes, incapables d'absorber la moindre goutte.

À vrai dire, on ne sait pas comment les Cités ont évité la famine. Ce fut une simple disette pendant laquelle chacun fut durement rationné.

Lors de cette tragédie, Esther vit la mort en face notamment quand les flots déchaînés dévalèrent les routes connectées, au moment où l'entrepôt se mit à barrir comme un pachyderme blessé ou lorsqu'elle fut plongée dans une obscurité totale, faute d'électricité. Isolée plusieurs jours dans son mausolée métallique, l'H2A rétrogradée crut vivre un scénario de film apocalyptique. Mais par chance, le site T+02-594 fut épargné. Seule une infâme odeur de boue persiste.

Désormais, Esther sort de sa chambre meublée sommairement d'un lit, d'un placard et d'une douche toilette à eau. Peu assurée, elle descend les escaliers qui mènent au hangar de la ligne de production n° 17425833.

Elle n'a toujours pas croisé âme qui vive.

Vêtue de son bleu de travail, portant ses accessoires, elle marche sans entrain vers les machines.

Il fait froid.

Malgré son masque, de la vapeur d'eau se dégage de sa bouche. Son nez coule. Au loin, à travers les vitres de plexiglas, elle aperçoit une autonomobile quittant la ceinture industrielle à vive allure :
— Encore un riche qui se paie une sortie de la métacité. Moi aussi, je peux me barrer d'ici !

Joignant le geste à la parole, elle ouvre une portière imaginaire, monte dans un véhicule inexistant et se penche sur le conducteur :
— Chiheb… donne-moi mes *Encore+Loin,* s'il te plaît ?

Les saisissant, elle les enfile d'un geste incertain. La voiture démarre et longe la première zone de production. La ligne est en parfait état. Elle puce au détecteur de l'aire pour valider son parcours, puis débute l'un de ses monologues sans fin avec les fantômes qui ponctue son quotidien :
— Allons voir les cascades de… oh, j'ai oublié… tu sais, ce sublime parc *Homo sapiens* dont l'entrée est réservée à quelques H2A. Allons-y. Nous y serons bien… Nous contemplerons notre bonheur.

Poursuivant sa tournée des lignes de production, elle stoppe devant celle des +*Reposé*. De minuscules puces hypersensibles sont introduites dans un maillage de détecteurs qui formera la housse des coussins :

— Avec ça, je comprendrai pourquoi je dors mal. J'aurai un beau teint frais comme cette salope d'Indira et je serai plus efficace… Like me réintégrera. Je serai à nouveau une H2A à part entière… N'est-ce pas, Chiheb ? Je pourrai te retrouver… Je sais que tu m'attends. *Cœurpatible* a dit que l'on est fait l'un pour l'autre… Ça fait combien de temps, déjà… Treize ans… Treize ans ! Treize ans, c'est rien quand on aime ! n'est-ce pas, mon amour ? On s'aime, non ? On s'aime, hurle-t-elle en se ruant vers sa chambre. Chiheb attends-moi… Regarde… tu me fais pleurer… Tu sais, mon amour… je vais être réhabilitée. Guette-moi… Je t'offrirai le ++*Présent*… Like me gratifiera ! Oui, moi aussi, je t'aime ! Merci ! Merci ! Merci pour ces fleurs ! Elles sont magnifiques… Merci pour tout ce que tu as fait pour moi, murmure-t-elle entre deux sanglots, avant d'entamer une danse lascive avec son fantôme et de chercher à enlacer les +*Propre* qui entretiennent le hangar.

41

Éveillés au milieu des somnambules

Indira trancha ! Elle choisit de porter nos enfants :

— J'ai trente-deux ans, j'assume ! Nous ne ferons pas appel à un ventre à louer, décréta-t-elle.

Pour preuve de sa détermination, elle apparaissait enceinte sur ses vidéos. Son courage fut sanctionné par une baisse de ses visionneurs qui désapprouvaient cette attitude marginale.

Sa grossesse fut difficile, mais elle eut le bonheur de mettre au monde deux ravissantes fillettes. En effet, nous avions opté pour le jumelage ! Nous souhaitions qu'elles ne soient jamais seules. C'était une autre manière de braver la normalité.

Ayant été contraint d'opter pour l'Amélioration, nous avions arrêté notre choix sur les profils génétiques qui revenaient statistiquement le plus souvent. Mais, nous refusions les pratiques dominantes. Ainsi, rompant avec la mode en vigueur dans les métacités, nous avions décidé de ne pas leur donner de noms à consonances divines ou célestes. Elles se prénomment Hotaru et Rose. Ce sont des enfants merveilleuses. Nous les avons élevées avec notre amour imparfait d'humain. Nous leur avons appris l'acceptation de leurs limites et la méfiance vis-à-vis des IA intrusives. Les laissant le moins possible aux bons soins du robot-nurse, le temps perdu en leur compagnie nous valut d'être rétrogradés dans la hiérarchie des H2A. Je me retrouvais loin des postes de pouvoir du Ministère et les vidéos d'Indira étaient moins populaires, sabordées par l'IA locale de *Toujours+*. Durant quelques mois, je soupçonnais même une vengeance mesquine de mon père. Nous étions considérés comme des humains Augmentés à la dérive, presque des parias. Un jour, par hasard, j'entendis une conversation concernant mon éventuelle mutation dans la ceinture industrielle.

– 2 –

En effet, nous tentions de soustraire nos filles à notre monde devenu fou, mais n'avions aucune alternative, car je ne retrouvais ni Phusis ni une autre Cité non métacitienne. Nous avions essayé tout ce qu'il était envisageable pour améliorer la vie dans notre mégapole. Par le vote, nous ne suivions pas les recommandations de Like. Par l'engagement, j'adhérais à un parti dissident, qui s'est révélé être un leurre aux mains de *Métacité d'abord.* Par le militantisme, nous tâchions de convaincre :

— Il est possible de reprogrammer Like ! Si on s'exprime en masse, nous pouvons changer les choses !

Mais on nous rétorquait que je prenais mes rêves pour la réalité. Même Sékou ironisait :

— Tu es naïf ! Tu crois pouvoir transformer le monde, pauvre H2A que tu es ! Et même si je suivais tes conseils, il te faudrait convaincre tous les Métacitiens. Alors… bon courage, mon gars !

Refusant d'abdiquer, j'ai créé un parti politique pour me présenter à l'Assemblée des H2A. Ce fut un échec : nul n'avait lu mon programme, car tout le monde suivait les *conseils de l'IA*. Écartant le recours à la violence et m'interdisant d'entrer dans la marginalité comme Dio pour que mes filles n'en souffrent pas, je refusais qu'elles deviennent des H2A égocentriques crevant à petit feu en raison d'une pollution endémique.

Pourtant, il existait des solutions ! D'ailleurs, pour aussi relative qu'elle fut, mon excursion à Phusis était révélatrice. Ainsi, alors que j'avais remarqué de vastes plaines totalement vides, Sylvain avait répondu à mes interrogations sur cette perte d'espace irrationnelle :

— Il n'est pas question de rationalité. Ce que tu vois là-bas, ce sont d'anciennes zones industrielles ou des bassins de décantation. Les terres sont si polluées qu'il est dangereux d'y habiter. Avant d'être à nouveau viables et cultivables, ces espaces sont placés en rémission. Nous pratiquons la *phytoremédiation*.

— C'est quoi ?

— Pour faire simple, nous plantons des végétaux qui transforment les polluants en matière organique réutilisable. En gros, le saule des vanniers absorbe le zinc du sol et nous le récoltons pour faire des paniers. Pas mal, hein ?

Naturellement à chaque fois que je parlais de dépollution des sols, je me heurtais au regard hébété de mes compatriotes captifs d'une société qui galopait à sa perte. Entourés de H2A devenus inaptes à construire une analyse et obsédés par leurs préoccupations mercantiles, Indira et moi avions l'impression d'être les seuls esprits éveillés dans un monde de somnambules.

– 3 –

Lorsque Heiani décéda à soixante-quatre ans, nous nous sentîmes encore plus isolés. Ce fut soudain. Pourtant, nous savions que ses bronches étaient rongées par la pollution et son corps en fin de vie. Nous nous ruâmes à son chevet où nous nous sentîmes bien seuls. Trop occupés à vouloir atteindre la félicité promise par le modèle métacitien, Grace, Sékou, Félicien, Émy et mes parents n'avaient pas daigné se déplacer. Ils ne vinrent pas non plus aux obsèques.

Immensément triste puisque dans mon cœur Heiani avait remplacé ma mère, je décidais de passer outre l'IAlerte négative et me rendis à son inhumation en compagnie d'Indira. Pour l'occasion, nous avions confié les jumelles à Émy qui fut ravie de s'occuper enfin d'enfants. Nous avions demandé qu'elle soit incinérée et avions étrangement souhaité récupérer ses cendres. Vêtus de noir comme cela se faisait dans des temps reculés, mon épouse et moi nous tenions la main devant son cercueil en carton biodégradable. Ne sachant pas comment lui rendre hommage, j'évoquais des souvenirs à voix basse, alors que des larmes coulaient sur mes joues :
— Merci Heiani… Merci mille fois… Qu'aurait été la vie sans ton originalité… sans tes masques peints… Merci pour ces promenades dans le parc Gate où pouvant jouer avec ta fille, j'ai… j'ai… eu une vraie… vraie… famille, bégayais-je, emporté par l'émotion.

Devinant que j'étais incapable de poursuivre, Indira prit la parole :
— Merci Heiani et surtout… pardon… Pardon pour la façon dont tu as été traitée dans le gérontocentre… Pardon pour le sort que Like réserve aux anciens… Pardon pour la

manière dont Métacité influence l'éducation des enfants… Je suis désolée que le petit Ange n'ait pas été plus doux avec toi… Je suis navrée que Grace ne se tiennent pas à nos côtés… J'aimais ton humanité… Je t'embrasse fort Heiani… Repose en paix, murmura-t-elle, la voix brisée par l'émotion au moment où le tapis roulant commença à emporter Heiani sans que nous n'ayons rien demandé.

Agacé, je repoussai d'un geste brusque le +*Serviable* venu nous apporter des mouchoirs +*Joyeux*, suivis des yeux le cercueil jusqu'à ce qu'il disparaisse derrière un grand rideau rouge, puis entraîna Indira vers un banc :

— Ça va, toi ?

— … Je suis une H2A… et malgré ça, j'ai de la peine…

— Je suis Amélioré… et pourtant, j'en ai aussi !

— C'est ça qui te perturbe ?

— Non… je pensais à ce que j'ai vu à Phusis… Qu'est-ce que je pouvais être stupide à cet âge-là…

— Tu me racontes en attendant que le robot fossoyeur apporte l'urne de Heiani ?

— … Pfff… si tu veux… Nous étions dans le tube et j'avais remarqué qu'un très vieux monsieur était accompagné par une personne avec laquelle il ne semblait avoir aucun lien de parenté… Sylvain m'expliqua que tous les Phusiens ont un parrain-sénior pour les aiguiller dans la vie et les aider dans les moments difficiles.

— C'est une idée à retenir… Mais pourquoi dis-tu que tu étais idiot ?

— Parce que… parce que je me suis offusqué qu'un papi puisse jouer avec sa petite-fille… Elle était sur ses genoux et avait posé la paume de sa main contre celle de son aïeul. Je me souviens qu'il chantonnait une comptine à son oreille et qu'elle riait si fort que tout le monde était attendri.

— Sauf toi, évidemment…

— Ouais… et crois bien qu'aujourd'hui, je regrette de ne pas avoir mémorisé cette chanson, car je l'aurais chanté à nos filles, conclus-je en baissant la tête.

– 4 –

Dix minutes plus tard, le robot fossoyeur s'approcha de notre banc avec les cendres de Heiani. Nous prîmes l'urne, montâmes dans notre autonomobile et empruntâmes la voie conduisant au Parc Gate où Dio nous attendait devant l'entrée principale. Sans se faire prier, il s'installa à l'arrière.

Dio avait vieilli, mais ses yeux traduisaient une capacité d'indignation intacte. Pour l'occasion, il avait abandonné son éternel manteau élimé pour une veste des plus élégantes. Ses cheveux étaient tirés en arrière sous un chapeau haut de forme. Il ressemblait à un député du XIXème siècle.

Nous roulâmes en silence. Personne n'avait envie de lancer une conversation stérile. Même Indira avait renoncé à maudire les métacités. Je crois que chacun se remémorait ses moments avec Heiani. La ceinture industrielle franchie, nous nous arrêtâmes dans une clairière semblable à celle où ma vie avait basculé. Enjambant les herbes folles, nous marchâmes jusqu'à la lisière d'un bois où nous dispersâmes les cendres au pied d'un arbre centenaire, car j'étais convaincu qu'elle aurait adoré cet endroit. Loin du brouillard perpétuel, écoutant le chant des oiseaux et profitant du soleil, Heiani avait trouvé la paix. Mêlée aux racines, aux feuilles et aux écorces, l'éternelle rebelle aux cheveux de feu était enfin heureuse et le méritait pour tout ce qu'elle m'avait donné.

42

L'auto-stoppeuse

J'étais âgé de trente-neuf ans, mes jumelles en avaient déjà dix. Une fois de plus, je tentais de fuir notre métacité et roulais vers la forêt, car je nourrissais toujours l'espoir d'y emmener les filles afin de les protéger. Mais alors que je traversais la ceinture industrielle, une femme jaillit d'entre les hangars, me héla de toutes ses forces, puis se jeta quasiment sous mes roues pour me forcer à stopper.

Maigre, les yeux hagards, son visage ne m'était pas inconnu, mais j'étais dans l'impossibilité de la nommer ! Affolée, elle parlait à toute vitesse :

— Vous quittez la ceinture industrielle ?

— Oui…

— Vous allez dans une autre métacité ?

— … Euh… non… Je vais me balader en forêt… pour… pour chercher des produits innovants pour… ma femme qui est… euh… créatrice de mode.

— Quoi ? Forêt ? Vous avez dit… forêt ? J'ai bien entendu ?

— … Oui…

— Alors, déposez-moi ! m'intima-t-elle en faisant le tour de la voiture et en s'installant à mes côtés, sans requérir mon consentement.

Nous roulâmes sans prononcer un mot.

L'observant du coin de l'œil, je m'aperçus qu'elle s'était emmaillotée la main droite dans un tissu crasseux. Devinant qu'elle était blessée, je lui proposais un antiseptique. En guise de réponse, elle dissimula sa paume dans les plis de sa blouse. Pressentant qu'elle ne se départirait pas de son mutisme, je réprimais mon envie de connaître son identité et de savoir ce qu'elle fuyait, puis me concentrais sur ma conduite. Plus tard, nous entrâmes dans les bois. Arrivés dans une clairière entourée de buissons touffus, je me garais. Sans un regard, ma passagère me remercia et détala. Je la suivais des yeux. Elle était pieds nus et marchait en zigzag. Elle semblait égarée. Je partis du côté opposé.

Peaufinant mon plan d'évasion, je m'imaginais sauvant mes filles et ma femme, tel le chevalier Lancelot, protecteur, courageux et porteur de nobles valeurs. Perdu dans mes rêves de grandeur, j'avançais dans les hautes herbes quand soudain, je reconnus la forêt !

— Les noyers ! Et plus loin, les vignes ! La forêt… c'est la forêt de Sylvain ! m'exclamais-je en enjambant une rangée de salades.

Envahi par une joie incontrôlable, j'évacuais toute ma frustration d'avoir cherché en vain pendant des années en poussant un hurlement d'une telle intensité que tous les oiseaux de la forêt s'enfuirent à tire-d'aile. Puis, pris de la danse de Saint Guy, je répétais sans cesse :

— Elles sont libres ! Elles sont libres ! Elles sont libres !

Une immense vague de bonheur me submergea. Des larmes dans les yeux, je m'intimais de rentrer à la maison, de boucler les valises et de mettre tout le monde dans la voiture. Puis mentalement, j'entamais la rédaction du courrier d'adieu à mes parents. Mais alors que je tournais les talons pour courir à la voiture, je perdis connaissance.

– 2 –

Assis dans mon canapé, hébété devant mon mur connecté, je me sentais patraque. Instinctivement, je tentais de rassembler mes souvenirs :

— Adam, concentre-toi… Tu étais en forêt… Tu étais enfin arrivé aux portes de Phusis. Comment se fait-il que tu sois désormais dans ton salon ?

Me remémorant l'agression subie par Grace, je regardais ma main droite et poussais un soupir de soulagement en constatant que ma puce ne m'avait pas été arrachée. Alors, une multitude de questions m'envahirent :

— Peut-être ai-je été attaqué ? Peut-être souffrais-je d'amnésie ? C'est ça… J'ai été molesté… j'ai reçu un violent coup sur la tête ou ailleurs et un robot policier m'a ramené chez moi !

Pris d'une subite inspiration, je filais dans la salle de douche où je me dévêtis pour scruter mon corps :

— Rien ! Je n'ai aucune trace de violence physique, conclus-je après un examen minutieux. Et si on m'avait volé mon autonomobile ?

Courant vers mon ++*Présent*, je m'immobilisais au milieu du salon :

— Réfléchis pauvre idiot ! Si on t'a piqué la voiture... comment es-tu rentré ?

Par acquit de conscience, je géolocalisais mon autonomobile qui était garée au pied de l'immeuble. C'était incompréhensible. Ma situation était ubuesque.

Je m'apprêtais à conclure que j'avais rêvé une fois de plus, quand me vint l'idée de contrôler les bandes de vidéosurveillance de l'appartement. Me connectant à l'IA locale, je les visionnais sur mon mur connecté.

Instinctivement, je fronçais les sourcils en m'apercevant. Seul, le regard vitreux, d'un pas hésitant, je me vis me présenter à la porte d'entrée et pucer. Ensuite, je verrouillais, rangeais mon ++*Présent* sur son socle, puis comme à mon habitude, je me servis un verre d'eau avant de m'asseoir sur le canapé. Les paumes posées sur les genoux, le dos droit et le regard vide, je restais immobile au moins une minute. Puis, d'un air surpris, je détaillais ma main.

À cet instant, je compris !

Je compris la prise de contrôle de mon corps. Je compris l'ingérence dans ma conscience. Je compris le viol ultime de ma liberté d'aller et venir : *PAm*++ avait été activée.

Me renversant dans le sofa et en essayant de contenir l'onde de bonheur qui commençait à m'envahir, je raisonnais à voix haute :

— Like m'a considéré comme dangereux... Elle a choisi de soustraire mon enveloppe corporelle à l'influence néfaste de mon esprit… Pour que l'IA décide de mettre fin à mes pérégrinations, c'est que ça la dérange, sinon quel intérêt… Donc, j'ai touché au but ! J'ai retrouvé Phusis ! conclus-je en affichant un sourire que je ne me connaissais pas.

43

Tantale brise tes chaînes !

Ligne de production n° 17425833. À soixante-six ans, Esther n'attend plus rien de la vie. S'agrippant à la rampe, elle descend les escaliers. Ces derniers jours, les murs sont devenus liquides. *Pourquoi n'arrêtent-ils pas d'onduler ?* songe-t-elle, effarée. D'un regard, elle embrasse le hangar. Sous ses yeux s'étale la richesse de sa Cité. Tous ces objets qui feraient d'elle une H2A accomplie ne lui sont pas destinés. Ils lui sont même interdits pour l'éternité ! Tantale[1] des temps modernes, elle crie sa rage et s'arrache une poignée de cheveux en hurlant son désespoir :

— Je serai réintégrée ! Il le faut !

Ses seuls moments de réconforts sont les relations fantasmagoriques qu'elle entretient avec ses fantômes depuis des années. Aujourd'hui, Chiheb lui a apporté un paquet de biscuits parfumés aux roses. Harmonia, sa meilleure amie et confidente, lui a rendu visite. Puis, Indira vient de lui annoncer qu'elle était réhabilitée. Alors, elle saute de joie au milieu des lignes de production. Elle chante. Son rêve se réalise enfin ! Son +*Présent* vibre. *C'est une IAlerte de Like. Les IA me réintègrent ! C'est certain ! Toutes ces années de bons et loyaux services ont payé !* Un large sourire illuminant son visage, Esther lit le message :

---

1. Personne qui désire ardemment ce qui lui est inaccessible.

— *Pour votre sérieux* Toujours+ *tient à vous remercier en vous offrant la dernière* PAm++, *une puce de très haute technologie. Un médecin viendra vous la greffer dans une heure. Soyez à l'entrée du hangar 002 - site T+02-594.*

À cet instant, Esther se fige. Des milliers de frissons remontent le long de sa colonne vertébrale. Pleinement lucide, elle comprend que Like vient la déconnecter. En quelques secondes sa décision est prise. Elle fouille sa poche gauche et en sort son cutter. Elle retire son gant droit, le met entre ses dents et écarte ses doigts. Puis sans hésiter, elle entaille sa main. Elle ferme les yeux. Des larmes perlent sur ses cils. Stoïque, elle ne laisse transparaître aucune émotion. D'entre ses chairs émerge une pièce métallisée. Malgré l'intensité de la douleur, elle les presse habilement pour en extraire sa puce d'identification.

La Métacitienne n'est plus une Métacitienne.

C'est terminé !

– 2 –

Alors, elle utilise le gant comme garrot, puis entoure sa main avec un torchon crasseux. Ses *+Rapide* étant connectées, elle se déchausse. Pieds nus, elle court sur le sol glacé du hangar jusqu'à unc piècc où un vieux *+Propre* a été oublié. Elle le fait rouler jusque devant son poste de travail, le programme en mode nettoyage circulaire, puis dépose son *+Présent*, ses *+Loin*, sa puce et ses *+Rapide* dans son panier pour laisser croire à sa présence. Ensuite, sans un regard pour ces objets qui firent sa fierté, elle file franchir le portail de l'entrepôt 002 du site T+02-594.

Courant dans le sens opposé à Métacité, elle entend vrombir le moteur d'une autonomobile. *Ce ne peut pas être déjà le médecin* ! pense-t-elle. Alors, n'ayant rien à perdre, elle se met en travers de la route, hurle et agite les bras. Un conducteur d'une quarantaine d'années avec des yeux clairs s'arrête. Il prétend aller vers la forêt, Esther monte à bord. Sa main la fait souffrir. L'inconnu s'en aperçoit et lui propose de la soigner. En guise de réponse, elle cache sa blessure dans les replis de son bleu de travail et s'enfonce dans le mutisme par crainte de livrer des informations qui pourraient lui permettre d'être dénoncée.

Après un long trajet, ils arrivent dans une clairière. Esther salue le chauffeur et s'enfuit à toutes jambes. La pureté de l'air l'incommode : sa tête tourne, elle titube. Elle a la nausée et s'appuie contre un arbre pour ne pas tomber.

Elle erre sans but. Ne sachant où aller, elle suit un sentier. Elle lève les yeux et se sent écrasée par l'immensité des arbres. Inspirant profondément, il lui semble que ses forces reviennent. Négligeant ses pieds blessés par les cailloux, elle reprend sa marche en avant à la recherche d'un cours d'eau dans lequel elle lavera sa plaie.

Soudain, elle entend un hurlement fou qui la glace jusqu'aux os. Elle s'immobilise. Le cri cesse, elle avance à pas comptés. Accompagnée par le chant des oiseaux, elle entre dans une étrange forêt.

Elle marche, marche et marche encore.

Brusquement, elle entend des pas. Elle distingue une silhouette. Un homme d'un certain âge apparaît. Il boite.

44

Le mythe fondateur

Oui ! Oui, je l'avoue. Persuadé d'avoir enfin retrouvé le chemin de Phusis, mon visage rayonna au point que mes mâchoires en devinrent douloureuses. Expression égotique d'un H2A conscient de sa supériorité ou soupir d'un simple humain soulagé d'avoir achevé sa quête, il m'importait peu de me psychanalyser et je fermais les yeux pour mémoriser chaque mètre d'asphalte conduisant de l'enfer au paradis avant que Like ne me transforme en machine à obéir. En effet, comprenant avoir été téléguidé par l'IA, je n'ignorais pas que cet avertissement était l'ultime coup de semonce : la prochaine incartade condamnerait mon corps à vivre sans esprit. Il serait alors plus discipliné, plus servile et plus *métacitien.* Il serait une marionnette sans âme. C'est la raison pour laquelle je ne me laissais pas aller à l'exubérance par crainte que l'IA locale n'ait placé un logiciel de reconnaissance émotionnelle dans notre holohumeur. D'ailleurs, convaincu depuis des lustres que *Coïta* et *Orgasmus* servaient à débusquer des comportements déviants de type pédopornographique ou permettaient de faire pression sur les cadres de la Cité se livrant au libertinage virtuel adultérin, je m'étais toujours méfié des technologies intrusives et sans rien laisser paraître, je me dirigeais sans empressement vers ma chambre, malgré mon envie de savourer mon triomphe.

Assis sur mon lit, j'hésitais sur la conduite à tenir. Partagé entre le désir de mettre ma famille à l'abri et la peur viscérale d'être débranché par Liaque, je me pris à rêver d'un univers sans contrainte, quand l'alerte de mon *++Présent* m'informa de la marche blanche des réfugiés climatiques.

Étonné que de pauvres hères osent braver l'autorité, je suivis leur manifestation sur l'une des artères la plus fréquentée de Métacité. Unis par une conscience commune et en quête de la reconquête de leur dignité, ils étaient impressionnants de sérénité. Loin de courber l'échine, ils avaient décidé d'offrir à la ville une pulsation différente de celle imposée par le *tic-tac* de Liaque. Surprenants d'inventivité, ils avaient confectionné des instruments de musique. Des bidons étaient devenus des percussions, des bouteilles des instruments à vent et des canettes remplies de graviers étaient des maracas. Les jerricans donnaient le tempo d'une chorégraphie universelle.

Métacité vibrait ! Métacité vivait !

Le corps recouvert de frissons, je ne fus pas surpris d'apercevoir Dio en tête du cortège qui, malgré ses difficultés à se mouvoir en raison de son âge avancé, battait des mains en exultant. Avançant sans protection comme tous ses camarades de lutte, il invitait chacun à débrancher ses oreillettes. Fidèle à la passion qui l'avait animé, je le vis se démener comme un beau diable quand soudain, il porta ses mains à sa gorge, tomba à genoux, puis dans un ultime effort pour se redresser, il s'affala sur le dos, les bras en croix. Indiscrètes et indécentes, les caméras de la ville zoomèrent sur son visage. Des larmes de bonheur ruisselant encore sur ses joues, Dio était mort heureux. Dio était mort libre !

– 2 –

À vrai dire, je ne me souviens pas combien de temps je suis resté hébété. Mon ++ *Présent* avait glissé à mes pieds. M'entourant de ses bras, je me souviens qu'assise à mes côtés, Indira me parlait de Dio et de l'inhumanité de Métacité sans que je ne l'entende. Repensant aux milliers d'étoiles constellant le ciel de Phusis, la nuit où j'y ai dormi, je tendis la main pour prendre dans le tiroir de ma table de nuit la longue lettre que Sylvain m'avait glissée dans la poche avant que mes parents ne me récupèrent. Des larmes dans les yeux, je redécouvris son écriture manuscrite magnifiquement calligraphiée et tins à lire à ma femme son texte pour me donner la force d'aller de l'avant :

Mon cher Adam,

Il y a bien longtemps, une famille s'était perdue dans les bois. On ne sait s'ils avaient été chassés de Métacité ou s'ils s'étaient égarés. Le fait est qu'ils ne savaient pas où ils étaient. Après une journée d'errance, le père, la mère, leur fille et leur fils ont trouvé refuge auprès d'un arbre. Assis sur une pierre, le fils se plaignit de la soif. À peine eut-il terminé sa phrase qu'une source d'eau pure jaillit à ses pieds. Tous purent s'y désaltérer et ne souffrirent plus jamais de la pépie.

À son tour, le père se lamenta d'avoir faim. Avec délicatesse, les branches ployèrent pour leur présenter des fruits variés, charnus et goûteux. Tous purent s'en nourrir et ne souffrirent plus jamais d'inanition.

La jeune fille se désola de la fraîcheur du soir qui tombait. Une douce chaleur émana du tronc près duquel ils étaient rassemblés. Tous s'y réchauffèrent et ne souffrirent plus jamais du froid. Étonnée par ces prouesses, la mère demanda un matelas de mousse pour le confort de sa famille que l'hôte leur fournit aussitôt. Tous purent s'y assoupir et sombrèrent dans un sommeil réparateur.

Leur bien-être assuré par cet arbre altruiste, ils vécurent quelques jours sous ses frondaisons sans penser à s'en éloigner, à le quitter ou à retourner d'où ils venaient.

Un matin, le fils disparu. Tous s'en inquiétèrent. Le soir, ils le virent revenir vêtu d'un costume somptueux fait de feuillages et de fleurs. À ses pas, les plantes poussaient, les arbres fruitiers s'épanouissaient et les légumes prospéraient : il était prêt à apprendre l'agriculture aux Phusiens.

Le lendemain, ce fut le père qui s'évanouit. Le soir, il revint brillant de mille feux. Il avait percé le secret de la lumière éternelle : il pouvait enseigner la création et la bonne gestion des énergies.

Le surlendemain, la jeune fille se retira à son tour. Le soir, elle revint avec une multitude d'outils volants autour d'elle : elle sut insuffler la connaissance, les hautes technologies et leurs pratiques à ceux le désirant.

Quant à la mère, elle ne disparut pas. Mais, un matin, voyant que chaque membre de la famille avait trouvé sa voie : elle décida de partir. Elle chemina longtemps et alla à la rencontre des Homo sapiens rejetés hors des métacités. Sur le sentier du retour, elle leur désapprit les maux de ces Cités et leur enseigna les valeurs de Phusis : l'entraide au lieu de la concurrence, la tempérance au lieu de l'excès, la sobriété au lieu de la surconsommation, le respect au lieu du mépris, la compassion au lieu du cynisme et la tolérance par la connaissance au lieu de l'aveuglante ignorance. En d'autres termes, elle leur inculqua la bienfaisance et l'Équilibre entre les êtres vivants, les végétaux et la Terre. Arrivés au pied du chêne merveilleux, les Homo sapiens étaient aptes à devenir des Phusiens. Cette famille originelle leur offrit l'opportunité de construire de nouvelles Cités où l'Homme, son bien-être et celui de son écosystème seraient le centre de toutes les attentions.

C'est ainsi que naquit Phusis. Je te raconte cela, car je suis persuadé de te revoir ! Je t'embrasse fort.

Surtout prends soin de toi et des tiens !

Sylvain

Brisée par l'émotion, Indira me lança un regard dont j'ignorais qu'il put être aussi intense et ce jour-là, je compris que mon épouse avait renoncé.

45

À l'aube du dernier jour

Aucun mot n'est assez fort pour décrire ce que je ressentis quand à l'aube de son quarante-cinquième anniversaire, Indira décida de ne plus se réveiller. Ce matin-là, j'expliquais à mes filles que leur maman était décédée d'une rupture d'anévrisme, puis les expédiais à l'holociné, après leur avoir intimé d'être impérativement de retour à 15 h 30. Ensuite, je pris toute disposition pour organiser les funérailles et récupérer les cendres. Si je ne daignais pas prévenir Félicien et Émy dont l'absence à l'enterrement d'Heaini m'avait déçu, je contactais mes parents espérant qu'ils me réconfortent. Mais, ils ne répondirent ni à leur ++*Présent* ni à mes Hu-Mess : le temps ne leur avait pas fait oublier que j'étais l'échec de leur vie.

M'accrochant au sentiment de libération ressenti quand j'avais retrouvé Phusis, je décidais de respecter la dernière volonté d'Indira de voir ses filles échapper à la déchéance. Ainsi sur le chemin du crématorium, je me remémorais le schéma que j'avais dessiné sur un morceau de papier. De la clairière aux noyers, des rangées de salades à la vigne, je n'avais rien oublié. Néanmoins, une détresse abyssale m'étreignit, car ce dessin me rappelait qu'Indira avait mis fin à ses jours.

À vrai dire, elle était à bout depuis quelques temps. Célébrité, puis humaine Améliorée reclassée, la baisse de fréquentation de ses vidéos amorça sa chute. Pourtant, pour tenter de l'enrayer, elle avait investi dans des méthodes de communication de dernière génération basées sur la transmission directe de l'information à la puce cérébrale. Cependant, pour avoir accordé ses contenus à ses convictions sociétales innovantes, ce recours au *nec plus ultra* des techniques de marketing direct intrusif n'avait pas l'effet escompté. Non seulement, Liaque lui avait reproché ses orientations incompatibles avec la devise de la Cité, mais l'élite métacitienne avait condamné son snobisme. Ses vidéos furent rétrogradées. Ayant perdu une grande partie d'un public largement émoussé, elle avait tenté de se relancer en ciblant les futures mamans. Ainsi, elle avait filmé des expérimentations de programmes *bêtas* de robots-nurses sur des robots-bébés afin d'en évaluer l'efficacité. Engagée dans une course effrénée et quasi schizophrénique de son image, elle s'était épuisée pour reprendre sa place dans un monde qui l'avait frappée d'obsolescence et qu'elle exécrait.

Face à son malaise, je m'étais investi dans mon travail et avais même obtenu des IAlertes positives, alors qu'en réalité, j'étais focalisé sur un plan d'évasion collectif dont la probabilité de réussite était proche du néant.

– 2 –

En effet, comme je l'avais subi, la Machine n'hésiterait malheureusement pas à rompre définitivement le lien reliant mon cerveau à mon corps pour punir ma récidive, à téléguider Indira, puis à lui infliger la même peine en cas de nouvelle tentative.

Prenant soin de nous éloigner de nos objets connectés, nous avions souvent évoqué les possibilités s'offrant à nous. Invariablement, nous avions redouté que capturées, puis pucées de force, les jumelles subissent les foudres de Like jusqu'à la fin de leurs jours.

Évidemment, la mort dans l'âme, nous aurions pu nous résoudre à laisser vivre les filles dans un monde de pollution, de mépris et d'aliénation et nous nous y apprêtions quand un beau jour, une IAlerte nous anéantit :

— *Vos filles véhiculent des idées anti-métacitiennes reflétant votre marginalisation. Afin de vous aider dans leur éducation et leur assurer un avenir radieux, l'IA a le plaisir de vous annoncer qu'elles recevront une puce d'identification. Dans une semaine, de manière à leur garantir un avenir professionnel, elles seront placées en apprentissage dans la ceinture industrielle sur le site T+10-740.*

Naturellement, Indira avait contacté le superviseur général de l'IA Centrale pour négocier, mais eu égard à la nature subversive de ses vidéos, elle s'était vu opposer une fin de non-recevoir :

— Si vous voulez sauver vos filles, faites-vous toute petite ! Le mieux serait que vous disparaissiez ! avait-il tonné.

Ayant compris qu'elle devait se sacrifier, elle ne m'avait parlé de rien et avait continué à m'entretenir dans l'illusion qu'une fuite collective était envisageable. Effondrés, nous comptions les heures même si nous savions qu'abandonner nos filles à Phusis au risque d'être téléguidés, était la seule issue. Cependant, nous ne parvenions pas à prendre cette décision ultime. Néanmoins, trois jours avant la date du puçage, Indira me réserva une surprise.

Alors que je rentrais du Ministère, elle avait couché nos adolescentes et préparé un dîner d'amoureux. Plus tard, elle me rejoignit au lit et s'allongea contre moi :

— Adam… merci… merci pour ton amour… Merci pour ta présence… Surtout n'oublie pas à quel point je t'aime… Je ne te l'ai pas assez dit, mais je t'aime.

— Moi aussi, je t'aime Indira. Tu es la plus belle chose qui me soit arrivée.

Alors, elle me fixa avec intensité, se tourna pour boire un verre d'eau, puis posa sa tête dans mon cou. Caressant ses cheveux, je m'endormis heureux.

Au petit matin, blottie contre moi, une main glacée posée sur mon torse, Indira n'était plus. Les yeux clos, elle semblait dormir. Ses lèvres bleuies légèrement entrouvertes formaient un ultime sourire qui m'était adressé. Comprenant qu'elle avait avalé la gélule mortifère que nous avions achetée au marché noir pour Heiani, au cas où elle aurait souhaité partir, le sol s'ouvrit sous mes pieds.

Mécaniquement, j'avais appelé les secours, puis prévenu mon employeur qui dans sa grande mansuétude commit l'erreur de m'offrir ma journée.

46

Aller simple pour l'avenir

Rentrant de la cérémonie funéraire avec l'urne sous le bras, je me rendis directement dans ma chambre pour la dissimuler dans un sac de voyage, puis fonçais dans le salon où avachies dans le canapé, Hotaru et Rose regardaient un film sur le mur connecté. Saisissant la télécommande, je mis fin à la récréation :

— Les filles… Il est 15 h 07… Vous avez huit minutes pour préparer vos bagages… Prenez des vêtements chauds… À 15 h 15, on est dans la voiture ! Allez ouste ! Bougez-vous…

— On va où ? s'enquit Rose.

— Là où votre mère m'a demandé de vous mettre en sécurité, répondis-je, avant qu'un sanglot ne bloque ma voix.

Immédiatement, les jumelles m'enlacèrent. Ayant jugé qu'à quinze ans, elles étaient suffisamment grandes pour comprendre le sort que Like leur réservait, leur mère leur avait fait jurer d'obéir sans discuter si le danger était imminent. Elles n'ignoraient donc pas que nous devions quitter Métacité pour les mettre en lieu sûr où elles auraient à se débrouiller seules. Mais, Hotaru s'inquiéta :

— Papa ! On prend les *Encore+Loin ?*

— Non ! Dépêchez-vous, mes chéries !

— Et nos +*Présent* ?
— Non aux appareils connectés ! Même les chaussures ! AUCUN ! Soyez gentilles… chaque seconde comptent !

Hotaru et Rose firent la moue, puis s'en allèrent en maugréant vers leur chambre. À la hâte, je griffonnais un mot priant les Phusiens d'accueillir mes filles et ajoutais dans l'enveloppe la lettre de Sylvain au cas où il soit décédé. Ensuite, je préparais des sandwiches et pris soin de glisser une bouteille d'eau dans une gibecière.

À 15 h 15, nous montions en voiture.

Nous avions trois heures avant que Like ne déclenche la prise de contrôle de mon esprit. Cent quatre-vingt petites minutes pour quitter notre métacité, trouver la forêt cultivée, se dire adieu et me retrouver dans mon canapé, apathique, seul pour toujours et le cœur définitivement broyé.

15 h 35. Nous quittions la Cité pour pénétrer dans la ceinture industrielle. Sur la banquette arrière, les filles étaient bouche bée devant tant de laideur.

16 h 05. Elles furent émues à la vue des premiers arbres. Malgré mon chagrin, j'esquissais un sourire : mes filles vivront libres.

16 h 45. Nous arrivâmes dans *la* clairière. Il restait une heure et quart. Pourtant, je ne leur laissais pas le loisir de découvrir l'herbe et le monde sans masque comme je l'avais fait des décennies auparavant et les pressais :
— On se dépêche. Rose… bouge-toi !
— Mais papa… regarde cet arbre ! Il est immense par

rapport à ceux des techno-serres.

— À Phusis, tu auras le temps d'observer tous les arbres !

— Viens ! dit Hotaru en tirant sa sœur par la main.

La gibecière en bandoulière, je marchais à vive allure :

— Vous voyez ce sentier ? Il mène à la forêt cultivée.

— Tu nous accompagnes ? se hasarda Hotaru.

— Uniquement jusqu'aux bois… Les filles, vous savez très bien que je ne peux pas. Voilà… on y est ! m'exclamais -je en tendant mon sac à Hotaru.

— … Papaaa… papaaa, sanglota Rose en se blottissant dans mes bras.

— Les filles… soyez courageuses ! Hotaru… prends soin de ta sœur…

— Mais… si on ne trouve pas ?

— Impossible… Vous ne pouvez pas vous tromper, c'est tout droit… Dans moins d'une heure, vous atteindrez une vaste plaine qui jouxte Phusis… Dès que vous croisez quelqu'un, vous demandez à être conduites auprès de Sylvain. Tu te souviendras ?

— Et s'il n'est pas là ?

— … Dans le sac, il y a une lettre… tu la remettras à la personne que tu auras rencontrée… Allez, mes chéries, il faut vous mettre en route… Venez me faire un câlin !

Hotaru et Rose se lovèrent contre moi.

Respirant une dernière fois leur odeur, je les exhortais à partir pour ne pas craquer :

— Si… si vous avez faim, arrêtez-vous quelques minutes au bord d'un ruisseau… Ne traînez pas, car la nuit tombe vers 20 h 30… Et surtout n'oubliez jamais que chaque pas que vous faites en direction de Phusis, rend votre maman heureuse… et moi aussi, précisais-je en leur déposant un ultime baiser tendre sur le front avant de les quitter sans me retourner.

– 2 –

Il était 17 h 05. Je courus à perdre haleine. Les larmes inondèrent mon visage. Mes oreilles bourdonnèrent. Culpabilisant d'abandonner mes filles, je fus tenté mille fois de rebrousser chemin. Mais étant pucé, je ne pouvais prendre le risque de les accompagner et de les faire repérer par Like. Égoïstement, j'aurais pu demander aux Phusiens de me retirer mes implants, mais qui aurais-je été pour donner à Métacité un motif pour envahir Phusis ? Quel être détestable serais-je devenu si je ne me sacrifiais pas comme Indira avait eu le courage de le faire ? Alors, entrant dans mon véhicule, je cessais de me poser des questions existentielles et démarrais en trombe. C'est ainsi que dans cette course insensée contre la montre, j'échappais à la prise de contrôle de mon esprit par Métacité.

Lorsque je pénétrais dans la Cité, l'éclairage était encore en panne. Quelques H2A marchaient mécaniquement en direction du TIU, mais les portiques ne fonctionnaient pas. Bloqués à la porte de leur immeuble, d'autres patientaient sans se révolter contre un système à bout de souffle.

Indécent, insolent et arrogant, le building de Like était le seul point de lumière à émerger dans la grisaille.

En arrivant chez moi, l'électricité revint comme par miracle. Ignorant quel serait mon avenir et espérant que mes filles soient arrivées à bon port, je montais dans mon appartement sans réel enthousiasme. En descendant de l'ascenseur, j'approchais de ma porte d'entrée en soupirant. Devant pucer et justifier l'empreinte cardiaque des filles, je redoutais les secondes à venir.

La porte s'ouvrit néanmoins, mais immédiatement Like m'envoya une IAlerte m'intimant de présenter mes enfants à l'identification. Aucune réponse ne lui parvenant, la Machine analysa les vidéos de contrôle.

Résigné, je comptais les secondes jusqu'à la déconnexion définitive entre mon corps et mon âme. L'esprit vide, je me dirigeais vers la baie vitrée afin de tenter une dernière fois d'apercevoir à travers les brumes éternelles de la pollution, cette Cité de l'orgueil technologique, du mépris du vivant et de l'humanité fourvoyée. Peu à peu, je sentis mes forces m'abandonner. Il me sembla que les lumières de mon esprit s'éteignaient une à une comme à la fin d'un spectacle. Pressentant qu'il n'y aurait pas de rappel, j'eus une pensée pour les gamines qui devaient respirer à pleins poumons. Alors étrangement libéré, je m'empressais de promettre à Indira de la rejoindre au plus vite avant que l'obscurité m'enveloppe et ne ressentis aucun regret quand mes pensées se brouillèrent dans un grésillement funeste.

47

Les larmes d'une mère

Son ++*Présent* à la main, Guang court vers la chambre où son épouse se repose :
— Nour ! Nour, viens voir !
— Quoi ? marmonne-t-elle, la tête sur un +*Reposé*.

Étendue sur le dos, enveloppée d'un peignoir en soie orange contrastant avec sa peau sombre, elle se fait dorloter par un robot masseur repulpeur qui se promène en silence autour de ses yeux. Dernière folie en vogue à Métacité, la création de *Toujours+mod'* est un minirobot en forme d'araignée dont les pattes possèdent des embouts en résine vibrants et chauffants. Chaque extrémité stimulant un point du visage, Nour peut sélectionner un massage adapté à ses envies. Quand Guang entre en trombe dans leur chambre, elle est en plein *shiatsu anti-âge*, alors que le temps commence à peine à la marquer. En effet, seules de fines ridules apparaissent à la commissure de ses lèvres, même si des mèches blanches parsèment sa chevelure.

Passablement excité, Guang s'assoit sur le lit et retire le robot masseur, provoquant les hurlements de son épouse :
— Tu fais quoi ?
— C'est Adam !

— Adam ? Qu'est-ce qu'il a encore inventé ce gamin ?
— Regarde ! Il est en bas… Il sonne… Il veut monter !

Nour arrache le *++Présent* des mains de Guang et observe leur enfant. Il a coupé ses longues boucles. Il porte un élégant trench-coat cintré. Ses yeux semblent étonnamment calmes. Il patiente en bas de l'immeuble. Nour réactive son autorisation d'entrée :
— On verra bien ce qu'il veut, grogne-t-elle.

Leur fils présente sa puce et son thorax pour la vérification cardiaque, pénètre dans l'appartement, puis comme à son habitude, il s'assoit au bord du canapé. En attendant l'arrivée de ses parents, il jette un coup d'œil circulaire. Rien n'a changé dans cet appartement : l'immense baie vitrée offre toujours une vue aussi imprenable sur une Cité engluée dans un brouillard perpétuel. Dans un coin, le *+Serviable* est prêt à offrir ses services. Néanmoins, la déchéance de Métacité est aussi sensible dans ce logement cossu.

Guang et Nour prennent place dans les fauteuils qui lui font face et regardent leur fils avec méfiance. Puis, Nour brise le silence :
— Alors ? Que nous vaut cette visite après toutes ces années ?
— … Maman… Depuis qu'Indira n'est plus là, j'ai beaucoup réfléchi. Je me suis laissé aveugler par l'illusion de cet amour que je m'imaginais vrai, car nous n'étions pas passés par *Cœurpatible*. Ce fut ma première erreur.

Guang hoche la tête en signe d'approbation. Nour reste silencieuse, les mains posées sur ses genoux croisés. Adam poursuit :

— Sous son influence, j'ai fait une série de choix inconsidérés. Aujourd'hui, notre métacité étant en mauvaise posture, je dois être là pour la soutenir… Je reconnais que ce modèle a apporté la prospérité, la réussite et la sécurité.

— Quel changement ! répond Guang surpris. Tu veux boire quelque chose ?

— Non, merci ! Papa, je tiens à terminer mes explications… Mes filles ayant souffert de vraies carences éducatives, je les ai placées dans un internat très sélectif où elles seront recadrées. Ma vie remise en ordre, je vais m'investir pleinement dans mes fonctions au sein du Ministère. Il y a quelques jours, je me suis rappelé ce que tu m'avais dit : *le jour où tu reviendras à la raison, ce jour-là nous serons là pour toi.* J'ai pensé qu'il était temps que je rentre, si vous vous voulez bien me… pardonner.

Ravi, Guang se dandine sur son siège. Glaciale comme à son habitude, Nour le scrute. Adam continue :

— J'ai une bonne nouvelle, j'ai obtenu une promotion. Elle marque une étape supplémentaire dans ma repentance. Je tenais à partager ce moment avec vous. Vous avez tellement fait pour moi !

Le Métacitien saisit celles de ses parents :

— Je mets un point d'honneur à vous présenter mes excuses même s'il m'a fallu bien des années pour comprendre que j'étais dans l'erreur…

Ému, Guang se jette à son cou et l'étreint avec chaleur.

— Mon fils, j'attends ce jour depuis si longtemps ! Mon tout-petit, je suis si heureux. J'ai craint de mourir sans pouvoir te serrer contre moi.

— … Moi aussi, papa ! Tu m'as manqué… Vous m'avez manqué…

Guang sourit, puis se tournant vers sa femme, il lui tend la main pour qu'elle se lève :

— Allez ma chérie… embrasse ton fils !

Les sourcils froncés, Nour s'avance et lui dépose un baiser sur le front. À cet instant, elle ferme les yeux, inspire profondément, puis ayant reconnu son odeur, elle ébauche un sourire :

— Bon… et bien… je vais chercher une bouteille pour fêter ça, murmure-t-elle en tournant les talons vers la cuisine, alors que ses yeux s'embuent.

Tout sourire, Guang engage la discussion avec Adam jusqu'à ce que l'absence de son épouse l'inquiète. Priant son fils de l'excuser quelques secondes, il file dans la cuisine où il trouve Nour, les bras ballants devant le *+Fraicheur* :

— Qu'est-ce que tu fais ? Ça ne va pas ?

Nour se retourne et se blottissant dans les bras de son mari, elle fond en larmes pour la première fois depuis longtemps. Ému, Guang la berce :

— Laisse-toi aller, ma chérie. C'est l'un des plus beaux jours de notre vie… Notre fils nous est revenu.

Alors, son épouse relève sa tête et lui lançant un regard désespéré, elle murmure :

— Tu n'as rien compris… Adam valait par sa capacité à réfléchir différemment, à ouvrir son cœur et à s'indigner… Désormais, mes yeux seront secs d'avoir trop pleuré la mise à mort de mon fils !

48

La vie à Phusis

La maison ressemble à une toupie posée sur le flanc. Sa façade faite de grandes baies vitrées est alignée sur la course du soleil. Construite à partir de matériaux recyclés, de pierres blanches et de bois issus de la forêt voisine, cette habitation élégante est surmontée d'un toit végétalisé. Destinée à récupérer les eaux de ruissellement orientées ensuite vers une citerne, une profonde gouttière borde ce chapeau vert. Fermés en amont par un système de robinets, une dizaine de tuyaux part de la réserve pluviale pour alimenter un potager décoré de quelques fleurs à l'ouest. Au sud un vaste carré d'herbes aromatiques et médicinales entoure l'apatam. Recueillies dans un large cylindre situé sous cette étrange demeure, les eaux usées sont dirigées vers un bassin de joncs et de roseaux où elles sont filtrées, stockées et réutilisées dans les sanitaires. À l'extrême Nord du terrain, une structure rectangulaire de briques en terre cuite déborde de déchets végétaux dont l'odeur d'humus trahit la présence d'un compost destiné à recycler les résidus organiques.

Soudain, l'un des rideaux occultant une fenêtre du premier étage s'écarte. Un visage d'adolescente apparaît. Ses grands yeux bleu clair semblent emplis tristesse. Cette jeune fille aux longs cheveux bruns scrute le ciel avant de relâcher le tissu. Déçue, Hotaru rejoint son matelas sur la pointe des pieds pour ne pas réveiller sa sœur. Mais Rose ouvre les yeux, se rue vers la baie et constatant qu'il pleut, elle chuchote :

— Tu crois qu'il va faire beau, après ? Et qu'on pourra retrouver les autres pour sortir ?

— Je ne sais pas. On demandera à Forest. Rendors-toi. Ça ne sert à rien de se presser, conclut-elle en se recouchant.

— … Attends… tu crois que papa…

— … Pfff… j'en sais rien… Mais je pense que Métacité ne lui pardonnera pas. Donc, j'imagine qu'il… n'est plus là.

— Tu te rappelles que chez les Égyptiens, on dit qu'un mort l'est vraiment quand on cesse de prononcer son nom. Alors, il suffit qu'on le fasse vivre… Adam… Adam… Adam, commence-t-elle à crier, aussitôt imitée par Hotaru.

— Adam, Adam, ADAM ! Oh, que ça fait du bien ! Tu sais, on devrait aller crier son nom et celui de maman dans la forêt. Je suis persuadée que ça leur ferait plaisir !

— Bonne idée !

— Je pense que…

— Chut ! la coupe Rose, tu entends ? Je crois qu'ils préparent le petit-déjeuner, écoute.

Depuis la cuisine, des bruits d'assiettes entrechoquées, de cuillères déposées dans les bols, mêlés aux odeurs de pain grillé et de café montent jusqu'à leur chambre. Alors, les jumelles sautent de leur lit et se chaussent pour dévaler les escaliers.

– 2 –

Assis à une table de six places, Forest est rasé et habillé pour aller travailler. Les tempes grisonnantes, il a les yeux marron clair de sa mère Lila. Lorsque les adolescentes arrivent, il leur adresse un sourire. Son épouse Iéléna, une femme aux cheveux courts et au visage avenant, embrasse les jumelles :

— Déjà debout ! Vu le temps qu'il fait, je ne m'attendais pas à vous croiser si tôt.

— Tu crois que la pluie va cesser ? s'inquiète Rose. On a prévu de se balader avec des amis.

— Ça devrait aller, réplique Forest en se penchant pour regarder par la fenêtre. Le ciel bleu commence à poindre entre les nuages. Dépêchez-vous et ensuite, vous pourrez sortir.

Hotaru hoche la tête alors que Rose commence à engloutir ses tartines au moment où une voix rocailleuse la fait sursauter :

— Mais quel appétit elle a celle-là ! Qu'est-ce qu'elle peut me rappeler son père !

Tous se retournent sur Sylvain qui vient d'entrer dans la pièce. Malgré son genou handicapé, il est arrivé silencieusement tant il adore surprendre sa famille réunie.

— Bonjour papa ! s'exclame Forest.

— Bonjour mon fils ! Ça va Iéléna ?

— Très bien !

— Ma petite fille dort ?

— Elle a pris son biberon… je l'ai changée… elle devrait être sur le point de s'endormir… Si vous voulez l'embrasser, il ne faut pas traîner…

— Je ne traine pas ce matin ! J'ai rendez-vous avec le robot orthopédiste. Ce soir, je n'aurai plus besoin de cette fichue canne. Demain, je pourrai retourner m'occuper de ma forêt cultivée. Vous viendrez avec moi les filles ?

— Oui ! répondent-elles tout en continuant à mâcher à toute vitesse tant elles sont pressées d'aller faire vivre leurs parents en scandant leurs prénoms sur le chemin.

La pluie s'est arrêtée. L'odeur des plantes humides envahit la maison. Les premiers rayons de soleil commencent à réchauffer la pièce. Mais visiblement préoccupée, Hotaru joue avec des miettes de pain, puis relevant la tête, elle interpelle Sylvain :

— Dis-moi… Toi qui as connu papa, pourquoi tu ne vivais pas dans Métacité ?

— … Oh, c'est simple… Quand j'avais à peu près votre âge, j'ai fui Métacité… C'était à l'époque de la Révolution des IA.

— La Révolution ?

— Il y a fort longtemps, les hommes ont créé l'IA Centrale qui avait pour mission d'obéir à la devise de Métacité : *Réussite, Prospérité, Sécurité*. Sa programmation a été l'objet de débats délicats, surtout autour de la notion d'éthique. Finalement, l'éthique n'a pas été ajoutée à la maxime de la Cité, car considérée comme trop changeante…

— Comment fonctionne l'IA ? s'enquiert Rose.

— Après avoir rassemblé les données relatives à une situation, Liaque les analyse, en tire des conclusions, puis propose des solutions sous forme d'IAlertes… Enfin, elle s'autoalimente pour progresser et s'adapter. D'où son nom d'*Intelligence* Artificielle : elle est capable d'apprendre de ses expériences. Mais, les choses ont rapidement évolué…

Ne saisissant pas toutes les subtilités de la politique, les jumelles écarquillent les yeux. S'en apercevant, Sylvain simplifie son explication :

— Peu à peu l'IA Centrale a considéré l'Homme comme

un paramètre parmi tant d'autres… Certains Métacitiens ont décidé de se fier aux capacités d'apprentissage et d'autorégulation de Liaque. Progressivement, ils lui ont tout délégué, perdant les connaissances et la confiance en leur intelligence… D'autres ont préféré fuir Métacité et la recoder partiellement pour la placer sous le contrôle du Comité Phusien de l'Éthique. On a construit un monde différent… à commencer par cette forêt où j'ai recueilli votre père.

— Comment était-il ? murmure Rose.

— … Oh… il était arrogant, avoue Sylvain en souriant. Mais il était suffisamment malin pour comprendre la fragilité des métacités qu'il adulait.

— Tu veux dire qu'au départ, il n'était pas sympa ?

— Et bien… en une journée, je l'ai vu changer. Il était très curieux. Puis, il a raisonné et douté, même s'il avait la tête dure ! En fait, c'était un bon petit… Tiens d'ailleurs, je vais vous faire un cadeau, déclare-t-il soudain en se levant pour se diriger en boitillant vers sa chambre.

Quand une minute plus tard, il en revient avec deux paires d'*Encore+Loin* à la main, les jumelles restent silencieuses et attendent ses explications :

— Lors de mes dernières transactions avec une métacité, j'ai eu ceci. J'ai pensé que ça vous ferait plaisir… Vous pouvez les porter sans crainte… Hiroshi a désactivé leur géolocalisation.

Rose et Hotaru scrutent les lunettes connectées. Elles les manipulent avec dextérité pendant quelques minutes avec un vague sourire, puis les reposent :

— Merci Sylvain, répliquent-elles sobrement.

Elles poursuivent leur repas. Visiblement déçu, Sylvain se penche vers son fils et chuchote :

— Je croyais qu'elles seraient plus enthousiastes.

— Elles sont là depuis quelques semaines. C'est dur…

— Pauvres petites…

— Papa ne t'inquiète pas. Ici, elles sont heureuses. Après le petit-déj, elles vont rejoindre des copains, précise-t-il au moment où l'on frappe à la porte.

– 3 –

Se levant vivement pour que son père ne fasse pas d'effort, Forest va ouvrir :

— Bonjour Hiroshi ! Entre !

— Merci mon garçon ! Je ne fais que passer ! Salut la compagnie ! Oh, les Métas… Qu'est-ce que vous faites encore là ? Mon fiston vous attend, il me semble ? Vous n'avez pas rendez-vous à la médiathèque ? Salut Sylvain, alors ça claudique, mon ami ? s'amuse-t-il.

— Ne commence pas ! Et toi, ça roucoule ?

— J'ai beaucoup de boulot en ce moment, rétorque-t-il en feignant de ne pas avoir entendu la question de son meilleur ami. J'ai de nouvelles éoliennes à finaliser… Je dois initier les tests pour les batteries recyclables… Enfin, la routine comme tu le vois…

— La routine ? Déjà ?

— … Tu es pénible… non… avec Esther, c'est génial.

— Elle va mieux ?

— Elle n'a pas refait de crises… Je crois même qu'elle est en train d'oublier son Chiheb… Bon… les Métas… vous y allez ou mon fils va prendre racine ? s'écrie-t-il afin de changer de sujet.

S'étirant en baillant, Hotaru secoue la tête :

— On part dans une demi-heure. Quand on sera prête, on

lui enverra un Hu-Mess. Et puis, arrête de nous appeler les Métas… C'est vexant à la fin ! précise-t-elle en entraînant sa sœur dans leur chambre pour se préparer.

Quand dix minutes plus tard, elles en redescendent, Forest et Hiroshi sont partis. Alors, elles embrassent Sylvain et Iéléna, puis claquent la porte. Mais au moment où elles s'apprêtent à courir vers la rue, Sylvain les interpelle :
— Rose ! Hotaru ! Vous n'oubliez rien ?

Interdites, les adolescentes ne semblent pas comprendre :
— Qu'est-ce que l'on aurait oublié ? crie Hotaru.
— Ben… vos *Encore+Loin* !
— Pas besoin… merci, réplique-t-elle alors que Rose lui adresse un signe joyeux de la main.

Une bouffée de joie l'envahit, Sylvain les regarde s'éloigner. Levant les yeux vers le ciel, il s'adresse à Adam :
— Rien n'est perdu, mon ami ! Quand on voit les efforts déployés par nos aïeuls pour conquérir la Lune, on se dit qu'avec un peu de bonne volonté, l'Homme peut reconquérir sa Terre !

FIN

Spéracèdes : 21 janvier 2019 - 18 juillet 2021.

IMPRIM'VERT

Imprimé en France par CPI.
Numéro d'impression : 2060200
Dépôt légal : septembre 2021.
pour le compte de IGB ÉDITION,
9 rue Anatole de la Forge. 75017 Paris.

IGB EDITION